伴暖

马金莲 著

北京出版集团公司
北京十月文艺出版社

目录

伴暖

一

天黑前，于海元压完最后一堆狗粪，坐到井台上歇缓。天气越来越冷，土地已经封冻了，挖土埋粪有点吃力，只干了这点活，已经累得张着嘴喘气。真是老了啊，年轻那时节，唉，年轻的时节就不提了，早都过去了，还提啥。一抬头，看到北边有个烟洞眼里正在冒烟。

吓得于海元呼一声站了起来。站得太猛，差点一个跟头栽下井台。还好装柴的大背篼就在脚边，他双手扑在背篼上，把身子撑稳，再次站了起来。他揉了揉眼，再看北边，不是眼看花了，确实是烟，一人合抱粗的一股，白里泛黑，正往半空中翻腾。明显不是大雾，白霜，或晚霞，而是柴烟，他一辈子见惯的柴草燃烧发出的烟。

他赶紧往麦场边跑。跑了几步，猛地记起来，又折过往回跑，把立在井边的铁锨拿上了。

哪里着火了，所以才有了柴烟？是干木头着了，还是旧柴堆？是自燃还是有人放火？他隐隐觉得不管是哪种情况，都可能用得上铁锨。一把铁锨在手，他的胆气就正多了。铁锨可以打火，扑火，如果是哪个坏蛋故意放火，还要蛮不讲理地欺负自己，说不定就可以打坏蛋呢。

他跑到麦场边的豁口上往北看，这一回看得明白，是一股柴烟，正沿着一个房顶之上的烟洞眼往上冒。这会儿烟柱已经细了，颜色也淡了，不再白花花翻着跟头乱滚，它们像一匹套上了笼头的马，逐步地变得乖顺听话了。烟分成两股，一股温和，顺着大胡基垒起来的烟洞口飘，另一股调皮，不走正路，从倒扣在烟囱上的一大块瓦罐破片的肚子底下斜着钻出来，两股烟告别烟囱后，在空中汇合，抱在一起，你中有我我中有你，然后缓缓往高处盘旋上升。

是人烟？

于海元呆站着看了会儿，不甘心，再次揉揉眼，确定那是人烟。有人在那间屋子里生火。

有人？

这个庄子里除了他，还有别人？

换个说法，这庄里能出气的活物，除了他这个老汉，一群到处乱窜的饿狗，大量繁殖的野兔和野鸡，长两条腿儿能把火给生起来冒烟的人，还有第二个？他忽然笑了。没有。天都要黑了，这个时间点，不会有了。

白天的话，偶尔冒出一个人，倒不稀诧。浪亲戚的，为了打截路，沿山路走，骑着摩托车从白蒿湾经过，一般不停留，摩托车屁股上冒着臭烟，突突突一阵叫，等于海元听到声响跑到路畔看，人已经没影儿了。

也有迷了路的，恰好看到于海元，就把腿支在地上问路，问过匆匆就走，很少陪于海元多说什么。

要说有什么常来的人，也有，是邻庄的马八十。马八十赶着一群羊，到处转悠着放，白蒿湾的田地一撂荒，草就疯长，羊来了满山撒欢，马八十爱来这里，但自从乡上的人来赶了几次，他就不敢来了，乡上的人说这里已经是移民迁出区了，要保护植被，再不听就要扣羊、罚款。马八十来的次数越来越少，只有下雨天气，估计乡上的人不会来，才敢冒险把羊赶过山头来。羊自己吃草，马八十下山来找于海元闲坐扯磨。其实每当看到山头上的羊群出现，于海元就已经在等着马八十了。他两人年龄不相上下，年轻的时节在一搭放过羊，算是老相识了。只要坐到一起，就有扯不完的磨，一说就是好半天。饿了渴了，于海元端上开水和馍馍，困了，于海元的枕头被子在炕上，马八十倒头就可以眯上一会儿。每次和马八十闲坐长谈之后，于海元心头就有一种豁然的敞亮感，有一种把心里积压的东西掏出一部分丢了一样轻松。

马八十还是晚秋来过的，之后竟一直再没出现。时间越长，于海元觉得越想。一天当中忍不住要扯着脖子望几回北山。尤其有白云落得低，擦着山头缓缓飘荡的时候，他总是忍不住产生错觉，觉得那是一群羊，白花花沿着山豁口撒下来，身后尘烟里一瘸一闪跟着马八十。

白云终究不是羊群，也不会顺山坡欢快地跑下来，它们划过山豁口，往更高更远处散去。于海元就望着云出一会儿神。

马八十究竟是咋了，怕了乡上干部，还是把羊群卖了跟上儿子去外头了？还是病了？他早就说过，说腿越来越不好了，难道终于是走不动了，跟不上羊群了？有时候，于海元想念他，想多了，忍不住有点儿伤感，有些抱怨。这八十子，还算是老熟人，说不来就不来了，说把这个老伙计忘了就给忘了。于海元被自己的伤感给惹得苦笑，这是咋了，越老越没出息了，好好地，竟然牵肠挂肚地想念起一个无关紧要的人来。更没理由多这个心啊。说穿了，他和马八十也就只是坐在一搭扯磨的关系，没一点亲戚血缘。这么想想，他就没那么惦念了。

要说这庄里还有什么人会出现，就是回来上坟的人。上坟的全是这个庄子里走出去的人。家搬了，人走了，能带走的全带走了，坟带不走，坟里的亡人留下来了。有亲人睡在这里，活着的人，不管走到哪里，走多远，一颗心还是牵念着这里。一年半载，到了日子上，就有人不远千百里地，跑回来上坟。于海元这儿就成了唯一能扎脚的站口。来这里喝口水，缓一缓，洗个小净，自己会念的，自己去上坟。不会念的，就请于海元帮忙。于海元年轻的时节念过经，教门上虔诚，上个坟不是难事。每次有人请，他就洗一壶，换上干净衣裳去上坟。这也是他最高兴的时节。见了庄里的人啊，感觉像是见了久别的亲人。可惜大家回来的还是少，搬去的地方太远，刚来就要坐五个钟头的班车，还要步行十多里山路，真是不容易。除了十分舍不得的亲人在这里睡土，一般他们不会来了。到了忌日上，在当地念个苏热，也是可以的。于海元两三个月甚至大半年才能等到一个回来上坟的人。

大队主任偶尔也会来。秋天来了一次。问他进养老院的事考虑得咋样了。想好了就快办手续。于海元像前几回一样，一口回绝了。说还没想好，他这身体还硬朗得很，能吃能睡能种地，还不到进养老院让人伺候的时节。这话把主任又给气跑了。临走扔下一句硬邦邦的话，说你个老汉，就犟牛一样死犟着吧，这空荡荡的荒庄子，你一个人，也不怕半夜里叫孤鬼给缠上？

要是主任的口气是耍笑的，于海元就不会上气，主任的脸黑得像铁板，不是耍笑，是逼他哩。于海元的气也就上来了，他脖子一梗，说伊蛋子，我连你老先人一搭在水库上搞基建时还睡过一个羊皮窝子，你大的脚巴骨磨烂了，骨头茬子都能看着，我扯下洋布汗衫一绺一绺给他缠裹，你大抱着我的胳膊把我喊老哥哩。

主任的脸红了，挤出一点笑，比哭还难看，说我真叫你个犟老汉给整得没办法了，你说人都搬光了，庄空了，你一个人守着个空庄子，图的个啥？你晓得你多让我为难吗？

于海元说我图个啥？我还能图个啥？叫你们把我也搬了，你们说我没儿没女，一口人不符合搬迁政策，是你们把一庄子人都搬了，就撇下我一个死老汉。现在倒来说是我的不对了？

主任的脸又黑了。说你一个人，没儿没女没后代，你进养老院最合适，你还搬个啥？进了养老院，吃喝不愁，一个月还给二十块的零花钱哩。等最后完了，公家出抬埋费，这生死都给你包了，你还不去。你说你心里头到底想咋哩？

于海元望一眼远处的山，再看看眼前空荡荡的庄子，说伊蛋子，你的官当大了，你有儿有女，你家全人全，万事如意。我老汉没儿女，是个老绝户，但我也不敢抱怨，都是胡大的口唤。这些都不说了，我也没啥心思，也不是作难你们大队干部，我早就给你说过，我觉着我还没老到进养老院的程度，我还能养活个家，你叫我再缓上几年，有一天这腰腿实在拉不动了，吃喝屎尿的顾不住了，我再进去行吗？我……

他卡住了。嗓子扁了。说不出来，一口气在胸口上回旋，辣辣的，呛得心口窝疼。眼窝里两团模糊。他知道那是泪。他不想叫它落下，更不想让主任看到。重重地咳嗽几声，把泪花子给逼了回去。硬着声音说马主任，你放心，我进养老院是十年后的事，只要我还硬朗朗地活着，我就不给你们添麻烦。鬼不会缠我，我煞气硬得很，鬼见了我绕着走哩。

主任没话说了，也没气了，老汉说的是实情，才六十六的人，下了一辈子苦，再接着种几年地，还是可以的。乡上为了不留安全隐患，叫把这个移民村清理空，乡上有乡上的想法，但站在老汉的角度想，也有他的道理。

主任不甘心，说自来水没给这儿压，电也断了，村村通的路没你们庄的份，现在连原来的老路也塌成这个样子，断得连小车都开不进来了，你说你守个啥啊，也不怕叫野狗堵在屋里压住吃了。

他最后的口气却又没那么严肃，是在跟老汉耍笑哩。

于海元抡起手里的铁锨，一锨飞过，惊起一串麻雀，他硬朗朗说吃了是我命苦，和你们无关，我没儿没女的一个孤鬼，到时节不会有人去乡上追究你们的麻烦，你就放心当你的官儿去吧——

主任那次走后再没来过。

已经很久没人来白蒿湾找他了。

倒是有一些半大的娃娃，蹿进村子来，套兔子，抓野鸡，到处放火，烧山，嬉闹。他们一来就是一群，三三五五，吵吵嚷嚷，满山头跑，撵得兔子乱窜，惊得野鸡横飞。这儿放一丛火，那儿冒一股烟。闹够了，一阵风一样走了。都是白天来，绝不会悄悄地来，也不会这个点了还不走。

天要黑了，暮色已经灰苍苍落下来罩住了远处的东山和北山。那些淘气的猴儿，别看在一起咋咋呼呼嚷得半边山都活了，胆子好像也不小，有人还偷偷带着自制的土枪打兔子。其实他们的胆量啊，并不比一只兔子大。天一黑就回去了，一阵风一样消失不见了。

这个点上，有一个没拆掉的黑乎乎的烟洞眼上，忽然冒起了烟，而且看上去不是有人玩火乱烧，而是有模有样的烟火。这情况真是有些突然。

于海元决定过去看看。他把锨扛在肩头，下了门坡，沿着一条大路绕过清真寺的大门，向北走。北边是庄子的主体部分。几辈人以来形成的居住格局，一直是依北山面南山而居。一户挨着一户的院子，从东头一直排到西边。最后分出来的新家口，北边没地方排了，只能往中间和南山下撒。

冒烟的房子在北边一个高掌子上。

正是于海元的家，从前的老院子。

那座土院子很早就在那里，于海元在那里长大，娶了女人，两口子过了几十年，女人完了，埋进了坟院，他一个人还守着院子。本来他以为自己这辈子无论如何都不会离开老院子。没想到大搬迁来了，一庄人都搬走了。只剩下他一户，还住在北边的高掌子上，掌子下的路被山水冲断后，他搬进了南边的马义山家。别人走的时节，都把房子拆了，椽子檩子门窗，能带走的拆下来带走，拿不动的，让附近的亲戚拉走。马义山的家没拆，他光阴好，不在乎这些旧料，说先留着，万一搬过去楼上住不惯，过不下去，要是再跑回来的话，好歹有个落脚的窝。

乡上不让留，说搬了就拆，留下他们会用推土机铲平的。

马义山说于老哥你搬到我家住吧，我们这一搬走十有八九是不会再回来了，这房子我送你了，有个活人在里头过日子，乡上再狠，也不能真的推平吧，你好歹有个藏头的地方。

于海元就搬了。

其实乡上也就是说说吓唬人哩，没见他们把笨重的推土机开进这深山沟里来。马义山的家于海元给守着。于海元自己的那个家，房和窑也都还保存着。只是随着路面越来越荒芜，他也忙，去那边的趟数就少了。一向荒废的空屋，咋会忽然冒出烟来？

他走累了，取下锨拄在手里走，抬头望了望，确定不是哪里的麦草、荒草着火了。而是有人，在生火。不是随便就点起来的野火，是从灶膛里烧起来的，跟做饭的火一样。火在灶膛里有规矩地烧，烟从烟洞眼里往上冒，火走火路，烟走烟道，人间烟火，正是这个模样。

上完一道慢坡，他再抬头看，烟越来越淡，在黑下来的浅浅暮色下，不细看，已经看不清有烟正在悄无声息地融进暮色里。按照经验，这是一顿饭临近尾声，就要做熟的时节了。

对于烟火，和烟火背后的意义，于海元就是闭上眼用鼻子闻，也能说出个八九不离十来。小时候跟在娘脚后跟上看她做饭，后来女人领进门，天天看着女人在烟洞眼里生起柴烟，人生几十年的日子一直在烟火缭绕中过着，人活着要吃饭，吃饭离不开烟火，他对烟火的熟悉，早就深到骨子里了。

大门开着。于海元把身子稍稍往门墩子后闪了闪，探头望里面。门是谁开的？他上次离开的时候明明用一把旧锁锁上了。是打兔子的野娃娃？有可能是他们。他们手欠，随便砸掉一把锁很常见。

院子里黑秃秃的，去年的枯草本来很长，被那些野娃娃放火烧了，留下一院子的狼狈。

厨房门也是开着的。暮色下，看上去黑洞洞的。

烟就是从厨房的烟洞眼里冒出来的？

这会儿完全淡了，看不见了。他瞅着暮色里的烟洞眼看。那是他年轻时节砌的，由胡基一层层垒成，像一个高高的小炮楼，为了防止刮南风时打倒烟，烟洞口上扣了一大片破瓷罐，像一个穿红色衣裳的娃娃趴在那里。经历了几十年时间，烟洞眼塌了半边，脏脏地趴在屋顶上，沉默着，根本不像刚刚吐出过那么大股新鲜柴烟的样子。难道是自己看花眼了。他用指甲盖刮一下右眼，再刮左眼。这时一抹光亮跳入了眼帘。于海元脚一软，赶紧伸手扶住门框，锨已经握在手里。

世界静悄悄的。

厨房里亮起了灯。

一点光亮，有些昏黄，从门口和窗口同时透了出来。

一个被灯光放大的身影飘忽着横在门口。

于海元抓紧锨把，但他又松开了。是个女人。她一手扶住门，一个手擤鼻涕，噗一声，一把鼻涕挤出来，在手心里捏了捏，好像在积攒力量，也在犹豫，舍不得甩掉似的。噗，她甩手。鼻涕甩出门来。顺手掀起身上的护裙，擦着，转身进去了。

于海元悄悄抬脚，慢慢地走，一步一步进了院子，在屋门口停住，身子往后缩，把自己藏进屋檐下的黑暗里。

来的是马青山的女人。

咋是她？她咋回来了？咋钻到我的家里，还生火做起饭来了？

女人动手舀饭，锅盖咣地落在案板上，勺子磕着锅边，发出细碎的磕碰声。

他闻到了饭香。这时候回想看到过的烟柱，于海元知道这女人做的是洋芋饭。

她噗噗地吹了几口，可能在尝盐，然后骗腿坐到炕沿边，趴在炕沿边的小炕墙上，开始吃饭。她还拌了个下菜，咬得咔嚓咔嚓响，听着脆生生的。

于海元咽了一口唾沫。这一咽，嗓子里咕噜一声。吓了一跳，他才发现自己竟然已经噙了满满一大口酸水。

他还没吃黑饭哩。他慢慢溜倒，坐在了台子上。天一黑，星星就出来了。好像星星也怕冷，缩着脖子，犹豫不决，眯着细密的眼睛，好像想出来，又想躲回去。可是出来了就没那么容易回去了，被冻得粘住了一样，一个个憋得眼泪都要出来了。

他望着星星笑了。听见女人吃完一碗饭，又到锅里舀，勺子刮着锅底脆脆地响。从这刮擦声上，他听出她只做了两碗饭。她又坐回土炕上吃了。

他悄悄走出院子，到门口把锨握在手上，回头再瞅一眼，屋里点的是一根白蜡，可能是她自己带回来的。

到底是女人啊，比男人心细，比男人手巧，能吃几碗，就做几碗，哪像自己，一顿饭不是做多了，就是少了不够吃。少了他不要紧，狗得饿着。多了，他和狗就得顿顿吃剩饭。

他下坡，一个黑影忽然腾地蹿上来，软绵绵的身子擦着他的腿，低低地呜咽着，说不出的亲热。

狗东西——他疼爱地骂一句，拿脚踢，它不躲，嘴软囊囊叼住他裤脚，扯得他差点一个跟头。

去去去——于海元抡锨。

狗眼在黑暗里亮闪闪的，它欢叫着，跳着四爪，逃到前头去了，跑远，又舍不得自己先走，一边蹿跳，一边不断回头来看，在为主人引路。

黑暗里，一声嘶吼，一大团黑影蹿出来，毛蛋一样满地乱滚。是狗的同伴，一二十个流浪狗。

星光一点点亮起来了。

这一程路，于海元闭上眼也熟稔。他一边防着路面上新塌出的坑坑窝窝，一边拄着铁锨往前走。

二

耳边一个声音在喊，有些邈远，有些清晰，好像很远，又好像就在耳畔。

呜呜——呜呜——

于海元醒了。

睁开眼，意识一点点回到身上，是风，起风了，风在叫。

风从哨眼里灌进来，顺着屋顶往前蹿，发出呜呜的鸣叫。

马义山家的房子盖得大，哨眼也留得大，真是想不通留这么大的哨眼做啥，难道只是为了冬天睡在炕上听风？

于海元忍不住笑了。

应该找点旧衣裳把哨眼给堵上。

不过，现在黑天半夜的，肯定不敢登高爬低去堵。等明儿再堵吧。

他翻个身，睡不着了，睁大眼，视野里不黑，大团大团的灰，像很多飞禽在拍着大膀子，在眼前交织，却没有声音。他呆呆望着，心思轻飘飘的，轻得整个身体好像都变软了。正在一点一点往起浮，就在这飘浮中，他看到阳光白晃晃的，照着村庄，也照着庄里的乡亲们。乡亲们一个个满脸是笑，齐刷刷坐在阳光下扯磨，说笑声一波一波地响着。

他又惊诧，又高兴，他们不是都走了吗，啥时节又回来了呢？回来也不跟他打个照面。

不管咋说，他都很高兴，激动得跑，要跟每一个人打招呼。可是啥东西横在脚下，挡得他狠狠摔了个跟头，一头扑在地上。脸一触地，一片冰凉。醒了。眼前一片灰。难道就这么眼睁着做了个梦？

狗在院子里叫。它似乎在跑。叫声风一样滚来滚去。

它说汪汪——汪汪——汪——呜呜——

更多的汪汪声在呼应，汪汪——汪汪汪——

是大门外的野狗。

于海元听不懂它们汪啥。心里烦躁，喊，你们守着我汪啥，去掌子上看看，她一个人，风这么叫，那屋顶薄，碎了几片瓦，哨眼塌了一个眼，有片窗玻璃也叫打兔儿的野娃娃打了，风这么鬼一样嚎，她不害怕才怪呢——

狗说汪——汪汪——

还是不走。

他说去，不磨蹭了，我一个死老汉怕啥？不用管我，你个狗东西快去啊——

骂完他笑了，大门关着，四周墙高，狗出不去，外面是同伴们在招呼，它才这么着急。

于海元下去开了屋门。

狗欢腾腾扑上来，似乎要和他拥抱。

狗东西，滚！

他笑着骂，又把大门打开了。

狗呼一声从腋下蹿了出去。

像一块干木头投进了火里，火花四溅，大门外一片汪声，集体欢迎。

悠长的大汪汪声，引着一片小汪汪声，拖着尾音，划过风声，奔跑着远去了。

于海元笑了，狗东西，有它真暖心，是个日夜不离的伴儿。

再回到屋里，于海元感觉没睡意了，干脆点亮灯，坐在灯下，听风吹。还没到最冷的时节，他的炉子早就安上了，炭不多，马义山临走留下的几袋子炭送给了他，他舍不得烧，想等下雪了再烤。平时烧点儿木头也能取暖，木头不续火，烧完就灭了。他懒得这会儿架火。风里有了寒意，他干脆在绒衣绒裤外头又套上旧棉袄，靠住墙听风。马义山这房子是新盖的，纯砖头的墙，屋顶高，宽阔。真是做梦都想不到啊，他这辈子会住进马义山的新屋子，而且还是一个人住着。

当时大家还不知道几年后会搬迁，要早知道，谁都不会还在老家盖房子，白白地多一笔花费呢。记得马义山家盖房子的时候，大家没事去凑热闹，于海元也去过。大家坐在一大堆红灿灿的新砖头上，一边看工匠干活儿，一边谈古论今说一些老辈儿手里盖房挖窑的旧事。于海元像在所有人多的场合一样，听得多，说得少。他一个没儿汉，在那些有儿有女的人面前，是短着一口气的。只配在人伙伙里默默地坐着，听每个人的感叹。

现在的人，确实享福多了，想想老先人手里，住黄土窑窑，炕上只铺一张精席，连像样的被褥都没一套，房子更是不敢想啊。现在的人，土墙蓝瓦单坡的房子开始过时了，白墙红瓦红砖，一座房子砌起来，亮灿灿蹲在那儿，要多气派有多气派。

于海元的感慨全都装在肚子里。甚至比大家说出来的要多得多，要深得多。他望着来来往往进进出出热火朝天的盖房景象，心里一阵一阵凄惶。有人生万物。老话儿把人情世态都给说尽了呀。有人的人家就是好啊，家口兴旺，光阴热火，你看看，马义山父母养了三个儿，马义山自己已经三儿两女，一家子日子过得热闹红火，让人眼热啊。他这辈子，没儿没女，没亲房党家，他的日子就一辈子都凉凉的。

马义山家口大，光阴好，房子盖得也大，一排两间，比三间老房子还大。房搬不走，家具全装车拉走了。于海元就把自己的家具农具搬进来，这房子还是空，到处都空荡荡的。屋顶咋这么高呢，炕咋这么大呢，尤其夜里，这种空大，好像被放大了一样，逼近在眼前，考验着他。电早断了，他点着一盏煤油灯，在这空空的大房子里，灯火就像一根儿鬼火一样，孤零零的。

他想过，不是马家富，他穷，才出现这么大的差别。散走的，不光是马家大大小小零零散散的家具用品，而是人气。那种有老有少说说笑笑的味儿散了，走了，没了，这家也就空下来了。于海元就算一整天都不歇着，院里房里出出进进地不停转悠，这院子和屋子还是冷清。他一个人，无法让这空大的院子热闹起来。

不过也真是奇怪。全庄人一走，从前他看着大家过日子的景象心里难受，现在好像不难受，也不觉得不如人了，以前满肚子的感慨，不平，也全都没有了，说实话，他以前在心里偷偷抱怨过，真主对他真是太不公平了，都是人，都活在世上，都盼一个家全人全，别人都有，为啥自己偏偏成了没儿没女的命？现在他不了。全庄都搬走了，人走了，能带走的东西也带走了，就在这拆、搬的过程里，别人都哭天抹泪的，舍不得离开这活了几辈人的地方。他静静地看着他们搬。拆房，拆大门，卖牲口，放树，粜粮食，处理柴草，和左邻右舍告别，请阿訇念出门前的平安苏热，亲戚们来相送，打坟院墙，给亡人坟头立石碑。他一直静悄悄观望着。

不知从哪天起，于海元掌子上的家忽然热闹起来。家家有人来找他，一时间他那孤清的老院子，比马义山家盖新房嚷院子还红火。找他的人，有同龄的老人，来了和他坐一会儿，拉呱一阵老事儿，从几十年上百年说起，一面感叹他一个人不走孤单得很，一面又羡慕他不走，马德岭老汉，王燕山老汉，马昌龙老汉，胡子白花花的，抹着眼睛，说你不走，你留下，好啊，给咱们守着这山，这沟，这老坟院，我们这把老骨头出去怕回不来了，还晓不得要在哪哒的黄土下睡土哩！这话一点都不玄乎，搬出去半年时间，王燕山就口唤了。一年零四个月马德岭老汉也出车祸殁了。听说都埋在了当地的公墓里。

也有女人来找于海元。妇道人家最有意思了，她们使唤过的一些坛坛罐罐带不走，又舍不得丢，就抱在怀里来找于海元。说寄放在他这里，叫他给帮忙看着，不要叫闲人砸碎了，万一哪天外头活不下去，再跑回来，过日子还用得上。也有一部分女人干脆，说不要了，送给于海元了。谁家都有一些旧东西，笨重又不值钱，带上是拖累，又怕路上磕碰烂了，又怕去了楼上没地方放。就这么丢了砸了吧，毕竟是使唤了多少年的东西，总是下不了手，就都抱到于海元老汉这儿来了。

于海元不拒绝，谁拿来都收下，最后他家后窑里摆满了七零八碎的旧物儿。

这么大的风，窑门我关了吗？于海元坐了起来。

是啊，掌子上老家后院的那几孔窑洞门，我都关上、上锁了吗？他记着好像是锁了的，又好像忘了锁，记得不太清楚了。真是上了岁数，很多事情上都犯迷糊，忘性越来越大。

他有些苦恼地摇摇头。要是忘了锁，风这么大，灌进去，刮倒了那些站的立的摆的摞的旧物儿，那可就哗啦哗啦砸碎不少。既然大家都寄放他这儿了，他就得给大家看好。就算他们也许不会回来了，也不会再要它们了，但他觉得有责任给大家照看好。

那些坛坛罐罐，媳妇子们风风火火地抱来，放下就走了，好像她们十万火急地忙，走得慢半步，就赶不上公家搬迁的车了。

只有上了年岁的女人稳重。

记得花儿妈抱着个大肚的花坛子，有些忧伤地出现在窑门口。说姑舅哥，这个坛子，你记着吗？

就问了这么半句，她没声气了。

于海元看到这个坛子呆了。花儿妈是他一个远房姑舅妹子。姑娘时节，他央及媒人去家里问过，家里嫌他穷，没答应。想不到最后她还是嫁到了白蒿湾。她娶来那天的模样，他一直记得。一张粉粉的脸，眼扎毛黑绒绒的，一对杏核眼含着两包清幽幽的水。

她曾经流露出一个心思，想送一个自己生的娃给于海元。她男人不愿意，事情就拉倒了。女人的肚子养娃娃，养出来不全由着她们做主。他不怪她。她倒是好像由此欠了于海元两口子什么，每次家里念苏热，送菜，给于海元家的份儿要比别人家多出好些，一份实实在在的实诚体现在细碎的事情上。

这个大肚的花坛子，是于海元买的。有一年，卖坛子的人用驾子车拉着，走村串户卖。于海元见那坛子奇巧，买了一对儿。一抬头，看到姑舅妹子站在人堆里，眼睛在花坛子上流连。女人家都喜爱这种样式新巧颜色鲜亮的生活器具。买上坛子的女人抱在怀里欢欢喜喜回去了。舍不得花钱的，只有站着看。花儿妈也属于站着看的一个。她男人没在家，她一个女人家不是没钱就是舍不得花这个钱。不便宜，一个五块半呢。于海元把一个坛子放在她家门口，冲她远远地点了点头。她不看热闹了，离开人群，到门口抱起坛子回家了。她没问这是为啥。他也再没提过。

他们似乎都忘了这件事。但冬天时节，他吃到了这坛子腌出来的菜，白萝卜白，红萝卜红，红红白白，伙在切碎的包包菜里，夹一筷子，放进口里，清爽，嫩脆，好看又好吃。夏天，她会送一盆浆水过来，萝卜叶，萝卜条，葱叶子，伙在一起卧的浆水，红白相映，看着喜人，吃进嘴里味儿更好。他女人懒，没少从花儿妈哪里沾光。他知道，姑舅妹子是变着法儿补偿那个坛子的费用呢。

坛子被擦得明灿灿的，三十几年了，它还是那么新，这个勤快的女人真是擦抹了几十年啊。花儿妈走后他把坛子抱进窑里，摆好，禁不住摸着它出了一会儿神。以后每次去窑里转悠，总忍不住要特别摸一摸那个坛子。

于海元觉得这掌子上的老家，非去一趟不可了。匆匆扣上门，提上铁锨，走到场里，天色还早，头顶上灰蒙蒙一片，整个庄子隐在山的怀里，睡得正香。他摇了摇头，这个点去掌子上，让马义山女人开门，人家开了门，问你啥事？到时咋回答？三更半夜的，就只为去看一窑老古物儿？这理由算是个理由吗？

狗绕在脚后跟上跑，它一跑，带动一堆狗，大家哗啦啦搅起一团风。风这会小了，夜静得像一片深水。整片村庄似乎正在一点一点地往下沉，沉到一种宽广绵厚的东西下面去。

这马青山女人，究竟是个啥意思？这念头冒上来，于海元就呆住了，是啊，这念头其实昨夜就有了，他已经在心里绕来绕去地盘旋几十个来回了。只是他有点不愿意面对。

他发现自己需要好好想一下这件事。回来上坟的人，一般都是男人，就算有女人，也是和男人结伴而来。上了坟，赶天黑就走了。实在走不了的，就会来他这里。其实自从搬出去到现在，只有马义山留宿过两夜。就住在于海元现在住的炕上，陪着于海元扯半夜磨。

这马青山的女人，回来的方式好像和旁人不太一样。她悄没声就来了，啥时候进的村，上午还是晌会，还是天擦黑？是雇了小车还是步行？这些他都不知道。日子枯燥清寡，庄里就是进一只狗，一只羊，经过了几个撵兔子的人，他基本上都心里有个数。说夸大点，就是头顶上飞过去一只雁，一只鹰，他都能留心到。这女人进了庄子，住进了掌子上他的老屋，还动火做饭，留下过夜，要不是擦黑那一股烟火，他还真很难察觉这件事已经在眼皮底下发生了。

他细细想着，慢慢觉得这一切其实是合理的，她是回来给儿子上坟的。一定是。对于她来说，最舍不下的人，可不正是埋在马家老坟最边上的那座新坟？当妈的不远几百里赶回来为儿子上坟，是人之常情啊。只是，这女人，没男人陪着，她一个女人家咋上坟？于海元豁然想通了，她一定是天发黑才赶到的，回来一看天气太晚了，所以只能住下，明儿她一定会来请他去给马家老坟上坟。

想明白了，于海元长长舒一口气。接下来的事，更好理解了。她一个女人家，当然不能像马义山一样摸到他这儿来吃饭睡觉。所有的房子都拆了，她的家也早不在了。她只能住进掌子上唯一没拆的那个院子。

这么说，她只是借住一夜，明儿坟上完，就会离开。于海元转身慢慢往回走，双腿乏乏的，有些僵。他拖着它们走，一路没有回头。

凌晨做完晨礼后，于海元把多年来每个早晨都喝的罐罐茶停了，茶喝多了，要解手，小净就没法带了，他判断那女人会在早饭后来请他去上坟。这个时间是比较合适的，上完坟她还有足够的时间慢慢离开。如果想哭，也有时间足够她在儿子坟头好好哭上一场。

于海元把大门打开，把台子扫了，院子扫了，又扫大门外的麦场。

院子他几乎天天都扫，每天走来走去地踩踏，地面还保持着马义山一家在时的模样，瓷实，光堂。麦场就不行了，麦场太大，他平时不扫，一个人脚步有限，踏不到每一寸地面，时间长了，地皮酥了，软了，起皮了。浮土一层一层地泛起，像人脸上起了牛皮癣。草也乘机破土而出，这儿一丛那儿一撮，把好好的一片场地破坏得严重。他种的粮食，只要占用一小片麦场就碾了。多余的地方只能看着它荒弃了。

他今儿好像没事干，闲得慌，他就扫麦场，把干枯的草和浮土扫起一堆又一堆，一边扫，一边留心着对面的掌子上。刮了一夜风，现在天气完全晴了，云懒懒地褪去，露出风清洗过的天空。不蓝，白苍苍的，日头好像一夜工夫没睡好，乏沓沓趴在东山的豁线口上。这个点该是上坟的时节了，那女人，咋还不见动静呢。于海元觉得有点尿憋，再耽搁下去，这水他是带不住了。

就在于海元扫起第五个土堆之后，他看见对面掌子上老屋的屋顶上又冒起一股白烟。他抱着扫帚傻在原地。真真切切，明明白白，是白烟，是柴烟。是人间的烟火。饱满而妖娆的一股，像一个丰满柔软的女人，站在了烟洞眼口上，轻灵，缥缈，向着高空做着凌空飞翔的姿态。于海元揉揉眼睛，一股酸涩的味道从全身往出渗。水流一样弥散到全身。他迷恋地望着那烟柱，昨儿夜黑太晚，看得不大清楚，还怀疑是做梦。眼前的烟柱是真实的，活生生的，那么亲切，表明有一个女人，正在一间屋子里用土灶台烧火做饭。一点不假，真是人间的烟火啊。

于海元走到场边，发现自己身子在颤抖，靠住矮土墙，深深吸一口气，似乎那股烟火味儿吸进胸腹里来了。有多少日子没看见过真实的人间烟火了呀。自从大家搬走，庄子空了，只剩下他一个人烧火做饭，他没心情跑到远处再回头看自己生起来的烟火。原来站在远处看别人生起烟火来，感觉是这样的美。就像，小时候，放羊晚归，远远看到娘在厨房里烧火做饭一样。像后来几十年，下地回来，看到女人在烟火底下做饭一样。那时节没想过，现在蓦然回想才明白过来，原来那平淡日子里最常见的东西，是这么让人踏实，这么让人难忘。

他拿手背擦了擦，居然擦出一手背水。他慢慢坐在场边，盯着那股烟火看。烟火一会起，一会落，一会儿肥了，一会儿瘦了。这女人做的啥饭呢，他悄悄咽了下口水。一种淡淡薄薄的感觉在心头浮动，好像有一股风不断地从身体深处散发出来。好像他的身子一片一片散开，摊平，变成了无数的碎片。

一瓣一瓣的碎片，白花花的，风声从每一块碎片上飘出，向高处飞升，一股一股的细风汇到一起，拧成一大股，成了一股风，有了响声，呜呜地吹拂。这种感觉，自从去年出现后，时常伴随着他，尤其独自坐在那儿发呆时，睡在枕上失眠时，跪在炕上礼拜时。有时他感到害怕，感觉自己变成了一棵树，一棵很老很老的老树，躯干正在干枯僵硬，变成一根孤零零的桩。有时候，他又不怕，反倒喜欢这种感觉，懒洋洋看着自己一点一点往一种软绵绵的感觉里下陷、沉溺。就像此刻，他感觉自己又在化成碎片，碎成一丝一丝风，一粒一粒尘土，直到从这个世界消失。

泪水从干枯的眼窝深处往出渗，一点一点，很慢很慢。他能看见这滴泪。清亮亮的，他看着它变大，变圆，变得饱满。

裤脚被扯动，一个声音呜呜叫。是狗。这狗东西啊！他微笑。它似乎总在害怕他就这样一觉睡过去，再也醒不来。所以经常等他睡一小会儿，就来唤醒。狗不会喊人话，只能用狗的言语和动作。

狗——他说，叫我再缓一阵么。

狗不饶，扯得更猛，叫声更响。

好梦被惊散了，他爬起来，笑，我老汉还硬邦得很，肯定完不了，你个狗东西瞎操心！

回头看，那股烟没了，完全消失了。说明饭熟了。一种微微的失落袭上心头，说不上遗憾什么，失落什么。

于海元拄着铁锨，说怪事啊，那屋里的锅灶碗盆我都搬过来了，也没留一把米一碗面，她拿啥做饭呢？

狗用无辜的眼神看着主人，说，汪汪。意思是它也不知道，它回答不上来。

去，难道你就不能去看看？你总比我自由！

狗好像听懂了，欢叫着撒腿就跑。

他望着狗一路高高甩动的尾巴，笑了，狗东西，难道真能听懂我说啥？要成精了！还是你闻到了空气里的饭香？

于海元等了一天，第二天又等了一天。女人始终没来请他去上坟。他望见那烟洞眼里早晚各冒了一次烟。第三天，看见她担着一对桶子下沟里去了。一会儿，担着两桶水上来，一步一步爬上了那个掌子。

于海元确信，她不是回来上坟，上完了就走。她是回来住家的，住下不走，要在这里过日子了。

这天于海元决定到沟里去担一回水。自从住进这里，有水井，吃水方便了，他再也不用去沟里担水了。水井就在大门口的拐角上。一个人用水，一点都不费，他只要提两桶水就够使唤两天。

他把两个桶子挂在扁担钩上，拄上铁锨，出门往沟里走。

狗不知道疯哪儿去了。不在也好，免得那狗东西前扑后蹿，扰得人心里乱。

昨儿，前儿，大前儿，一连几天，马青山女人都是这个点下沟去担水的。

他出发得早，走到沟边，望望通往沟底的路，路还在。沿着黄土崖根一溜儿都是小台阶，一个挨一个，从半崖一直排到沟底，通到沟底那眼泉跟前。当年，挖这条路时，全庄的男女老少都来了，大家热火朝天，欢欢闹闹，镢头顺着土崖往下挖劈，铁锨跟着再修，硬是在陡峭高悬的半崖上修出了这么一条路。那时节，全庄人吃水都靠这眼泉。这条通往水泉的唯一小路，成为每户人家天天必走的路。修路热闹，掏泉也热闹，你追我赶，耍笑着就把活儿给干了。担水时节也热闹，尤其农闲了，女人们爱利用担水的时间凑成堆儿，在泉边，在崖顶上，一坐就是几个钟头，说说笑笑，家长里短，现在想起来，那才是生活的味道呀。

自从搬进马义山的家，他没来过沟里。夜里睡不着时，几次想，该到沟里转转，看看，看泉被淤泥壅了么，沟塌了么，路断了么，到了白天，又没心去了，心里懒懒地想，算了，那么陡的路，爬上爬下，何苦哩。苦了一辈子，也看了一辈子，一个干沟沟子，难道还没看够？

这么为自己辩解，就真不去了。一来二去，他还真一次都没来沟里看过。

黄土台阶还光溜溜的，草也不多，只在边沿处挤出一些短草，个别台阶塌了，还好，不影响人通行。

他一步一步走着，眼睛紧巴巴的，眼眶酸得厉害。他忽然明白了，这几年，不是他懒得来看看，而是没勇气。他怕沟塌了，路断了，泉没了，怕自己没勇气面对眼前的荒凉。

他伸手摸着崖上的土坎坎，边走边摸。坎坎上分布着好多土窝窝土嘴嘴，光溜溜的。担水的人肩上一担水太重，压得喘不过气，直不起腰，只能顺势把一只手摸到墙上，边走边借力，天长日久，你摸他也摸，靠崖的这一面，尽是人手磨出来的台台、窝窝和嘴嘴。他伸手摸一个大窝窝，心里的热浪头翻了个跟头。这个窝窝他忘不了，估计庄里的人大多数都记得，这段是个紧坡，路窄，弯转得猛，经过这里时，谁的手都会忍不住伸出来，擩一把，借个力。

那些摸过的手，都随着主人走了。这些痕迹留了下来。于海元细细地摩挲着，手心战栗，似乎感觉这只手不是自己的，是谁家刚学习担水的娃娃的嫩手，是刚娶进村庄来第一次下沟担水的小媳妇的巧手，是苦了一辈子的老人僵硬的老手。痕迹里留下了每一个手心肌肤的纹路，和纹理间镶嵌的汗液，记载了每个人身上的气味，和走过这里时的喘息与劳累。那些手的主人，如今全奔好日子去了。他们现在过的日子，他看不到，只怕这辈子都看不到了。他们的手，现在摩挲着什么家具，都干些什么活儿呢，他也无法看到。

他叹了口气。一共塌了三处，两个台阶下陷半边，一个台阶滑了。马青山女人留下了一个脚印，深深的，印在泥里。

他先把桶子放到泉边，回过头修理塌陷的地方。黄土比较松软，他很快就补好残口，用脚踏平坦了，舒一口气。回到泉边，崖上传来铁钩和水桶摩擦发出的吱吱声。她来了。

他忽然有一点慌乱，低头看自己。家常穿的衣裳，鞋也是旧的。虽然旧，但还算整齐。他这辈子一直都是这打扮。不知道她变化了没有。那晚灯火下，急匆匆的，没有看清楚。应该会有吧。外出的人，回来上坟。几乎没有不发生变化的。至少穿的变了，新了，比在老家时候干净整洁了。

他蹲下去看泉。泉还在。当年是顺着沟壁上渗水的一道水眼往下挖，淘净虚土稀泥，一直挖到硬泥层上，才蓄住了水，淘出了一眼泉。

眼前的泉被泥淤得只剩下碗口大的一个窝。看样子这个窝还是马青山女人用舀子刨出来的，蓄了小小的一碗水。水面虽小，容量却大，一片清亮亮的小世界里倒映出一个大世界。头顶的蓝天，白云，半边黄土崖，崖顶上的几棵树。

脚步声越来越近，她下来了。

于海元望着水笑了。

他装作舀水，动作很慢，在等着她一步一步走来。

她瘦了，也老了。

都在情理当中啊。

他们在外头的那些事，他零零碎碎听到一些。上次马义山也提到过，马义山感慨说那女人造孽得很。搬迁之前，马青山对她还算过得去，自从他们两口子的儿子出车祸后，她还是在白蒿湾过日子，人们风风雨雨地议论说马青山在外头有了一个年轻女人，不过事情还算隐秘，谁都没戳破，马青山抽空儿两头跑，两头都照顾着。要搬迁了，听说马青山打算把那个女人也带过去，大家挤在一个家里过日子。这肯定行不通，两个女人跟一个男人，又在一个屋檐下过日子，不起摩擦才怪呢。当时于海元听到这个消息，真想劝一劝那女人。她跟上男人去，日子肯定不会好过。实际上他没有劝。人家的家事，关自己啥事。如果真跑去劝，人家听进去好，万一听不进去，反过来说一句，你多管闲事，那他不是拿巴掌扇自己的脸吗？

所以他只在心里想想就过去了。他一个孤寡老汉，自己的日子都这样凄凉烂包了，哪有权利再为别人操闲心。

不过，事情朝着他预料的方向发生了。这女人，果然被赶出来了。

马义山上回说她背了个口袋出门去了。去哪里没人知道。她男人马青山也没找，说肯定回娘家去了。估计她的离开，也正是男人所盼望的。

既然在娘家，咋又回这里来了？

已经住了好几天了，一副不急不慌的样子，不是过长久日子还能有啥？

她已经走完所有的台阶，两人只剩下十来步的距离了。

于海元脑子里忽然乱起来，在想一件事，他和这女人关系不好，曾经骂过一仗。

那会儿她的儿子还在，她和那些日子幸福的女人一样，架子有点大，说话口气硬，爱占小便宜，有次为了啥呢，好像是她家羊踏了他的青苗，他骂羊，她盛了茬，比他骂得还多。两个人噼里啪啦吵了一架。她和别的女人一样，看着话不多，温吭子人，一旦吵起来，又和每个村妇一样，泼辣得很，骂出的话和大家一样粗糙，日娘掏老子的话也骂得出口。不过还好，她还是和大家不一样，她没有揭他的短。

几乎和他吵过架的所有女人，还有男人，着急词穷的时候，会跳着脚，说你于海元是个没儿汉！就一句，像一下子打中了蛇的七寸。他有多大的理，也屄了。这句话最伤人啊。伤过他心的人，他都记着。不是为了记仇，反正就是记着，忘不了，尤其这几年，他们走的走，完的完，他夜里忍不住想起他们当时揭短的嘴脸。奇怪的是心里已经不伤心，也不胀气了，世上没有过不去的仇。他早看开了。

她没有骂这句话。先人亡人几辈人全骂了，只没骂这句话。事后他们臭了。见了面老早就避开。那时庄里没电，缺水，日子穷，骂仗的事儿常有，动不动就吵起来。像他这种活不到人前头的人，就算自己不想惹人，却总有躲不过去的时候，被人追着赶着发生摩擦。还有，他以前确实不忍事。脾气硬臭，火气大，和人生事并不比别人少。

好多吵过臭过的人，临走互相和好了，小辈儿向老辈儿要口唤，讨欢喜。平辈之间，也把过节儿放下了，说个赛俩目，啥新仇旧恨都揭过去了。也有几个女人，乘着寄放盆儿罐儿旧家具的机会来找他，半真半假地告别，顺嘴也提到了旧事，说老巴巴，我嘴不好，但心肠不坏，惹了你，要走了，来向你要个口唤。不等他反应过来，已经说了赛俩目。面对笑脸，他还能咋，伸手还不打笑脸人呢。他接了人家的赛俩目。等于不管是啥仇怨，有啥疙瘩，也都解开了。

和解的人里没有马青山女人。也就是说，直到起身出门，她都没有和他说过话，也没来寄放旧家具。她只在儿子的坟头大放悲声哭了一场，哭声一庄人听到了。

于海元也听到了。他站在掌子上的大门口看，马家的老坟里埋的人多，几辈人睡在一片山坡上，在密密麻麻的一坡坟堆当中，她儿子的坟显得很小，坟头的草仅仅把地皮刚苫住。听着她的哭声，他当时以为这个女人一辈子再不会回来了。

这么伤心的地方，难离啊，一旦离了，那就是生死别离。

她还是回来了。他轻轻地吐一口气。这世上的路啊，有时节走着走着就又折回头来了。

她看到他了。他也抬头看着她。

他心里慌慌的，想不起来该咋和她打这个招呼。

庄里人从前臭了，骂了，过些日子又和好了，和好之前，总得有人牵线递话，也得两个人中的一方先低头，开口问另一方。一般是，女人先问男人，小辈儿先问老人。

他和这女人之间，谁先服这个软呢？他想好了，他先开口，他来问她，从前一庄人挤在一起，一种约定俗成的观念让人总觉得先开口的就是认了尻，男人哪有先向女人搭言认错的，况且他要比这女人大好几岁。问题是现在人都走了，只剩下两个人了，还在意那看法做啥？他决定自己先问。

可事到临头，眼看她就要走到跟前来了，他竟然想不起该怎么跟她打招呼。万一人家不理茬呢。

一着急他站了起来。站起来，腿有点麻，麻得要栽倒，忙又蹲下去。他想起年轻时刚娶媳妇的那个夜晚，那时节不瞅对象，成亲前一对新人是很少见面的。媳妇娶进门之前，他都没看清楚媳妇长啥模样。洞房夜的灯盏下，他壮起胆子瞅媳妇的那一刻，也是这感觉。又慌又乱，心跳得要从嘴里挤出来。

你干啥啊？又不是十八岁领媳妇儿！他悄悄骂自己。

好几个月没见过庄里人，他是太亲了，太激动了。他在心里给自己找理由。

赛俩目来一坤——女人说。

她没用任何称呼，她带头打破了沉默。

于海元一直为怎么称呼对方而伤脑子。大妹子，娃他姨，还是……庄里人很少互相称呼对方的名字，尤其大人。女人是外头领进来的，领来就是某某某的媳妇了，再不久就是某某某的妈了。很少有人敢对着一个已婚妇女喊她的名字。

她往下走的过程里，他反复掂量几个称呼，似乎都不合适。就是没想到以这种啥都不用的方式，啥也不喊，白搭话，直接说赛俩目。就不尴尬，也不突然了。给人感觉显得不太远，也不太近。

赛俩目来一坤——你咋不接我赛俩目？

她问。

把赛俩目又重复了一遍。

她的声音没变。发音明白，嗓音清亮。脸上笑笑的，大大方方看着于海元。

于海元看她，也跟上笑了。说，吾儿来一坤赛俩目——你好着吗？

好着哩——她一边说，一遍从肩头卸下扁担，说，四年没见了，你还是老样子啊？

于海元慢慢往后退，看着她蹲在泉口，准备舀水。动作娴熟，离开四年，回到这泉边原来担水舀水的样子就回来了。

于海元忽然就轻松了。那些紧张，慌乱，全没了。女人的轻松，让他跟着打消了所有的顾虑。

他想起了以前的日子。从前，庄里人一起过日子，感觉轻松，坦然，只要没臭，见了面都要笑着打招呼。

他曾经望着空了的庄子想，那些日子过去了，再也回不来了，那种日子里的感觉，也都不见了，回不来了。再回来上坟的人，跟他见了，除了久别重逢的亲热，就是客气，好像大家之间多了一种从前根本不会有的客气。这种客气，让互相都有了尊重。但也多了一种疏远。好像距离不由得就远了。中间隔了什么，再也回不到从前的那种随意和轻松了。

这种感觉让他伤心。而且，随着时间一天天过去，他们走后的日子越多，这种感觉也越明显。他们匆匆来了，又走了。他们用一种越来越明显的态度对待他，似乎这样就能弥补什么。可是他们不知道，这对于他也是一种伤害。他们走了，日子又安静了。他的心久久不能平静，需要在一种感慨里沉浸好久。

她是回来过日子的，她不会走了。

于海元在心里说。不用多问，仅仅是这种久违的熟悉的感觉，他确定这女人要留在庄子里了。

三

女人真的留下来了。

确定她留下来的事实后，于海元倒没有一开始那么惊喜和激动了。

他甚至有点鄙视自己开头的做法了。高兴的啥，轻狂的啥，回来就回来么，这里本来就是她的家，虽然她的家已经拆了，虽然她现在住着我从前的家，但白蒿湾永远都是白蒿湾人的家。走出去多远，中间隔几年，只要回来，就是白蒿湾的人，这里就是家。

于海元把井盖子揭开，打了一桶水，水很清，他望着北边看了看，掌子上的大门开着，看不到那女人，再见着面了，他就告诉她，不要去沟里担水了，井里水旺得很，来担一担井水，要比爬一回沟松活得多。

第二天饭后，于海元看到她挑着桶子下坡，一路走到沟里去了，没来他这里。

这女人，明明知道我这里有井，却不来，真是妇道人家，脸皮就那么薄？都是一个庄里住着，还生分啊。

他提上铁锨往沟边走，想等她上岸了，就装作无意中碰上，告诉她，以后来井里担水，井盖子他没有锁，辘轳也没有往家里抱，她随时来了，随时都能打上水。

锁井盖，往家里抱辘轳，那是从前的时节，那时人多，缺水，庄里慢慢有了五六口井，尤其春忙时节，开始解冻，沟底里到处稀泥横流，去沟里担一担水，吃力不说，还没水，需要蹲在泉边等。吃水紧张，有人就会到别人家井上偷水。有井的人家就把井口上了锁，也把辘轳抱回家里。

现在还有那必要吗，早没了，他苦笑着摇摇头。

狗不知从哪儿跑来了，贴着他脚面冲到前头去，咻咻地在沟边上盘旋。

气得他跺脚，狗东西，这不等于早早跑去告诉她，主人就在后面，在专门等她。

他不去了，转身向家里走去。

他竟然跟一只狗赌上了气。

这天晚饭他像平时一样，又做多了。一顿饭多不多，下进锅里之前，他总是估量得不准确，只有等面条煮进锅里，白花花泛起一锅，他才知道多了。男人的手啊，真不适合做饭，女人完了这么多年，做饭一直是他最头疼的事。

他给自己舀两碗，剩下的刮进一个盆子，端到门口，给一个铁盆子里倒，倒了三碗的量，想想，又多倒了一些，天气冷了，几只小流浪狗身体弱，总是挨饿。他从狗群里把它们隔开，放进来让吃，吃完再赶出去。那些大狗半大狗，他是没能力全部喂养的。大大小小好几十号呢，他这点存粮哪里够喂它们，除非他自己不活了。

没见狗回来。

狗东西，又到哪儿疯去了。

自从搬迁以来，随着大家相继离开，他们养过的狗该怎么处理，成了大问题，带走么，据说去了住楼房，不是养狗的地方，只有少数住院子的人家能把狗领走。想送给亲朋，但亲朋能看上的，也不多。这些狗先后成了没家没舍的流浪狗。

等搬结束后，一共剩下了十三只。多亏都不是大狗，除了他的狗是过去的土狗，其余都是这几年兴起来的碎狗，个头小，性子也不烈，见了人只是汪汪叫，多半在虚张声势，一般不会像过去的土狗一样逮住人下口。

人走光了，村庄成了狗的世界。狗一点都不快乐，好像没娘的娃娃，满庄子乱跑，乱叫，见着他就撵，凄惶地叫，就像娃娃在找妈。更要命的是，它们还迅速繁衍，不断有死去的，不断有出生的，几年下来，从十三只变成了二三十只，一大堆，在眼前绕来绕去，绕得人眼睛花，他数了几次，总是数不清楚。

于海元的狗不是没妈的孩子，它的主人没有走。它就狗仗人势，乘势做了狗群的头儿，一天没事领着一群无家可归的狗满庄子跑，到这个家门口看看，到那个废墟前嗅嗅，再到空下来的窑洞里转转，巡逻，也是怀旧，同时也是寻找可以吃的东西。

它们一天天跑成了野狗，满山头撵着抓兔子，逮野鸡，活着总是要吃的，它们在为肚子奔波不停。

每当看到狗群撵着一只兔子满世界狂奔翻滚的时候，于海元忍不住感到心酸。

明年他想多种点粮食，自己吃，同时也每顿饭给这些狗多倒一点，毕竟是一条条的生命，咋能活生生看着饿死。

于海元没等到狗回来吃饭。倒是几只小流浪狗哆哆嗦嗦来了，蹭在门槛下不走。他干脆把那半盆子饭全给它们吃了。看着小狗们伸出红红的舌头软软地舔着盆子底，他笑了，狗东西，既然爱浪门子，就好好浪去，今晚饿饿，看你明儿还敢胡跑么。

晚饭狗也没回来，于海元自己热了剩饭吃。看看天黑下来，他要顶门了，一个黑影子忽然从胯下往门里钻。

你去哪儿了？一天时间没回来？

于海元喝。

狗吱吱叫着，一溜烟钻进窝，他给留的饭，这畜生闻都没闻。

咋了？病了？

于海元挨近看，不像病了，目光炯炯有神，没一丝病态。

于海元还是不踏实，把食盆子端到它面前，说，我今儿亲自伺候你一回，还不吃？

狗闻了闻，鼻子像小孩一样抽抽，咻咻地旋着，就是不肯下嘴。以前可是逮着就吃，没有嫌弃的道理。除非吃得很饱。可是这大冬天的，你吃啥呢能这么饱？就算运气好，逮一只兔子，也是狗多肉少，你一块它一块，撕分下来，还是吃不到多少。有些狗饿得扒粪堆，把各家门口早年压的粪土刨开，里头埋的陈年干屎都吃了。

夜里于海元睡得不踏实，翻来覆去想心事。忽然就有了心事。哪里来的心事呢，真是说不清楚。说来就来了，来了就有些缠绵，细细的丝线一样，在心呀肝呀这些五脏六腑之间缠绕，乱乱的。他想理清楚。理不清楚。坐起来看灯。灯没什么看头。灯下只有一个人影子，是自己，还是死的，不说话，不笑，不和他扯磨。他想找个人扯磨。不管说啥，天上地下，天南海北，想到啥说啥，只要是说话，只要能解解心慌，就成。他真的很久很久没有和人好好地扯磨了。马八十不来。马义山也不回来。这世上还有谁愿意和他敞开了说话呢。

那个女人。他想到了她。去找她，不干别的，就说说话儿。要是开门进去不方便，他就蹲在大门口，隔着门扯磨也行。反正得找个人说上一阵。不然这话太多，会把人给憋死的。

真有被话憋死的人？

他嘿嘿嘿地笑了。笑得坏坏的。墙上的影子也在笑。笑得摇摇晃晃。

第二天早晨于海元准时出门，站在麦场边看柴烟。还是那么一股，在清晨的微寒里摇曳着，柔软而深情。

狗没来缠他，一溜烟向远处蹿去，于海元的目光紧紧揪住狗，看到它很快就跑上掌子，进了那个女人的家门。

狗东西。

他骂，也笑，知道它连着两顿不来家里吃饭的原因了，肯定是蹭上饭了，女人的手艺比他好，做的饭也好吃，所以狗不愿意吃他留的饭了。

我连个狗都不如。

脸上的笑意变得苦涩。喃喃地念叨，我要是脸皮再厚一点就好了，厚着脸皮去蹭饭，她总不好打出来吧？

午后女人又挑着桶子出来了，照例不来这边，好像她不知道这边是有水井的。她腰肢一扭一扭，桶子在铁钩子上甩。于海元坐在井台上看，一直目送她下沟，看不到了。

于海元拼命想自己的女人，女人活了四十七岁，口唤的时候瘦成了一把柴。从此以后他只要想起她，总是想起两个模样，一个是刚领进门的时候，一个瘦矮的小媳妇，怕羞，含着涩涩的笑。另一个模样，是她被病熬干的样子。其实有时候他真的渴望回想一下她三十几岁的模样，她也曾胖过，胸脯和屁股都鼓鼓的，没生养，那身条儿甚至要比别人家女人好。他想念那丰满的身子，那软乎乎热腾腾的感觉。奇怪的是，一次都想不起来。这让他觉得沮丧，也熬煎。这事儿是不能跟人说的，那几年还没有养狗，后来有了狗，他就对着狗说。他絮絮地说，狗有心无心地听，说完了，他觉得心里干净了，骂一句狗东西。

女人最丰满的那几年，走路腰肢也是一扭一扭的，好像腰里没有骨头，软得撑不起来。却偏偏不会塌下来，就那么扭啊扭。这正是女人之所以让人动心的地方吧。

马青山女人，有六十好几了吧，这样的年龄，其实和年轻的时节没法比了。但是她腰肢扭动的样子，好像留在他眼前，擦不去，赶不走，不断地闪现。

他有很多年没有摸过女人了，简直都记不起女人的滋味了。

那女人一担水上岸了，在沟边上歇了一次，然后上坡，在爬掌子之前，又歇下了。他的狗像个跟屁虫，屁颠屁颠一直跟着，这会儿狗看到他了，好像邀功一样冲着他的方向汪汪叫了两声。于海元怕女人看到自己一直蹲在这里，啥都不干，只是看人。他赶紧过去搅辘轳，铁辘轳在木头桩子上发出吱嘎嘎的长鸣。

女人上完掌子，身影在大门口一闪，进去了。

她再没有出来。她肯定听到他打水的声音了，辘轳有些生锈，木桩也干涩得严重，吱嘎声满庄子都能听到。偏偏她好像没听到，她应该放下水，出来看几眼呀。离得远，话是说不上的，那远远地看几眼还是能做到的。为啥就不出来了。

于海元在井台子上坐了一个下午，日头落了，他懒懒地回屋，晚饭不想吃，也就没做，老早爬进被窝睡了。

这一夜于海元如愿地梦到了中年时节的女人，他和她在被窝里，女人的身子像蜕皮的蛇，光簌簌滑溜溜，饱满得要绽破。他拼命搂着。他高兴得简直要疯。一种酣畅的淋漓的滋味袭遍全身。他笑醒了。

眼前一团漆黑，他自己的身子却烫得像火。

爬起来点灯，看座钟，十二点半，听门外，没动静，狗没回来。这狗东西，真是舔沟子的货，人家几顿饭就喂熟了啊，把我老汉给忘了。

他吃了个安乃近，又躺下来，迷迷糊糊中，依稀还残留着一点刚才的梦境。他想把梦的碎片重新拼凑，他留恋这样的梦境。但是好梦不久，就跟他这辈子活着一样，只是前面不经意间高高兴兴活了一段时间，后面全是苦涩。碎片一片片碎裂，消散，残留的那点碎渣也都消失了。他舍不得它们消散，他就拼命地追赶，伸手去抓，他跑啊，追啊，越跑越远，越跑越慢，慢跑中整个人轻飘飘的，飞了起来。

于海元不知道自己昏睡了多长时间，被狗叫声吵醒了。

他养的狗，叫声他熟悉。可是它很少叫得这么凄惨。好像它要死了，好像世界到尽头了，好像就要天塌地陷了。

狗东西，你慌啥啊你，就你和我的日子，清汤寡水的，有啥值得这么大惊小怪的。

狗一直在叫。

于海元浑身疼，头尤其疼，想再眯一会儿，可是这狗东西吵得人睡不着啊，他起身，下地，准备去开门。

一下炕，身子出溜成一摊，好像骨头被人抽了，站不起来。

狗在打门，砰砰砰。那是举着爪子敲。敲一阵，又抠，爪子在木板上发出难听的声音，这声音，刺耳，干涩，好像要往人的肉里钻。

狗说汪汪——呜呜——

狗也很着急。

狗东西，终究还是有点良心，记得回来看我啊？

他笑，摇摇晃晃站起来，拄上铁锨，一步一步挨到门口，开门，才开了半扇，狗已经顶着一头土挤进来，裹住他的脚跟，呜呜地叫，缠得他差点又软在地上。

浪够了？

于海元骂，只骂一句，没力气再骂，拄着锨往回走，挨进门，把锨丢在地下，人虚虚地往枕上栽去，觉得心里又烧又难过，说不上来是什么感觉，就是难受，躺下了也难受，天旋地转的，他慢慢闭上眼。

于海元记不得自己都有多少年没有这样病过了，简直是病来如山倒，说倒就倒下了，只是他有点不服气，感觉身子骨还可以么，这场病咋说来就来了。他静静地躺着。听见狗在院里跑，不知道它在干啥，跑来跑去的，一会儿到房门口了，一会儿又跑远了。这远远近近跑来跑去的声音，让他觉得眩晕，感觉不真实，又依稀觉得是真实的。他迷迷糊糊想，有个人在枕边就好了，给他端一碗热水。他渴得嗓子眼都干了。肚子里隐隐地饿。有啥吃的就好了。最好是炝一碗浆水，清清的，酸酸的，乘热一口气喝下去，五脏六腑肯定都舒坦了。

也就只能这么靠幻想哄着自己了。谁叫他命苦，是个没儿没女的独户呢，连女人也早早完了。女人要是还活着，至少互相是个伴儿。人活在世上啊，命真是不好说。

窗外的亮色一点点转黑，天气黑了，他想下去把门顶上，挣扎了几回，实在爬不起来，稍微一动就冒出一身虚汗，眼前头黄灿灿的碎花花乱绕。最后干脆不下去了，反正这家里也没啥值钱的，也不怕贼进来，再说白蒿湾现在还哪里有贼呢，就算邻庄的贼，也不会有心思惦记他一个老汉。倒是有野狗，不过有他的狗呢，这狗东西好像再没有出去，趴在门口守着呢，狗就是他的一个伴儿啊。

于海元再次从昏睡中醒来，是被一个声音唤醒的。

声音说你咋了，咋睡着不醒来哩？

你究竟咋了？

女人的声音。

半是询问，半是呼唤，半是自言自语。

头这么热，烫手哩，是不是凉着了？

随着语声，一个手搭到额头上了。

手凉森森的，一股清亮顿时传来。

于海元轻轻一哆嗦。

哎呀，太烧了，这发高烧哩！

女人嚷。

一阵风一样出去了。

她走了。

于海元想，就这么撇下我走了。

到底不是亲人啊，真能狠得下心。

他觉得伤心，也气愤，要是他的女人活着，会撇下他不管吗？

门口一暗，一个人进来了，从呼吸声听，是女人。她又回来了。抱了一抱柴，蹲在灶台前烧火，一边往锅里倒水。抽空儿试暖壶，暖壶里的水早冷透了。她又摸炉子，炉火也早死了。屋里冷得像冰窖。

她又跑出去了，一会儿于海元闻到了炕烟味，顺着窗户缝钻进来。他知道她在点火，烧炕。看来他病了不止一两天，一两天的话他的炕火不至于死绝，炕也冷下去了。

她一阵风一样进来，水开了，灌水，水从舀子里往暖壶里倒，发出一种声响，声音匀称，悠扬，像唱歌一样好听。

于海元嗓子里冒烟，开水多香啊，晾温了，美美地灌上一气。

一个毛巾捂在了他额头。惊得于海元眼皮直跳，不由得睁开了眼。

醒了啊？

她问。

不能继续装了。

于海元只能把眼睁开，两眼发酸，视线涣散，身子酸软疼痛。

他疲惫地点头。

给你添麻烦了。

他说。

我来迟了。

她说。

早晓得你病了，给你找几个药吃了，说不定不会这么重。

他点头，确实，他自己都没有料到这一场会病得这么重。

狗把我引来的。

她一边麻利地拧毛巾，擦洗，一边说。

狗听见提到它了，急得在门口呜呜叫。

狗比人暖心。她忽然说。

他有点呆，不知道这话该咋接，以前他觉得狗确实比人暖心，可是这真要病了，还是人比狗有用，烧火、烧水、降温，这些活儿狗做不到，人一来就什么都做到了。

不过这话他没说。只是点了点头。

只有他知道，自己的心里是多么地渴望着人。

她已经晾了一舀子水，端过来，他从枕头上撑起头，咣咣咣就喝，一口气竟然把一舀子水全吞下去了。

喝完，全身冒出一层汗，顿时浑身一阵松快，好像刚刚还弥散在各处骨缝间的缠绵病意，顿时就减轻了。

她从门口找来一股子硬柴，把一个塑料袋缠在细木头上，哧溜，划着了一根火柴，引燃塑料袋，接着是木柴。烧旺了，把木柴丢进炉膛，盖上炉盖子。火在炉膛里烧，哗啦啦笑。烧一阵，她又添一把木柴，同时把一火铲头碎炭块丢进去。

火就这么笼好了，屋子里慢慢地有了暖意。

脸上有血颜色了？她盯着他端详，轻轻笑了，瞅着他，说，你没晓得，我刚进来你一张脸黄透了！颜色转过来就好了。

他被瞅得有点不好意思，心在怦怦跳。他赶紧点头，说嗯嗯，我也觉得好点了。

想吃点啥？

她麻利地洗手，真的要做饭。

于海元慢慢欠起身子，靠住墙看她做饭，给她指点，面在那个大盆里，碱面在那个玻璃瓶子里，擀杖在架板上，勺子和碗筷在那个小锅里扣着。

其实他不说，她都能找到，顺手就挖出面，撒碱，兑水，开始调面。

洋芋在那个袋子里，外头窗台上有红葱，那个红罐里有我腌的西红柿酱。

你一个大男人还会腌西红柿酱？比一般的女人都细数！

她忽然转过身来，望着他笑，两个手上都是面。

于海元发现她笑得很欢畅，是那种没有防备的，开心的笑，既带着点惊讶，也有一点微微的夸张。

于海元指着案板底下，说，那里还有一缸白菜哩。

她很快褪尽面手，把一疙瘩面扣在案板上醒着，弯腰去看菜缸，捞出一大碟子，喂一口进了嘴，可噌可噌咬着吃，吃得很脆，脸上开心地笑着，说，没看出来啊，你啥都会做，这菜腌的，比一般的女人都好！

于海元苦笑，说，命苦人么，不会不成啊，人家的男人，有人做熟了端上桌子吃，我不会的话，就只能饿肚子了。

女人不笑了，也不吃了，好像想到了什么，神情有点黯然，转身切洋芋，炒菜，烧水。

屋子里很快有了香味。

饭做熟了，女人端一碗到于海元面前，于海元打起精神瞅一眼，洋芋面叶子，洋芋切得碎，面叶子更细碎，清汤小葱花，闻着香，看着也清爽，于海元端起来就吃。一口气吃完一碗，女人已经又舀了一碗端到面前。

于海元才意识到忘了让她吃，这是在他家里，他是主，人家是客。他不好意思地笑，说，你咋不吃？你也吃么。

女人递给他拧干的毛巾，轻轻笑，不急，等你吃好了，我再说。

于海元擦了满头的汗，吃第二碗时，把泪水落进了碗里。

这汗啊，太多了——他赶紧拿毛巾擦，给自己辩解。

多亏她没注意到，她在铲锅，倒水，很快就把碗筷都收进锅里，等他吃完，她已经准备洗涮了。

你不要洗，放下我洗，我好了就洗了，你说你给我做一顿饭我已经知足得很。

于海元摸着炕头喊，想下去阻拦。

你看你，跟我争了个啥嘛！

女人嚷，从他手里夺空碗，手一滑，两个人的手碰到了一搭。

于海元僵住了。

他傻傻看着碗，碗是空的，洋芋面叶子他全部吃进了肚子。两大碗，他真是饿坏了。很久很久没有吃到这么香的饭了。这是女人做的饭啊，和男人的手做出的饭就是不一样。

她也愣了一下，但是抢在他前头醒过神，碗被她拿走了。接着锅台边响起洗刷声，唰啦，唰啦。

于海元有点幸福，有点惭愧，也有一点说不清楚是什么的感觉，心里乱乱的，又暖烘烘的，有点着急，又知道不能急，他看着那个洗锅的背影，她其实挺好看的，腰身微微地肥胖，腿也不直，脚是外八字，微微撇着，但是这不影响她的好看，甚至，好像这些缺陷让她更有了一种别样的味道。

于海元悄悄咽一口唾沫。

他盼望时间过得慢一点，再慢一点，最好停下来再不要走，最好她把锅能洗上几个钟头，一天，甚至永远。

时间是不会停止的，老座钟咔嚓咔嚓地走着，尽职尽责。她很快洗完了，擦净手，拍拍衣襟，把一缸子温开水端到他炕头，又给炉子里添一铲子炭，告辞走了。

于海元趴在窗玻璃上目送，看到她出了大门后，把两扇门从外头拉上，合严，才走了。

于海元溜倒，趴在枕头上抹眼泪，眼泪忽然很多，多得收不住，干脆就往枕头上淌。他痛痛快快地哭了一阵，舒一口气，自言自语，多好的女人啊，马青山咋就忍心把她逼出门，叫一个人在外头流浪。

四

于海元倒出半袋子面，半袋子黄米，又装两袋子洋芋，装在一个手推车上出了门。不见狗的影子。

狗东西，他无声地笑，笑得有一点甜蜜。

他甚至还哼起了歌儿。尕妹妹好模样，三天不见两天想。

经过寺门，路不好走了，小车跳舞一样东扭西拐，他弯着腰使劲把住，向掌子方向推。

到了掌子下，坡陡，推不动了，他停下车，扛起面和米徒步走。爬上掌子，放到大门口，又转身下去扛洋芋。

等于海元三趟跑下来，狗从门口跑了出来，一看他来了，开心得不行，一个劲儿蹿跳。

马青山女人却好像有一点点的欢喜，也有一点点的不开心。

她迎出来，看着这个人忽然送来的粮食，似乎让她意外，也让她有一点难堪。

这咋成？她搓着手，喃喃地问。

于海元早就想好了说辞，他呵呵地笑着，说有啥不成，给你道谢的，要不是你，我肯定病死了，冻死了，也饿死了。是我一点心意。

马青山女人没拦挡，看着他把东西一样一样搬到房门口，她却没有让他进屋坐，也没有倒水给他喝，她显得有点疏远，站在门口，想了想，似乎拿定了主意，从一个口袋里往出掏钱，数出几张，说，就当我买你的吧，正好我来的时节背的一点面吃光了。

于海元直直看女人的脸，这是她回来后他第一次这么直接地看她。她的脸显得很苍老，鬓角露出的发根白森森的。生活的不容易，把她过早地变成了一个老婆子。他忽然觉得灰心，觉得愧疚，在这样一个女人面前打自己的小九九，是不是有点不厚道。羞愧的感觉忽然就翻涌上来。他一把拨开钱，就往外冲，走得跌跌撞撞，甚至是在小跑，越过门槛的时候，差点一个跟头栽倒。

狗不甘心，撵着他汪汪地叫，似乎他在这里是生人，狗不欢迎他。

事后慢慢回想，于海元觉得女人的那几十块钱把自己的心给伤着了。不管她是有意，还是无意，反正是伤到他了。他在镜子前刮胡子，看到自己鬓角也是白森森的。忽然感觉想通了什么，心里豁然地就清亮了，明白了，望着镜子叹了口气。

于海元窝在家里再没有出门，至多去门口水井上打水，然后就关上门过日子。日子是啥，就是一天一天往炉膛里添的硬柴和炭疙瘩，是做饭吃饭，是洗浴礼拜，是脸贴着玻璃望外头灰苍苍的天，也偶尔去一趟集上，在熙熙攘攘的人群里走来走去，走得累，但心里高兴，踏实，感觉闻到人的气味，听到人的声音，看到人的脸面，是一种说不出来的高兴。

没留意就把一个冬给过出来了。开春于海元去邻庄雇了四轮，来把寺门口一大片地耕了，种了些春麦，豆子，胡麻，洋芋，还有一些糜子。

马青山女人也赶来了，也叫四轮给她把掌子下面的一大片平地耕了，她也要种粮食。

庄子空了，从前很珍贵的土地，现在没有主人了，只有他们两个人，自由地选择，想种哪里种哪里，于海元抬手指着自己看中的地方让司机耕，他心里觉得自己成了大地主。

司机也有点羡慕了，说，这么多地，还是平地，种这么多粮食，一年下来，你老两口胡吃胡塞花，都够了。

马青山女人低下了头。

于海元赶紧解释，我们不是老两口，我们只是临时搭手种地哩。

司机瞅瞅于海元，又瞧瞧女人，他眼里显出不可思议，说，不是老两口啊，看着像，咋就不是哩——点一根烟开始抽，似乎这两个老人是不是老两口，是一件让他伤脑子的事。

种子埋进土里，接下来的事情就好办多了。两个人都是种了一辈子庄稼的好手，锄地拔草撒化肥，都难不倒他们。于海元买化肥的时节，雇了奔奔车，拉回来半车厢，两个人分了。

女人看样子是拿不出钱了，说等粮食收了，首先变钱给他还。

于海元有低保，还有一份养老金，虽然钱不多，但是隔几个月就能领回来几个。于海元说化肥钱不急，反正我又不急着使唤钱。

种地时候他们说过话，说的都是和土地、庄稼有关的话，之后为化肥钱又说过一回，接下来的日子就很少见面，也很少说话了。好几回于海元心里有东西在翻腾，忍不住想去找她，人都说好女也怕三缠，只要他豁出去厚着脸皮缠，说不定就把她的心给泡软了。可走到掌子下面，他又犹豫了，抬头看看马家坟院里那么多黄土包包，再看看于家坟院里几十个土包包，他心里就没底气了，也没心思了，怏怏地转身回家。

四月里于海元要去磨面，就到沟边上等，马青山女人下来担水，于海元不绕弯子，直接告诉她，自己要磨面了，雇个奔奔车，你要捎带吗？

女人连连说太好了，她正好没啥吃了，要于海元先给她借几袋麦子，她秋后还。

于海元真去邻庄雇来奔奔车，拉上几袋麦子，出发去集上。

马青山女人也跟上了。

在磨坊里装面的时候，磨坊主说把麦麸卖给他，于海元摇头，不卖，养着狗呢，麦麸拌给狗吃。

磨坊主有点不相信，说这好几袋子，你家狗多大食量哩，能吃得光？再说现在的狗，嘴比人还挑剔，给你吃麦麸哩？

马青山女人就帮腔，说真吃哩，我们的狗都是饿狗。

磨坊主看看这个女人，再看于海元，说，你说了我不信，既然你女人都这么说，那我信了。

于海元想解释，女人不是他的女人，可忽然觉得没必要，就再没吭声。

于海元真把那几袋子麦麸拌了喂狗，肯定是不能喂所有的狗，那得多少粮食，有几只草狗开春就怀上了，肚子已经拖到地面上了，跑不利索，也抢不过牙狗，于海元就特意照顾它们，每顿饭多做点，再把麦麸拌一些，好歹叫能吃几口吃几口吧。

豆子黄得早，于海元割自己的，女人蹲在她的地里，割她的。割累了，于海元就站起来远远地瞭，看到女人的身子跪在地里，起起落落地动。于海元就叹一口气。

麦子黄了，于海元看着平扇扇的一大片，有些愁，年轻的时节力气大，心气也盛，多少麦子都能割倒，现在是不行了，岁数不饶人。另外，也真是奇怪，乡亲们在的时节，几乎年年干旱，除了刚包产到户那会儿丰收过几年，后来几十年里，不是绝产，就是歉收，反正没有好好地丰收过，想不到大家走了，地没人种了，庄稼倒丰收了，各种庄稼都长得好，没一样不好的。于海元就反复感叹，真主慈悯呀，这是在照看他和她两个无依无靠的可怜人呢。

于海元思谋着，要不要请几个麦客子来割，或者雇收割机。

女人出现在地头上。

其实他们种的地，早都不是当年自己家的地，他们挑拣的是全庄最平最近的地，也不用管是谁家的，随便占一大片种上了。以寺门口这一条路为界限，于海元种了靠南的，女人种了靠北的。

现在他两个站在地埂上说话，一个的脚踩着北边的地皮，一个的脚站在南边的麦子丛里。

谁能想到啊，这么多的好地，都叫我两个种了。

女人感叹，笑。看得出，她是确实高兴。满眼的丰收就在眼前，作为一个农民，谁不高兴那是假的。

于海元用眼角余光偷偷瞄，发现下了一春一夏的苦，女人没瘦，也没黑，倒比冬天刚来那会儿胖了，白了，面色透出一抹红润。

于海元的心有点跳。

他赶紧转移视线，把心里的鬼压了下去。

你记着吗，为了地埂子，常常就打起来了，打得头破眼瞎的。于海元边说，边抬手在眼前画了一个大大的圈儿，感叹，人活在世上啊，真是眼前头的路儿黑着哩，昏头昏脑地往前活哩，你看看这些地，都荒了，就剩下野草了，唉，当年谁能想到哩，最后我们白蒿湾的人会离开这里，都走了，都成离乡人了，这黄土下面睡的亡人，和世上奔命的活人，是再也睡不到一片土地里了。

女人本来高兴的神色也黯然了，叹一口气，说，就是的，对对儿地，人活在世上啊，就是昏昏沉沉推日子着哩。

两个人好像把话题说到了悲伤处，也推到了尽头，忽然就没话说了，默默地看各自的麦子。

南边的麦穗在风里点头，北边的麦穗也在风里点头。北边和南边就隔着一条已经荒废的路，它们就这样整整地相望了小半年，却永远没有机会靠近。

豁线口出现了一辆小车，带起一股尘土，到寺门口停下，队长从车里钻出来，呸呸呸吐着，好像他的嘴是一个小型喷雾器，在灭眼前的尘烟。

伊蛋子队长把手背搭在屁股上，有点不高兴，说，老汉啊，谁叫你种地的，这地现在是公家的，公共的，你随便就种了，你这是犯法哩。

于海元看看自己的麦子，平展展的一大片，估计有二三十亩，不要说伊蛋子自己也是个农民，估计乡上的乡长书记看了这大片的好庄稼也会眼热的。

于海元没给伊蛋子笑脸，也学着他的样子把手背搭过去，说，我一个老农民么，种点地还犯法了？晓不得犯的是你们这些当官的哪条法？不种地我咋活？你叫我活活饿死？

把伊蛋子给问住了。

队长目光又扫了一圈儿，嘴角有了冷笑，说你种也就少种点么，咋种了这么多？你一个人吃得光？你看你黄土都壅到半脖子了，还不得够么——你还吃着低保哩。

马青山女人从麦子深处出来了，赶紧回答，说这是她的一片麦子。

伊蛋子似乎被这个忽然冒出来的女人吓了一跳。看看，认识，搬走之前到他跟前闹活着要过低保。

队长看看于海元，又把目光盯在女人身上。似乎要从他们身上看出点不一样的东西来。

于海元忽然心里就虚了，脸烧，舌头也有点结巴，他指着女人，说，马青山女人，她家情况你清楚，外头没法过，跑回来了，你晓得么，都是为了生存下去。

见队长没反应，于海元又赶紧追加，说，一个妇道人家，种这点地不容易，眼看着麦子要割，雇人割嘛，哪来的钱哩，要不你给上个低保么，她连低保都没有。

女人抬眼看于海元，眼里微微地闪出一点期待。

她户口迁走了么，是已经搬出去的人，这低保我给她咋给？

伊蛋子不看女人，只看于海元，忽然盯住于海元，声音低沉，但是谁都听得出他的恼怒。

要不把你的取了，给她？

一股热血顿时涌上了头，于海元心里骂了一句伊蛋子的妈，哪有这么逼人的。

于海元想也没想，说，给就给，只要你说话算话！

伊蛋子冷笑一声，一脚踏折了几个肥硕的麦穗子，说老汉家，你不要胡骚情，连你的低保也吃不长了，我可把话说得明明白白的，就种这一茬子，明年绝对不行，白蒿湾从山头到水沟，全部都要承包，村里要引进养殖企业，办一个天然绿色无公害养殖场。

于海元怔怔地目送队长离开。

于海元给队长的背影吐了一口唾沫。低声骂，狗日的，当了屁大的个官，眼里没人了，也就在我们这些孽障人跟前耍威风，见了上头的官儿，比狗还贱！

于海元其实希望女人能跟着自己骂，就算粗话骂不出口，至少帮着发几句牢骚也行，毕竟刚才自己是帮她了。女人没吭声，默默地转过身走了，走到地头上，蹲下去，开始割麦子，镰刃剁在脆黄脆黄的麦秆上，发出清脆悦耳的咔嚓声。

于海元站着听了一会儿，深深吐一口气，说女人家都能割，我一个男人家怕啥？还雇啥麦客子哩，我祖辈都是下陕西给人家割麦子的麦客子。一把臭苦么，我还能下动！

唰啦唰啦——南边，扯长脖子才能一眼望到头的麦地里，于海元在挥镰。

唰啦唰啦——北边金灿灿的麦浪下，女人脸上的汗水亮闪闪的，擦过一层，又冒出一层。

这一年的麦子，于海元和马青山女人整整割了二十多天，才把平扇扇的大片黄色齐刷刷割倒，变成麦码子蹲在地里。

五

挖洋芋的时节，有人进了白蒿湾，毫无征兆，呼啦啦就来了。五辆车，鱼贯而来，在寺门口停下，车肚子里开始往出钻人。于海元在地里挖洋芋。女人也在地里挖洋芋。于海元看到车队，也看到来人了。女人也看到了。两个人停下不挖了，白蒿湾能来这么多车这么多人，是罕见的，肯定是有啥事情要发生了，而且，于海元预感到是大事。

伊蛋子队长走在最前头，明显是在引路，他们先在寺门口那片平地上看了看，有人举着黑乎乎的机器在拍照，好像要把白蒿湾的山、谷、沟都看个透，都拍在机器里带走。他们还伸手指点着，议论着，显得很有底气，好像这里是他们的庄子，他们就是村庄的主人。

他们一路走，一路看，绕过寺门，爬上掌子，上了北山，在山顶上瞭望，把四面八方都看遍了，拍遍了，议论遍了，又走下来，最后经过于海元身边。

为什么还有人?

一个高个子说。口气好像有点不高兴。似乎白蒿湾里住着人，还种着地，是一件很离奇的事。

他说的不是本地话。

于海元拄着锄头看，他断定这一伙人里有大半不是本地人。

马上搬，马上叫他们搬，小问题，都是小问题，很快就解决了。

伊蛋子队长说，他在给高个子点头，腰里的骨头折了一样，说话的同时很努力地把腰弯下去。

伊蛋子说的也不是本地话，他居然像外地人一样，也卷着舌头，说的是外地话。

那就要尽快。高个子说。像一个大领导在下命令。

那是，那是。

伊蛋子点头，哈腰。

还有几个人也在哈腰，点头。

高个子一挥手，他们呼啦啦走了。

于海元没心劲挖洋芋了。女人也看出事情不妙。他们两个走到寺门口，在刚才停车的地方站住，他们也学着刚才那伙人的样子，四面八方地瞭望，可是有啥看头哩，没啥看头，还是那个白蒿湾，还是那几个山包和一道深沟，还是那些塌七涝八乱糟糟的废墟，还是那些断得坑坑洼洼的路。

怕不是啥好事？

女人问，看于海元，小心翼翼的，眼里满是猜测，还有担忧。

于海元深吸一口气，说怕啥哩，不怕，谁还能把你我从这白蒿湾赶走，这可是我们祖辈都扎根的地方。

女人点头，有点信服。

话是这么说，但他们谁都没心思再劳动了，乏乏地，各回各家。

第三天队长来了，脸是黑的，眼睛里有火，叫于海元快准备，进养老院，叫马青山的女人回去，公家把你搬到哪里了，你就回哪里去。白蒿湾的养殖场就要马上启动了，我们首先得保证把场地给人家腾出来。

可是上百万的项目，这资金引进来，对咱们村、咱们乡，都是大好事，我不希望因为你两个人赖着不走，把大事给搅了！

于海元沉默了一阵，说，不管多大的好事，和我们有啥关系，不是要把我们赶走吗？

我说老汉你啥意思？

伊蛋子愤怒地瞪着于海元。

于海元有点怕，一想又不怕了，以同样坚硬的目光顶回去。

马青山女人来拉于海元，说忍着点，咋能跟公家对着干？

就是的。伊蛋子补充，我是好心，先给你们打个招呼，后面乡上来人就不客气了，派出所的人也来哩，你说我们乡里乡亲的，我咋忍心看着你们在公家面前吃亏？

伊蛋子态度软了，于海元这里本来强撑着的一点架子，也就散下来了。

好歹叫我们把这点粮食收了么，这都种下了。

马青山女人说，她给伊蛋子赔着一个很大的笑脸。

那就赶紧收。真的不能再拖了，有些事，也不是我决定的，你们得体谅。

伊蛋子的口气完全缓和下来。

队长一走，两个人又钻进地里挖洋芋，于海元不说话，女人也不说话。

狗领着一群野狗，在收获后空旷下来的土地上奔跑，在荒草漫漶的山坡上山顶上山沟里流窜。狗群已经适应了没家没舍的生活，它们似乎重新找回了快乐，简单地，单纯地，为找到一口食物快乐，为找不到食物奔波。

狗来缠于海元，跟他撒娇，于海元没心情骂它。

它又去找马青山女人，女人也没心情看它。

狗觉得没意思，就领着它的下属们，疯了一样满山赶兔子。

十一月，女人来找于海元。

这是她回到白蒿湾以后，第二回进这道门。

于海元有点意外，这女人，独自割倒了那二三十亩麦子，真是令他刮目相看，不愧是年轻时节下过苦的妇女，双褶子窝在麦黄六月天的毒日头下，一镰一镰地割，没听她叫苦，也没听她抱怨，铁打的身子也扛不住啊，要不是她在那里鼓劲，他肯定就扛不下来了。

还好两个人都扛下来了。

接着还割了胡麻、莜麦和糜子。

每样粮食割倒之后，于海元去邻庄雇来架脱粒机，就在地里进行脱粒，脱出来，草是草，粮是粮，草先放在地里，粮食雇车拉回家。

于海元把麦子摞在另一间空房里，顺着墙根一直摞到了屋顶。马义山家这间屋子，他们走后一直空着，现在终于装满了。

女人没有急着把麦子往家里拉，她叫于海元来过秤，按市场价算账，她欠他的钱，就拿麦子顶账。于海元很愿意，他不喜欢钱，钱装在兜里没啥好，就是干巴巴的一张纸，粮食好，眼睛能看到，鼻子能闻到，满眼都是欢喜，鼻子里都是五谷的清香。人活在世上，啥最重要，五谷杂粮肯定排第一，家里有粮，心里不慌呀。

于海元有空儿就坐在屋门口看他的存粮，粮食装在尼龙袋子里，一袋子压着一袋子，压出一座山。一座粮食的山呀。他心里满满的都是踏实，喜悦，还有幸福。

他在谋划着，哪天雇奔奔车来，拉一些胡麻和麦子去卖了，变卖的钱拉一车炭，再买些零碎东西，然后就可以踏踏实实过冬了。

她来做啥?

于海元有点疑惑，拿不准她忽然来有啥事。

不过来了好，正好问问她拉炭不，明儿一起拉。

我想请你上个坟。

她说。

他才注意到她的神情有些怪，一起种地、收割时候那种实实在在的欢喜好像不见了，她脸上灰蒙蒙的。

于海元记起来了，十一月是她儿子的日子。

于海元没推辞，起身去洗小净，女人不进屋，在他刚才坐过的门槛上坐下去，像他一样看他的粮食垛子。

于海元在另一间屋里洗。

听见女人叹了口气。

有啥可叹气的呢。

你不打算走?

女人问。

隔着一道门，女人声音薄薄的，好像初冬的风，明明不冷，但于海元从那气息里感到了凉意。

于海元呆了一下，咳嗽一声，高声说，你说的是离开白蒿湾的事啊，嗨，这个事么，不急！队长再没有来催，也没见乡上来人，既然没人催，我们就先留着，公家的事情，有时节也没个准数儿，说不定就是一阵风，没刮起来，也就过去了。

女人却不说话了。

她在做啥?

于海元加快速度洗，他想早点洗完出去看看她。

她有心事。只是不好问究竟是啥心事。除非她自己愿意说。

我要走了。

女人的声音骤然响起。

于海元手一抖，壶偏了，清水从壶嘴里哗哗流，他忘了刨脚，一壶水淌光了，他才发现自己一只脚还没洗。

他那里，还是娘家？

于海元问。

再灌半壶水，这回没掺热水，直接是凉水。

于海元极力平复着胸腔里翻涌的气息，他听到自己的声音总算保持住了稳定。

哪里都一样，都是家，但是，又都不是家。

她说。说得很慢。好像这些字眼很珍贵，需要一个字一个字抠着往出挤。

凉水在脚上簌簌地淋着，一股清凉沁心。于海元听见自己的声音像从地底下冒出来，带着艰难，也带着干涩，他小心翼翼地字斟句酌地，说，就不想着给你寻一个家？真正的家？

女人没吭声。

于海元顺着自己的思维往下说，人活在世上，一辈子短得很，但是也长得很，有个伴儿，总比没有强，两个人到一搭，日子才是日子的模样啊，活着，也才有个心气儿。

女人还是没吭声。

座钟在桌子上咔嚓咔嚓地响，永不疲惫。

于海元提着壶，他忽然不敢再倒水，他怕水流的声响打断什么，干扰什么，带走什么。

狗跑进来了。

狗看到坐在门槛上的女人了，它欢喜得像见了亲娘，呜一声就扑过去了。

狗东西啊。

于海元提高壶，最后一捧水倾盆而下。冷意蚀骨，他感觉一直凉到骨头深处去了。

马青山儿子的坟比印象中要矮小一些，于海元跪在坟边的时候，脑子里想起那个青年来，高个子，白脸，刚刚长成人，见了人爱笑，也爱脸红。于海元在男女上头欠缺，所以特别喜欢观看别人家娃娃，吊在奶头上的小月娃，穿开裆裤的半大娃娃，拖着鼻涕的毛头小子，花苞一样打开的小伙子，他都喜欢，从心眼里喜欢。马青山的儿子他也注意过，但是时间长了，具体眉眼现在记不大清楚了。然而那么高大的一个人，竟然变成了这么矮小的一个土堆儿，要不是亲眼看着那孩子走的，真是难以置信啊。

女人等着于海元把坟上完，散了海地耶。三百块钱，散得有点多。但既然是海地耶，于海元没有推辞就接了。他把钱装进兜里，心里想明儿拉炭一定得叫上她，如果她要磨面、榨油，就叫一并儿都带上。他能帮到的，就尽量拉扯一把吧，她一个妇道人家，买炭磨面榨油的，都是苦辛活。

意外的是，马青山女人摇了摇头，说她不拉炭，不磨面。

于海元有点想不通，他知道她家里没有炭，去年冬天烧了一冬硬柴，大家留下的烂木头、树梢子、老树根，随处都有，拾回去笼火，确实不错，不过炭还是得要。不过人家不要，那也不能勉强。他料定这女人就是细，舍不得花那个钱。可是为啥不磨面，不榨油呢，他知道她家里的面和油都该吃光了。

第二天于海元坐上奔奔车去跟集。这一趟办的事儿多，等他回来，天已经黑了。天色很不好，等他把面呀油呀炭呀卸完，送司机离开，天已经黑透了，迎面刮来的南风凉森森湿淋淋的，带着一股水意。

六

昨儿夜里狗没咋叫，这狗东西，是不是又跑掌子上给马青山女人守夜去了？

于海元想着，嘴角噙了一抹笑，狗东西，比人脸皮厚啊，尝到几口好吃的，就跟人家亲近上了，有事没事就往那边跑啊——

他微笑着拉开门。

门软软的，往里一陷，一片白光扑面而来。

下雪了。

一场雪，悄没声地就下了。

等打开大门，狗从雪堆里跃出，向着他跑来。是雪太大，还是它调皮，反正顶了一脑袋的白花。

狗东西——他笑了，原来下雪了，你也不给我吭一声。

狗抖得雪片纷纷地飞，狗说汪——

雪地上已经印下一串梅花。它不停地跑，不停地跳，那花瓣就一朵跟着一朵展开在白雪上。

雪还在落。很大的雪片，狗很快挂了一身，毛茸茸的，成了白狗。

展眼望，一片炫白扑面，扑晃得他差点失明。赶紧闭上眼，深深吸几口气，再慢慢睁开眼。满世界的雪，村庄成了白雪的世界。

狗缠在他脚上，呜呜地叫，却不走，好像要说什么。

他抬脚踢，去，平时这个点不是早去那边蹭饭了吗，今儿咋啦，抹不开脸了？狗么，还脸皮这么薄？

数落到最后他自己忍不住呵呵地笑。

不知道狗听懂没有，反正忽然就狂躁起来，绕着脚跟跳，跳前跳后，打着滚儿，栽着跟头。

于海元看看大门口，有点奇怪，问，你那些同伙哩，咋今儿没见来迎你？

狗又来缠他，嘴里呜呜叫。

于海元准备扫雪，转身进门前习惯性回头望一眼远处，女人勤快，这个点应该早饭都要熟了。

没看到炊烟。

已经做熟了？真勤快。

狗望着远处叫，汪汪汪，汪汪汪。又扑到他两腿间，缠住不放他走。

狗东西，啥意思？

他抱起扫帚，扫了几下，雪太厚，一扫帚过去沉甸甸的，根本扫不动，得先拿铁锨铲，找耙子推。刚拿起铁锨，锨把冰凉渗骨，于海元忽然心里一动，他不扫雪了，快快进屋，戴上一顶大暖帽，提上铁锨出门。

狗汪汪叫着，冲在前头带路，狗知道主人要去哪里。

走完一截平路，到通往掌子上的坡路了，于海元犹豫了一下，用锨把拄着上坡，一步一个雪窝子。感觉那些雪黏黏的，粘住脚后跟，迈步很不利索，需要力气。他忽然心里有些担心，似乎有什么很急的事情在扯着心，需要他一步不停地赶路。他就埋头赶，一直走到掌子上，才仰起头缓口气。

大门关着。门口的雪完完整整放着。

狗早就跑到大门口，扬起爪子拍门，又用头撞。旧木门发出砰砰砰的响。门晃了几下，推不开。

狗——于海元吓它。狗委屈，呜呜叫着，舍不得走。

南风往门口灌。门洞地上堆满了雪。他注意到雪地上乱乱的全是爪子印。是狗。一大早就跑这儿来了。来来回回好几趟。也就是说，它已经拍了好几回门了。平时这个点她早起来了，打开门，扫大门口，早饭熟了，狗也沾光，也能倒一碗半碗的给它吃。

今儿咋了？起迟了？睡懒觉了？

他顺手拿起大门根下的一把老扫帚，弯腰扫雪。把门道里、大门口、半坡上都扫干净，扫出一条通往掌子下的路。边扫，边忍不住想，扫开好，她担水方便。扫出了一身汗。一边擦汗，一边望着对面自己的家，笑了，没想到这辈子会专门为这个女人扫雪。还好庄里没有第三个人，要在以前，一个男人没来由地为旁人家女人扫雪，肯定就会是一个大笑话，甚至滋生出谣言来，会惹出意想不到的是非来。

现在，他就是天天扫，也不怕。只是，没有天天扫的机会，雪不会天天下啊。风贴着地面吹，看不见它们藏在哪里，但是裹起雪沫子，一团一团，在雪面上滚。他胡子上挂了一圈茸茸的白。他噘嘴吹了吹，偷着笑了。哪能天天下雪呢，再说，天天抱个老扫帚给人家扫大门，万一她有看法了呢？

于海元看着风把雪吹成厚厚的堆儿，那些雪堆还没站稳，风又改主意了，换了风向，像薄薄的利刃，把雪堆一层层削，一刀一刀，那毛茸茸的雪堆儿就一点点薄下去。

云很快变薄，终于透出一抹淡得水汽一样的阳光来。于海元看到自己居然在雪地上投下个薄薄的影子。影子鼓鼓囊囊的，像个雪人。雪人踩着雪，一步一步在门口徘徊，他举起手，想拍门，又忍住。举起来想拍，又忍住。

一种奇怪的感觉在心头盘旋，是一种不好的预感。

他终于豁出去了，拍门，喊。

世界寂静。没人应声。他听见自己的声音像一个湿哒哒的雪疙瘩，扔出去，轻飘飘在空气里飞，飞几步，散了，化作一团雪雾往下落。他心里忽然有点慌，这女人，今儿咋啦？

你起来了吗？他提高嗓门，喊。

风把声音裹上，快快地往前撞，撞到门板上，碎了，化成雪沫子。

回应他的是一片沉寂。

积雪从树头上寂寞地滑落，这儿一朵子，那儿一朵子，发出噗噗的碎裂声。

麻雀在树杈间跳，它们一点都不怕人，嘲笑一样，发出吵闹声。

奇怪了，她不是个懒女人啊。

下雪了，你出来看看么，雪厚得很，能给地里好好压个底墒，明年肯定又是丰收年，我们再种它一料子庄稼——

他拍门。

门实在太旧了，拍了几下，松了，门轴发出长长的呻吟。

门板松弛，他扒开缝子往里瞅。看到一院子雪好好地放着，没扫，连个脚印也没有。一张棉门帘挂在门上，门帘静静垂立，好像在保守一个恒久的秘密。台阶上的雪也没动。

一定是有事了。不然她不会这个点还不起来。

病了？还是出门了？不可能啊。没听她说要出门。没出门，那就是生病了。啥病会这么严重？能把一个大人放倒起不来？

狗很不耐烦了，头抵住门，嘴里呜呜叫，一个劲儿往门缝里挤。

你个狗东西做啥哩？于海元骂，故意把声气提高，希望能惊动屋里的人。

人和狗观望了一阵，里头还是悄没声儿。

怪了，真病了？

病得很重吗？

难道是……被炭烟打了？

炭烟打人可不是小事，严重的话会死人的。

他再也顾不得多想，两个手一起发力，对着门板使劲地推。门吱嘎嘎叫着，两个门扇同时向里洞开，开了半扇，被扯住了，一根尼龙绳子，从最上面的门关上套了一圈，把两扇门挽在一起。

其实，这道绳子他一开始就看到了。只是他不愿意面对，他装作看不到，他在演戏，给狗演，也给自己演。

狗比人兴奋，呜咽着从门缝里钻进去。在一院子未经任何污染的雪上乱滚，掀起的风，带动起大团雪雾。

裹得于海元连连趔趄，差点栽倒。

狗东西！

他稳住气，踩着雪一步一步走，爬上台子，先在窗口站住，向里望，窗帘拉得严严实实，看不到屋里。狗抢先扒开门帘，爪子竖起来扒门。

不想活了？于海元呵斥。

这狗东西，越养越没教养了，就是个土匪么！

声音又高了些，简直在扯着嗓子吼。

同时留意看窗口，她要是听到，知道莽莽撞撞冲进来的不是人，而是狗。畜生嘛，你就算见怪，还能跟一个不懂事的畜生见怪。

门和窗都冷冰冰的，没一点声息。

难道是真的走了？

到现在，他还是留着一点幻想，觉得她在，是自己判断错了。

狗有些狂躁，毛茸茸的雪身子抱住门帘打晃。门帘终于被扯断了。从钉子上滑下。像一片巨大的叶子，无声地滑落在脚下。狗知道自己闯了祸，呜呜叫着，逃走了。这回于海元没骂狗，他一把抓住门关，门从外头关上了，门穗套在门关上，生铁打的门穗，像一串结冰的麦穗，握在手心里凉森森的，他轻轻摩挲着，风在高处的树梢上摇曳，雪沫子白茫茫的。他觉得视线和心境一样乱。茫然的纷乱中，有些空。这个女人，原来不在屋里。院里不见一个脚印，那她去哪儿了？难道出门了？出门，她能去哪儿？昨儿还在，这才一夜工夫，她就离开了？去娘家？还是又找男人去了？还是别的啥地方？

想着，呆了。其实，只要下决心走，她并不是真的没地方可去，世界这么大，外面的世界更大，她只要一心离开，也还是有地方可去的。

于海元解开门穗，推开了门，站在门口看。想进去，又忍住了。就算她不在，就这么进去还是不合适吧。一股不一样的感觉迎面扑来。她来一年多了，他没进过这间屋子。当初他带走了全部生活用品，只留下一个太大搬不动的案板和一口旧得生锈的锅，还有一口箍过的大缸。她来了，生火做饭，悄悄住下来了。也没见她咋去街上买过东西，那她拿啥生活？炕上铺的盖的，锅灶上用的，离不开的那些零碎用品，她都拿啥凑合呢？每天早晚，烟洞眼里升起的那股炊烟，她靠什么生起来的？

于海元慢慢走进了门。

他走进了自己的老屋子。

屋里不是他从前生活的样子，他早知道不可能是原来的样子。他走的时候屋子里几乎是空的。眼前的屋子是满的。这个满，和他从前拥有的那种满，不一样。又一样。看着不一样，感觉一样。他感到了一股踏实的气息。对，是踏实，让人从心里感到踏实。炕上只有一片席。窗户跟前铺了一片毯子。一张被子叠起来放在炕圪塄里。一个枕头压在被子上，就这么简单。清水洗过一样清寡。地下，靠里支着一张桌子。那桌子他熟悉，马员家的，走时带不上，临走马员女人来找他，说巴巴啊，那旧桌子不用了，送你剁了当硬柴烧，杏木的，当硬柴是好料儿。他就搬来了。但实在没地方放，就放进窑里了，和那些寄放的盆盆罐罐坛坛碗碗堆到了一起。那桌子缺了半条腿，现在它靠墙立着，缺的半截腿用几块砖头垫着。为了不显得难看，用一片旧布订了个围裙，把桌子腿遮在里头了。仅仅是这么一片布，四个小钉子，订得整齐，方正，平展展的。显得又大方又好看。也显出了女人的心思，只有女人，才能把这么小的活儿也做得那么顺眼啊。

于海元站到案板前，看了一会儿，笑了，锅灶上切的擀的炒的捞的，各种家具都有。都是旧的。他看出来了，全是庄里人扔下或者寄放的旧东西。是她从窑里找出来的，一样一样配，配齐了一个人过日子需要的所有家常用具。

女人的那些粮食不见了，只有半袋子吃剩的白面，和一笼子洋芋，面袋子的口没有扎，洋芋淘洗得很干净，桶子里还有半桶水，拿一片木头板盖着。

于海元看了一圈儿，转身离开了。下坡的时候，掌子下路面的断裂处，风吹开雪，裸露的黄土上，他看到了奔奔车的轮胎印，印痕很深，是负重碾轧出来的。于海元就知道昨儿雇奔奔车卖粮的不止自己一个人。

七

三辆车，扭麻花一样，一路扭着八字，弯弯曲曲地开进了白蒿湾。

于海元蹲在掌子上，目光看着远处，耳朵里飞旋着人声笑语，似乎乡亲们没走，大家热腾腾地过着日子，满庄子都是人声。

于海元看着那三辆车像屎趴牛，笨笨地扭进庄，在寺门口彻底走不动了，路面从中间断了，露出狰狞的大口子。几个人从车里钻出来，朝掌子上爬来。

于海元知道时间到了。他起身，走进院子，又走进屋子，屋里还是马青山女人住过的样子，这四十天，他住在这里，每天都把被子叠成她留下的模样，窗帘拉开，锅台上也摆得整整齐齐，地下扫了，烧过的柴草塞进背篼里。屋子里永远保持着干净整齐，一抹女人才能营造出来的清爽。好像这屋里从来都没有缺过女人，有一个女人刚出去了，去外面担水，抱柴，或者只是在大门口转一圈，最后还是要回来。

后面几个窑洞于海元没有再进去。他怕自己走进去，再没有力气走出来。他已经用大锁子把门全部锁上了，一个门上挂四五把。窗口也用木头挡了。只有这住过人的屋子他不锁，像马青山女人临走一样，只是把门穗轻轻挂在门关上，好像在告诉后面的来访者，主人一直都没有走远，说不定会回来。

大门口靠墙根摆了一个铁盆，一个塑料盆，一个瓦盆，一个石头羊槽，四个器具里都装满了饭。他花了几个小时才做熟的饭。他提着锅出来倒饭，一边倒，一边狗儿哟狗儿哟地喝，他说狗东西，把你的伙计们都领来吧，你们好好地吃一顿，这辈子恐怕都没机会再喂你们了。

狗没呼应他。

一只都没有。

他望望全庄，静悄悄的，只有麻雀在墙头上吵架。

他把袋子里剩下的几把糜子撒在院子里，麻雀呼啦啦扑下来抢食。

他们来了。

于海元默默地看着。

你把人害死了——伊蛋子不等气喘匀，喊，早叫你进养老院，你就是不肯，这不，为你的事，乡上的白主任、民政局的王干事，养老院的钱院长，一齐来了。哦，还有派出所的林干警。

队长好像要在外人面前表功一样喋喋地嚷着，你说你个老汉，死乞白赖地不走，留在这里，害得我们上下都不得踏实，尤其上头的领导，日夜为你的安全担心，这次野狗害人事故出在了临乡，真要在你这里，你说你对得起谁呀？

于海元看看几个远道而来的领导，他忽然明白了，原来这回送他去养老院，不是养殖场的事逼的，而是出了野狗害人的事。他想问伊蛋子，那养殖场咋样了，虽然这事已经和他没有关系了，他还是想知道一下，还有，究竟是哪里的野狗害人了，咬伤了还是出人命了，伤了几个人？

看眼前场面不是问这些的时候，就忍住了。

他有点愧疚，确实给人家添麻烦了。他指指麦场边，他的行李已经打好，一个大蛇皮袋子，里头一床被褥，几件衣裳，再没有啥可带的，他这些年的细软都在这了。

队长拎起包袱试试，放下，四周看看，脸上终于有了笑模样，对于海元最后时刻的干脆利索很满意，他最担心的就是这老汉临走又犯犟劲儿，万一要将那些桌柜板凳锅碗瓢盆等老物儿执意多带一些呢。

于海元这一点倒是省事。

钱院长看到墙根下还在冒热气的器具，和里面的饭，满眼疑惑。

给狗做的。于海元解释，养了这些年，我走了，它们以后咋活……

几个人瞅着那些器具，都笑，伊蛋子笑着给大家解释，农民嘛，农民嘛，领导们不要见笑。

钱院长胖胖的脸上一笑全是褶子，说不稀罕，不稀罕，我还见过临走要把猫和狗都带上的老人，那个固执呀，我们思想工作就得做好半天。

养老院是给人养老的，猫狗带去算咋回事，我就说嘛，我们这些农民，思想就是跟不上时代。

伊蛋子笑哈哈，给钱院长帮腔。

于海元本来想问钱院长，那个要带猫狗的老人，最后猫和狗哪儿去了？伊蛋子的笑声让他顿时没了勇气，他不问了，黑着脸把一口痰吐在地上。

在寺门口要上车了，于海元手里握着铁锨，犹豫着不知道该咋往车里放。

伊蛋子急了，干啥啊老汉，你是去养老的，不是去挖地种田，也不是打贼防身，你拿个铁锨做啥？

教训着，就要劈手来夺。于海元退后，一直退到一个土坎子上，他弯腰，一个脚踏着锨踩，一直把锨插进了土里，端端地立着，像一个人一样屹立不倒，于海元端详着看了看，好像这是他这辈子栽下的最后一棵树。

快走快走，你这老汉太磨蹭了。

钱院长喊。

于海元小跑着爬进车里，不甘心，又探出头看，那些狗，一个都不见，究竟到哪儿疯去了。

小卧车在坑坑洼洼的土路上扭动，经过马义山家的门口时，忽然身后起了一阵风，是狗，带着它的一群大小伙伴，它们忽然就冒了出来，疯了一样追着车跑。路面上浮动的尘土被腾起来，形成一个个烟柱，在微凉的风里翻滚。

林警官在后视镜里冷静地观察着狗群撵车的阵仗，吐一口气，说这次野狗伤人事件影响很不好，移民迁出区遗留安全隐患解决的方案已经出来了，灭狗行动马上就得开始，搞不好，这深山湾湾里我们还得来。

司机木然地点了一下头。

这句话于海元听不到，他在另一辆车里，正扭过脖子隔着玻璃看那些狗在风里奔跑的样子，他知道那是在送他，他的黑狗就冲在最前头，黑色的身影在苍黄的烟尘里起起伏伏地腾跃，像一道闪电。

低处的父亲

一

哈子，你超子大跑了，我出去拔鸡，忘了锁门，他就偷着跑了。我以为他像老家时节一样，跑出去要饭去了。我想着既然出去了，那就由着他去，游逛够了也就回来了。谁晓得这都眼看三个月了，还是没见人影子。他爱死哪哒就死哪哒去，没人稀罕他，可你说，他一个超子，拉着个跛脚，颠三晃四的，能跑哪哒去哩。

是田桂花的电话，我一接通，她就迎头砸过来一长串抱怨。只要不打断，她肯定能絮叨到明天。我及时打断，我说妈既然跑出去了就叫去吧，说明心慌了嘛，一个大活人你不可能一直盯着啊，再等等，说不定明儿就回来了。我这儿正忙，玉米地里放水哩！

水从左边渠里分流过来，像一群冒失的娃娃，没头没脑撒着欢儿地往前冲。我家田边这几条小渠，平时缺少疏通，被泥土墉得严重，我昨儿从打工的银川城赶回家后才匆匆清理的，时间仓促，活儿难免太粗，这会儿水过来，我得盯着让淌，哪儿渗水、跑水我要随时堵截，只有等亲眼看着水顺顺畅畅进了田地，我才能放心。

水口子一旦提开，水就失控一样乱窜，我哪有空听田桂花闲叨叨。我不管她还在一个劲儿说什么，就挂了电话，揣好手机，提起铁锨跟上水跑。刚跳过两道田坎，电话又响了。我不接，我妈田桂花就这脾气，打电话缠得很。

水是黄河水，从大渠里引过来，现在正滋润着我家刚刚展开叶片的玉米秧子。

一口气堵上四五个豁口，水流驯服多了，我擦一把额头的汗，长舒一口气，蹲下，掏出一根烟点上，还没抽，电话又响了。我不看，缓缓抽烟。响一会，累了，停了。缓过气后又响。这个田桂花，催命哩这是！

我吐掉烟屁股，在裤子上蹭蹭手上的泥，掏手机看，意外的是，来电显示不是田桂花，是兄弟嘎子。

他来电，我得接。我们兄弟平时很少打电话，有什么事在微信上留言，有时他发了帖子，我给点赞。我发了，他也会点。每天晚上都能听到他粗嘎嘎的大嗓门在“老家微信群”里跟人扯闲篇。自从搬出老家，用上微信，我们之间就逐渐很少用电话方式联系了。今儿月亮从灶火眼里出来了，他记起来给我打电话了！

嘎子，咋了啊？

我冲着电话喊。

喊声太大，惊起田埂上几只麻雀，呼啦啦乱成一团，像一堆被风裹着飞舞的干树叶子，在我头顶上匆匆绕了半圈，向远处落去。耳朵一热，我伸手摸，一团湿乎乎的鸟屎。我不生气，扯一片玉米叶子擦，望着鸟影禁不住笑，畜生，拿热屎砸我啊，被我的粗嗓门吓着了吧，你们真是少见多怪，不就嗓门大了点吗，比这大得多的你还没见呢。

我们弟兄之间历来都用大嗓门交流，我们从小在吵吵嚷嚷中长大，说话从来没有平声静气温柔和缓的时候，我们都是嚷、吼，长大后这习惯难以改变。我媳妇娶来那时节很看不惯，告诉我，正常人家，一家子人一搭说话，哪有这种腔调？简直不是说，而是在吼。嘎子媳妇娶进门，也看不惯。大妹梅子嫁出去，妹夫看到我们一家人对话的场景，同样吃惊不小。我们从小在一个特殊的家庭里长大，以为世上的绝大多数家庭都像我们家一样，在日夜不休的吵吵骂骂中过日子。新的家庭成员的加入，让我们意识到了问题，原来这么多年以来，我们是在一个畸形的家庭环境里成长的。我们开始试着改变，在新的家庭里，努力地像一个正常环境出来的人一样生活。我们收敛自己，克服毛病。但当我们父母兄妹原来一家人在一起的时候，那种被刻意掩饰和压制的陋习，忽然就会冒出坚韧的触手，像刀刃一样扎着，亲密又生硬地对峙。

哈子，你死哪哒去了，你咋不接电话？

嘎子吼我。

就算我们都是已经有了几个娃的父亲，我和兄弟之间还是像小时候一样，直呼小名，毫不客气。

我叫他的名字，常见。他这么张嘴就喊我的名字，在已经成年的弟兄之间，并不常见。这也算是我们这个家庭才有的特色吧。就像我们把父亲当面喊大，背过他，从来没人称他该有的称呼，我们叫他超子。

超子，是老家的方言，傻子，疯子，残疾人，不正常，等等意思。范围比较笼统，那些大脑有问题的人几乎都可以囊括进这个词语的外延。

我的兄弟在吼我。

死嘎子。我默喊，忍不住笑了。

就在这一声直巴巴的干吼里，一股火辣辣热烘烘的东西，像眼前这渠里的大水，在五脏六腑间奔突、游走，这感觉里，蕴含着一种底色，叫亲情。亲兄弟间心脉相通血浓于水的亲情。自从搬离老家，移民到这北边地面，我们弟兄已经有半年时间没见面了。

我敢确定，这一刻我兄弟和我一样，也有一种突然涌上心头的感触冲撞着心脏。所以，互相吼过之后，我们不约而同地陷入了沉默。

水流出现了湍急。有段水面上冒起一片白色泡沫。不好，有地方漏水。我从地埂上狠狠踏一脚，铲下一锨土，向着旋涡打转的地方压下去。同时，一条腿重重踩下，凭感觉，我知道笨重的大胶皮鞋底踩到了一处下陷。就狠狠踩几脚，水里泛起泥浆。我看着搅起泥浆的旋涡由大到小，从激烈到平缓，一点点舒缓下去，心头那一抹突然袭上来的温情，也似乎沉淀下去了。

我喊：嘎子，啥事？快说，我忙着哩！

嘎子像埋伏好等我引火的炸弹，马上喊：我也忙，现在谁不忙？超子不见了，晓不得死哪哒去了？妈哭哭啼啼的，你这当老大的，咋不管？

他的嗓门，比我大了三倍。

嘁——我放声笑。这就是我们兄弟间惯有的交流方式，直接，简洁，单刀直入，从不迂回，也不客套。

我心里很轻松，像脚下平稳而匀速流淌的渠水。

我说：你火烧沟子了吗，一个接一个的电话催着打，就为这烂事啊？超子没了，没了就没了嘛，大惊小怪个啥！他乱跑又不是新鲜事，老家时不是常跑吗，叫他跑吧，在外头疯够了，就回来了。

嘎子好像被我的轻松口气给感染了，沉默了一下，跟着笑了，喊：对着哩，你说得有道理，那就叫他游逛去吧，逛够了就回来了，你忙去，我也忙着哩！

通话结束后，我顺着渠沿走，眼前的土地很平整，水流好像也感到了这种毫无磕绊的顺畅，流得舒畅极了。水深处发出淙淙的呜咽。我蹲下看，水面上浮动着波纹，像铺开了一匹素色的缎面，微风从下面吹，缎面上一层一层堆起细碎连绵的纹路。我觉得心情更好了，仰头望一眼头顶的天空，大日头暖洋洋照着，地里的玉米没有一点干渴受罪的迹象，大水沿着玉米漫过，泥土贪婪地畅饮着，泥土中的玉米也在欢快地吮吸着。

眼前的渠水算不上清澈，带着轻度混浊，是专门用来浇地的，不像水塔里供应的饮用水。泥土和庄稼肯定是喜欢这种含着泥土的渠水的，我能感觉到水流漫过，地面的变化，是正在干旱等水的泥土和嫩苗，同时饱饮水分之后焕发的活力，这活力透着浓浓的生命气息。这种气息只有水流才能激发和唤醒，也只有水流才能滋养。

我们从山区搬到这里，很重要的一个原因，就是缺水。我们需要这股水的养育，包括人畜和庄稼。要还是在老家，这农历四月，正是急需雨水的时节，偏偏这个季节最干旱，地里的庄稼苗儿眼巴巴地等雨，偏偏总是不下雨。到了这川区，雨水下不下都关系不大，有黄河水呢，隔段时间统一放一次水，庄稼基本上不用担心会因为缺水而旱死。

水面上印出我的脸。水浑，脸脏乎乎的，好像我很久都没有洗脸。水面一闪一闪，面影随水荡漾。脸一扭一扭的，曲折，变形，裂变，弥合。

我忽然发现这张脸不是我自己。是另外一个人。这个人我是熟悉的，熟悉到骨子里。他就是母亲田桂花和兄弟嘎子电话里提到的超子。我的父亲。父亲其实有自己的名字，小名有世子，大名马有世。我弟兄俩跟父亲长得像，嘎子五分像，我能有八分。

这个和我长得很像的人，现在不见了。

我心里似乎有一点那啥，什么呢，是愧疚。是的，确实是愧疚。就算他以前经常往外跑，跑出去就是好几天甚至一两月地不回来，从来不用我们费心去管他，但是我刚才的第一反应和态度，是不是有一点不合适？

确实不合适。我的反应，不是父子之间该有的反应。我们是亲生父子，我身体里淌着他的血液，就算他是个超子，但我能否认自己骨子里流淌一个超子的鲜血的事实吗?

我的身体里淌着一个超子的血。还有嘎子，梅子，我们三个的身体，都来自于这个男人。这是我们的悲哀。从刚懂事起，我们就先后认识到了这件事的残酷和悲哀，要命的是，随着一天天长大，一点点明白人事，这种认识比小时候更深刻，更钻心，更觉得是一种……耻辱。我知道我不能这么想，不应该这么想。可我还是一遍遍地这么想。确实，是耻辱。

小时候，田桂花做熟饭常派我去喊超子回家吃饭。

我有点郁闷，但不去不行。

超子在大麦场里看人下四码。大麦场是全庄闲人没事消磨时间的场所。我看到别人都是凑成圈儿耍，他一个人插不进去，像一股闲风，这儿瞅瞅，那里望望，显得很多余。有人骂他挡住了视线，他嘻嘻地笑。到另一个摊子上，又有人不等他站稳，一把土扬过来，骂他一个超子能看懂个啥，在这里乱扰啥。他不生气，冲人家龇牙，嬉笑。再看看他拖长了耷拉在地上变形的右脚，披在身上的黑色棉衣和梳得光溜溜的头发，这一份与众不同的打扮，不但没有显示出他的别样，倒更加衬托出了一个超子的滑稽。他永远都打扮得跟庄里的男人们不一样，他不像一个庄农人，像个吃公家饭的教师，他一直在按教师的标准打扮自己。但他哪里知道，这样的打扮更让他成了大家的笑料。

我看着他傻兮兮独自乐呵的样子，心里真是堵了块石头。他连哪个摊儿都凑不进去，永远都是被人嫌恶的多余角色，他自己并不认为是这样，他还是那么高兴。这满场子的人，有谁像他这么傻呢。这庄子里的娃娃，有谁能比我倒霉呢。我是谁的儿子都好，为啥偏偏是这个人的儿子。

哎——我远远地喊——吃饭走，饭熟了！

他抬头看一眼，又低头往人堆里凑，装作啥都没听见。

我知道他听到了，他人傻，但听力正常。

哎——叫你哩，耳朵毛塞住了吗？

他干脆连头都不抬，忙着观战，看得津津有味。

你到底吃不吃？

我忍着委屈，提高了嗓门。

终于他认真看我一眼，反问：你个碎狗日的，叫谁吃饭哩？这一场的人，我晓得你叫的是谁？

我哭笑不得，我是他的儿子，他的儿子只能喊他回家吃饭，难道我会喊别的男人去我家吃饭。

果然马上就有人钻空子，说，那碎狗日的不会是叫我去吃饭吧？乖儿子，你是不是叫我哩？你把我叫一声大，我就跟你去吃你妈做的饭。

我七窍生烟，杀人的心都有了。这人一句话，把我们全家的便宜都占去了。

我的父亲马有世不胀气，笑嘻嘻冲我摆一下手，说，你们先吃，叫你妈把饭给我扣在锅底里，我这儿忙得很——

那些闲耍的人不耍了，推翻了画在地面上的简易棋盘，一个个抬起头准备看热闹。

有人喊：有世子啊，田桂花的话你也不听？她喊你吃饭，你就乖乖回去吃么，在这儿磨蹭，不怕黑了她又不让你钻热被窝了？

这人的声调拖得很长，嗓门很亮，他是故意让全场的人都听到。

自然，大家都听到了，有人哗啦啦笑。

我真恨不能地上立马裂出个大口子，我好一头扎进去。都怪这个超子，别人一撩拨，他就上劲，比吃奶娃娃还傻。所以，庄里的男人最爱拿他耍笑了。

果然，有人已经问了，问，田桂花好不好。他瞪大眼睛，拍拍屁股，说，好，好得很，全庄的女人里头，她是最好的。

逗他的人进一步下套，问，田桂花哪儿好？你吹牛哩，她的好谁见了？

超子果然急了，一头就扑向这个套，拧着脖子看着大家，说，田桂花的好，只有等黑了，进了被窝，才能晓得。

闲人们三绕两绕，就将他绕得晕头转向了。

大家接着追问，田桂花的被窝好是好，但恐怕不是好钻的，她不高兴了，肯定不叫你钻，会一脚把你蹬下炕的——

我知道接下来他会在诱导中说出更加不堪入耳的丑话来，急了，大喊：超子，你回不回去？不回去死这儿啊——

我听见自己的声音像大风刮过的嫩树叶子一样，在激烈地颤抖。

我的父亲马有世，他还在津津有味地往一个套里钻，他拍了拍右边屁股，左脚点了一下地，站直了，像一只瘸腿的公鸭子，就算再努力，站势还是不够端直，他右高左低，像一棵长歪了的柳树。

有人乘机又下新套，说马有世，这娃还是你亲儿子吗，咋敢这么教训你哩？

果然，他上套了，狠狠挖我一眼，冲我吼：碎狗日的，拿啥口气跟你先人说话哩？小心我叫田桂花熟你皮子——

我扭头就跑，狂奔，耳边风起，哗啦啦响，我不想听到他还在嘟嘟囔囔骂些什么，反正是一大串一大串。

我不甘心，回头瞪一眼，喊：你个超子，不吃拉倒，偏不叫我妈给你留，等你回来吃屎都没热的了——

他跳着脚在身后追着打，我撒开脚丫子逃。

他那跛脚，哪里追得上我，他一跳一跳，就像一只跛了腿被人追打的狗，样子要多滑稽，就有多滑稽。

可他一点都不觉得耻辱，相反，他追得更来劲了。

身后，闲人们的笑声呼啦啦响成一大片。

现在回头去想，这样的事情，从我能记事起，就经常发生，像吃饭睡觉拉屎撒尿一样多，一样常见。

水在渠里欢畅地跌宕，冲撞，翻跟头，水浪扬起来，落下去，化作细碎的泡沫，我看着水面上的人，他也在看我。这是一个和父亲长相酷似的人，一张脏乎乎的显出沧桑的脸，脸上是被生活反复打磨的五官。我第一次发现它是这样陌生。我拿起铁锨，满满一锨土砸下去，水面上的脸碎了，在水花的摇曳中消失了。我掏出手机给田桂花打电话，我觉得自己该给田桂花打个电话，我忽然想和她说说马有世出门这件事。

二

田桂花接了电话，一听是我，破口就骂。

你个狗日的，你先人跑得不见了，打电话你不好好接，嘎子也不好好接，梅子还关机，你说你们三个，现在长大了，膀子硬了，都飞了，不管我，我没啥话说，你老子的死活你们真不管了吗？

田桂花独有的大嗓门，加上急调子，骂人根本不停顿不换气，噼噼啪啪一大串全扔了过来。

我静静听着，大概过了十分钟，田桂花总算发泄完了，声音平静下来，说，我把远近的亲戚都挨个打电话问了，你大伯家、巴巴家、姑姑家、舅舅家、姨娘家……都说没见人。我实在是想不起他还能去哪里？

我打断她。我说妈我们就根本没有必要问亲戚，哪个亲戚会理他，把他当人招待？这些年他连我亲姑姑家都不去，更不要说旁人家了。

我说的都是实话。人都长着一双势利眼，马有世一个超子，没有哪家亲戚会把他当人看待，田桂花也就管束着，从来不叫他去亲戚家走动，他虽然脑子不够用，但这一点上也争气，就连日子最困难的那些年，也宁愿去陌生的地方要饭，很少去哪个亲戚门上看脸色。

人不见了，先找亲戚朋友问问，这是人之常情，田桂花做得没错。

我思来想去，有点不踏实，要是在老家，他到处乱跑，爱跑几天跑几天，哪怕三两个月不回家也没啥，反正他转悠够了，最后总能找到回家的路。现在不一样了，你不是晓不得，我们到这儿来还没有一年时间，除了小区门口，哪儿我都没敢叫他去，你说他跑出去，谁晓得到哪儿去了，人生地不熟的，要是万一……田桂花说。听语气她是真的着急。

本来我想和平时一样，心不在焉吊儿郎当地应付几句，说他不会丢，一个超子，能跑哪哒去，疯够了肯定就回来了。

但我看到了一张脸。水面上这张既像父亲又像我自己的面影。

我不能再让自己随口应付而不走心，我真得认真对待这件事了。我说妈，你不要急，我想好了，我这就出门寻他去，我把打工的事儿先放下，水一放完就专门去寻，肯定能寻着，保证给你把人囫囵领回来。

田桂花说那你操上点心。

她声音懒洋洋的，把电话挂了。

我看着手机，想打过去，又懒得打。我害怕听田桂花的唠叨。她应该还有一大堆的牢骚没有发，没来得及发。我打过去，就得给她支起话架子，听她汤汤水水地抱怨上几十分钟。

等了一会儿，她居然没再打过来。

我妈这是咋了，改性子啦。

放完水，我离家重新回到银川干活儿了。

有个晚上我趴在工棚里玩手机，老家群里在发红包，嘎子抢了两个，众人喊他发，他潜水不吭声了。

嘎子嘎子，你个狗日的，抢了不发，你不怕水深呛死你?

有人骂。

连着骂了几遍，嘎子还是不露面。

我看不惯，骂嘎子狗日的，不就是也骂我吗，我发了一个红包，然后忍不住捎带了一句话：要归要，不要骂人，皮嘴咋那么脏呢。

嘎子忽然冒了出来，说就是就是，黄河水也洗不净那张脏嘴。

先骂人后挨骂的那位老乡不高兴了，说你们弟兄才脏嘴呢，嘴脏，人也脏，一身骚气的脏女人养出的后人，还有脸骂旁人脏——

这话就狠毒了。

我说你把话说清楚，为啥凭空放这样的闲屁。

嘎子比我还气，说你狗日的不把话说清楚，敢给人脸上抹狗屎，明儿我拿着刀子到你家里寻你去。

本来热闹的群里顿时一片沉默。

这是个有上百人的大群，我知道这会大家都在潜水和观望。

骂人的老乡在我们弟兄的轮番夹击下沉水不见了。

我私信嘎子，算了，该干啥干啥去，这个群以后少去，净是扯闲话捣是非的，光叫人胀气。

嘎子并不理我，我知道他肯定是撵着那个老乡私信对骂去了。

我懒得回想老乡那句惹急我们弟兄的话，我们村里出来的人都这样，骂人脏话连篇，啥狠毒拿啥骂，骂人没好口。

第二天我和工友坐在砖头上吃干粮。嘴里嚼着干巴巴的馒头，灌着水管子上接来的凉水，眼前忽然摇摇晃晃走过来一个人。他明显腰腿不好，走路很慢，显得有点艰难，却向着我们而来。

他咋来了，要饭要到我们面前了？门口咋进来的？

忽然有人问。

我们细看，果然，这个人不像在工地上干活儿的民工，倒像是个要饭的。

他真是走错地方了，居然向我们伸手要饭，我们一天黑水臭汗地淌着，挣几个工钱养活一家老小呢，哪有怜悯别人的份儿！工友们苦中作乐，边自嘲，边哗啦啦齐笑。

我没笑，感觉笑不出来。我掏出一个馒头给他，他接过去，不看，嘴一张就啃掉了大半个。

我再给一个，他抓着馒头，冲我嘻嘻一笑，转身走了。

引得工友们哈哈大笑。

看样子这是个超子。

我想到了超子。我的父亲马有世。

好像，距离他出去已经三个月了，三个月，就是九十天。他能在外头晃悠九十天不回家，时间确实不短了。他能去哪儿呢，又在干啥呢。从前离开，最多也就三个月吧。近来我偶尔也会想到他，想着我答应过母亲要去寻他的，可我说说也就忘了，我还得挣钱养家，哪能真的丢下活儿就去寻一个超子。我一家子人从山里搬到这川区，生计来源只有二亩地，就算水田产量高，但产金子也打不了多少啊，一家五口等着我养活呢。

我一天不干活，就没有一分钱的收入。

这个超子啊——我目送那个驼背走远，在心里给自己苦笑，我觉得烦，这个超子，你说你乱跑个啥，你不晓得你已经给当儿子的添麻烦了啊，旁人的先人，留给后人的不是丰厚的家产，就是完整的家庭，至少孩子能在一个父母健康环境正常的家庭中长大。而我们呢，他带给我们的，除了那个永远吵吵闹闹的家，还有什么。

我继续干活，大日头照着，工地上的活不好干，尤其这北边川区的日头，说不出的烈，透着火辣辣的毒劲。我用凉水把嗓子里的馒头冲下去，摸着饱饱的胃囊，我发现自己有些想念他，超子，他现在在哪儿，饿了吃啥，渴了有水喝吗，天黑以后，在哪儿睡觉？

接着我就笑了，他饿不着的，因为他跑出去以后的职业就是围绕着吃喝进行的，向人要饭，不管到哪儿，在这盛世，他是不会饿死的。

从我记事起，他跑出去要饭是常事。隔段日子就去。只要和田桂花骂了仗，就会赌着气出门。骂仗他永远不是田桂花对手，等灰溜溜败下阵后，他就消失了。同时消失的，还有一个麻布口袋，和一条打狗棍。

他走了，我们不找。谁都知道他逛几天就会回来。我们知道，他出去一来是讨要一些物资，证实自己不像田桂花辱骂的那样，只是个吃闲饭的饭桶，二来，大家都说他是去散心了，也有毒舌的妇人们脸上挂着意味深长的笑，悄悄议论说他是给田桂花腾路了。

每次出门，他都背个麻口袋，拄个打狗棍，一颠一颠地走出庄口。

出了庄子，往前走，四面八方都是村庄。山里人实在，心善，只要是上门要乜贴的，一般不会让空手走，干粮，面粉，钱，或多或少，都会给一点的。所以他每次出门回来，都不会空手，运气好的话还有满载而归的情况。这样的归来，让童年的我们很期待。大门推开，他拉着一条腿迈进门来，我们欢呼着扑上去。他身后背着口袋，脖子上挂着干粮袋子，腰里穿的大缠腰口袋，都是装载食品的地方。

那时候嘎子、梅子都小，没我心眼多，他们只知道扑挂在胳膊上的大小袋子，却不知道真正稀罕的好吃头，总是藏在布缠腰的口袋里。缠腰裹在腰里，外面衣衫一苫，别人看不出来。但我知道，抱住他的腰，手直接往腰里摸。我至今能清晰地记起那些从缠腰兜里摸出来的食物的气味。半个油香，一截麻花，一个发蔫的果子，一把花生……除了不同食物本身的味道，它们还散发出一丝共有的气味，那就是超子的味道。超子从一户一户的门口经过，挨家讨要。普通的干粮他装在大口袋里，如果有人散上点儿精细的好东西，他舍不得吃，掀起衣襟藏进绣满花儿的缠腰兜里。他奔波要饭，在外头滞留几天，这口金贵吃食就在他兜里揣几天，直到回家。这些食物在那个大兜里经历了一路翻山越岭的步行，他身上的汗腥，体臭，土味，阳光味，草木味，还有食物制作时附带的锅灶味儿，很多味道，经过在那个布兜里的共同相处，散发出一种独特的让人迷恋的气味。我们三个娃娃，争抢着分吃这些气味，我们是多么幸福啊，也只有这时候，我才朦朦胧胧地有一丝自豪，感到有这么一个父亲真好。

这一时刻，也是田桂花最开心的时节，她乐呵呵清点整理他带回来的东西。干粮，馒头，饼子，硬的，软的，都让人高兴。放蒸笼上馏软了吃，吃不完的掰碎了晒，晒干装进大箱子里，留着慢慢吃。面粉是百家面，因为一户人家和另一户人家舍散的面不一定就是一样的，白面，秋粮面，全混合了，成了杂和面。田桂花把杂和面装进面匣子，然后一天一天做成饭食，正是那些饭食饲喂了我们急需食物的肠胃，让我们度过了最为艰难的日子。

那拉扯我们成长的一二十年里，他的脚步踏遍了老家远远近近的山村。

可是，这里和老家不一样。老家那一带山多，山路上很少有来往疾驰的车辆，一个超子，拖个打狗棍，跑完这个庄子，又奔向下一个，走哪儿都不会饿着肚子，夜里蜷在那些随处可见的麦草摞里，柴草窑里，都是安全的。熟悉的环境，熟悉的乡音，他走哪儿都不会迷路，走多远最后都能平安无事地摸回到家。

但眼前这一次，他投入其中的，不是老家那连绵起伏的群山和藏在山前山后的那些黄土村落。现在一切变了，他从移民小区五十四平米的小楼上脱身，出了小区门，是一眼望不到头的平川，是长相没什么区别的川区村落，一样的院子，一样的田地，地里种的都是玉米，村落围拱环绕的乡镇集市，也一个个看着没什么差别。他一旦离开移民小区，一头扎进茫茫平川，他没有手机，他的口音和北边的川区口音完全不一样，那么，他把自己丢失，并不是没有可能，而是极有可能。这么说来，他真迷路了？把自己弄丢了？或者，是讨要不顺，舍散的人不多，收获不大，他不甘心空手回来，有意要在外头多跑几天？

他能跑哪儿去呢？难道不怕家里人心急挂念？

我仰头望天，这里的天空和老家的不一样，老家的天空下遍地是黄土，黄土山包，黄土沟壑，黄土怀抱里的村庄和黄土地上的草木庄稼，坐在一个村庄和另一个村庄的怀抱里，抬头望，山顶上的天是不一样的，在山和草木的环衬下，给蓝天画了一圈边框。每个村庄不一样，镶嵌天空的边框也就形状不一，装扮出的风景自然不一样。这也是他走多远都能找回家的重要地理标志。

北边川区的天空下，也是大地和草木，还有庄稼，但真的和老家不一样，从地形地势到建筑外形，都有很大的不同。头顶的天空要比老家脏一些，没有那一派纯净的蓝，而是淡白中透着灰。大地太辽阔，天地也跟着辽阔。这样的大地，分割出的天空，太大，大得让人迷茫，让人找不到边。在这样的天空下，超子他能分辨出哪一片是属于笼罩移民小区的天空？

我仰头出神，有一点云，像脏水泡开的馒头渣，黏糊糊贴在淡灰色天壁上。我把目光往远处伸，往南边移动，我想看到老家的天空。可脖子酸了，直了，还是看不到。我知道相隔太远，根本就看不到。我扔下手里的活儿，我觉得得去见见母亲田桂花了，当面问一问超子出走这件事。

我现在的家离移民小区不近，开农用车走一个钟头才到。

我来到田桂花所住的移民小区单元楼前。

我刚一敲门，门就开了，田桂花的脸出现在眼前。

是你？

她显得有一点吃惊。

是我。我绕开母亲的身子，挤进门，端起桌子上的玻璃瓶子，咣咣咣喝水。

水是凉的。一股冰凉顺着嗓子一直通到了肠子里。我抬头看，觉得有点奇怪，好像，田桂花对于我的到来有那么一点点……不欢迎。

是啊，确实是不欢迎，打开门的那一刻，她本来脸上荡漾着一点欢笑，可开门看见是我，她的脸色就骤然变得难看了。

我的母亲，她难道真的不欢迎自己的儿子？或者说，她含笑迎接的是另外一个人？她迎接的人又是谁呢？

我不甘心，盯住她的脸，不动声色地查看。

难道她以为是超子回来了？还是……我的大伯？

大伯。这个称谓和它背后指代的人，让我……我慢慢捂住心口，让我，让我有一种感觉，就像端起一缸子刚倒的开水，美美灌了一大口，滚烫的水顺着嗓门一路滑下去，一路灼痛。我看着这疼痛一路滚落，在内脏之间撕扯。但是我不能喊痛，不能哭泣，不能诉说抱怨。我只能隐忍。像马有世一样，忍。这些年，他一直在忍。其实我又何尝不是。从我隐隐懂得人事起，我就从庄里那些口无遮拦的男人们嘴里听到了闲言碎语，也听出了这件事的肮脏，和让人羞耻的程度。所以我有记忆起就开始恨上大伯了。同时我也恨田桂花，恨马有世。恨的程度不一样，恨的方式也不一样。但都是恨，都折磨过我少年时代的心灵。就算到了今天，大伯这个人还是像阴影一样横在我们生活里，从来都没有散去。

田桂花似乎已经从最初的情绪里醒过来了，她端来一杯子热水放在桌子上，犹豫着慢慢坐回到板凳上，坐下去，她像被蜜蜂蜇了，又跳起来，嚷，这个超子啊，害了我一辈子，都五六十岁的人了，黄土埋了半截子的人了，还不听话，还害得我人不人鬼不鬼的——有时节我真盼着他死到外头算了！

你咋不死哩，我盼着你死哩，你死了，我就把孽脱了——这是田桂花经常咒骂他的习惯用语。从我们的耳朵能听懂大人的话语时起，隔三岔五就听到田桂花这样骂人。指着他的鼻子骂，扯住他的胳膊骂，或者干脆把他摁在地上一边打一边骂。她常常把自己骂得泪流满面，伤心得不成样子。好像被这恶毒的话语咒骂的人不是他，而是她自己，所以她受不了，她伤心得简直要死。

我默默回味着这赤裸裸的咒骂。很熟悉。熟悉到已经感觉不出任何不适，所以多少年来，我都没有怀疑过这是不正常的，是家庭暴力。和肢体暴力不同，是语言暴力，但是效果绝不会输给拳打脚踢，因为我曾经无数次看到超子在田桂花捞着推耙子赶着打他的时候，他笑嘻嘻的，手舞足蹈试图阻挡，可她换了口头进攻，他蔫了，他骂不过，他只有灰溜溜垂下头聆听的份儿。

但是，此刻，强烈的不适感撕扯着我的心，我知道这是暴力行为，这是不正常的。而这样的行为，田桂花在马有世身上施展了几十年，频繁常见到让我们从小就觉得这是正常的，是家庭生活当中必不可少的。

我冷冷听着。

现在马有世不在，田桂花还是骂得这样起劲，她哪里是在骂那个让她一辈子活得不舒心的男人呢，她现在是在骂我，骂我们，我和嘎子、梅子。嘎子、梅子都不在，听不到田桂花的发泄，那么，她是在骂我，通过骂我，在发泄一种无处发泄的怨恨。

可是，田桂花你真的会有怨恨？换个说法，你还好意思有怨恨？人不是你骂跑的吗？

一定是她骂跑的。

这念头像一条蛇，冷冰冰的，贴着我的心壁爬，一直要从嘴里爬出来，探出湿哒哒的芯子，对着田桂花那喋喋不休的嘴狠狠地还击一下。

有一种想为马有世报仇的冲动。

我忍着。我很清醒。我狠狠地按着这条蛇头。她是田桂花，我母亲，生我养我的女人，这世上把我带到人间的女人。她活得不容易。就算是她骂跑了马有世，就算她和大伯真有什么，就算别人背后怎么谈论，她都是我的母亲。作为儿子，我没有资格揭她的短，没有资格拿最戳心的话去还击她。

她还在唠叨。我知道她真是憋得太久了，马有世离家出走三个月，那就是说，她已经有快一百天的时间，日日夜夜，她失去了可以随时随地发火、数落、咒骂甚至动手去打的对象。

马有世受了三十几年，这种把生活的不如意，命运的不公道，甚至各种琐碎零散的小打击小波折，都变换成对他的抱怨，随时随地发泄在他的身上的折磨，他一直承受着，从年轻扛到了年过半百。

事实上，除了马有世这个超子，又有哪一个人是她可以随时随地想骂就骂，张口就骂，骂不还口的呢。

我喝干水，装作尿急，起身进了卫生间。

卫生间很狭窄，除了马桶就是一个紧贴在墙角的梳洗台，另一个角落里立着一个大铁盆，那是从老家带来的，我们从前洗大净用的，到了这里用不上，有水龙头，水流下来直接进下水道就可以。按道理是根本用不上水盆的。但马有世还是把盆子搬进来，每回换水，下面都盛上盆，把洗过的脏水接下来，舍不得倒，用来冲厕所。

都是你超子大的主意，你说这里头那么小，人进去打个转身都吃力，他偏偏要多放个大盆。

刚搬进来的时候，田桂花跟我这么抱怨过。

当时我没在意，咧嘴一笑就算过去了。

马有世这超子，处处惹田桂花不高兴，我们早都习惯了，田桂花的抱怨我们也当家常便饭从小吃到大。

我不脱裤子坐在马桶上。

旁边是垃圾桶，桶上套着塑料袋，我慢慢揭开盖子，里面只有几片用过的卫生纸。我站起来细看马桶，刷洗得干干净净的，外头没有污渍，里面看不到尿碱，通体闪出瓷白的光。

再看梳洗台，香皂在香皂盒子里，牙刷牙膏在塑料牙缸里，一盒润脸油上架着一把豁了齿的木梳子。毛巾挂在金属架子上。一切都很整洁。我拿起牙缸查看，牙刷干透了，毛乱蓬蓬的。这是马有世留下的用具。这家里只有他刷牙，早在老家时候就坚持刷牙，可以说他是庄里为数不多的几个坚持刷牙的人，为此成为他的又一个惹人笑话的把柄，也没少挨田桂花的骂。田桂花是心疼牙膏钱，说一个老农民，好好的刷啥牙，嘴里又没吃屎。她抱怨归抱怨，马有世还是把这习惯坚持了下来。买牙膏牙刷花钱，他就省着用，一根牙刷用一年两年，牙膏每次挤豆子大一点。

他刷牙的样子一点都不好看，哪里像个讲究卫生的人，倒像是一个可怜虫在偷吃什么，背过身子，牙刷在嘴里上上下下扯动，跛了的右脚虚虚地撑着，在地上一点一点地抖，好像在给嘴里的牙刷做伴奏。在老家时是这样，到这里后还会是这姿势吗？地滑，他的跛脚站得稳吗？

我望着镜子看，看到了一张年轻的脸，年轻时候的马有世。

楼上人家用马桶，水在下水管里哗哗响。

我仰头听，水声消失了，耳边一片寂静。

嘎子两口子在厂子里打工，娃娃去上学了，马有世现在一失踪，这家里就只剩下田桂花，那么这一时刻的田桂花，她等待的人，除了大伯，还有谁能让她那么欢喜。

我叹了口气。

我曾经撞到他们在一起。那时我还很小，根本不明白这世上还有男女关系爱恨情仇这类复杂的事情。超子去哪儿了我不知道，我半夜里迷迷糊糊醒来，听到炕上有人蠕动。女人是田桂花，凭声音我知道男人不是超子，夜黑，我爬起来去摸灯。被田桂花一巴掌打倒，在我的哭声里男人跳下炕开门跑了。但是我已经听出他是谁了。他临出门丢下了几声咳嗽，那咳嗽的声音很独特，我也很熟悉。他是我大伯。大伯平时疼我，动不动把我举起来扛在肩头。蹲在他肩头我听到他就常常这样咳嗽。从那以后我再也不让大伯举我了，看见他我老远就躲，躲不开就头一勾过去。我再也不愿喊他大伯。

那个夜里的记忆成为一片阴沉沉的石头，一直压在我心里，后来听到那些风言风语我就知道大家没有冤枉田桂花。

这也是我搬迁时候坚持选择院落不住楼房的另一个原因，父母那辈人的有些事，我们做后人的，只能看在眼里，但实在是没法说，也不能管，不管是笑话，插手去管，将会闹出更大的笑话。我只好躲，躲远点，眼不见，心不烦，我求个自己清净。其实我很清楚，所谓的躲远图清净，就是我在自欺欺人，我能躲哪儿去呢，离得远就能当这件事不存在？不，我知道怎么做都是白费功夫，除非我拿刀子把田桂花和大伯都杀了。或者，我自己抹脖子，从这个世上消失，就当我从来没有存在过，也就不用在这复杂畸形的亲情关系里苦苦熬煎了。

我再次坐回马桶上。忽然不想出去，不想面对田桂花，更不想碰上忽然敲门进来的大伯。

我解开裤带，脱下裤子。屁股落在瓷质桶沿上，肌肤触到的是冰凉。冰凉入骨，好像数九寒天坐在了一大片凉水上。川区的伏天很热，要比老家山区热得多，蚊子也多，一到夜里就乱纷纷撞，如果放水的时间正好倒到夜里，我一趟水放回来，头上脸上手上全是红疙瘩。马有世他现在要是还留在川区，不管是城里还是乡下，肯定都在夜夜喂蚊子。一丝细细的声音，绕着耳朵飞，越来越近，果然是一只蚊子。大白天的，它就这么迫不及待了吗？

我静静坐着不动，它落在我脸上了，一丝轻微如风的触动，拨过汗毛，刺穿肌肤，细微到没有痛感。我闭上眼，凝神感受。它刺破肌肤，刺吸式口器插入，吸血。我的血，顺着它的吸管细细地流。这是我的血，也是一个叫马有世的超子的血。我们是父子，这世上没有比父子更近的血缘。他把血脉遗传在我们的血液里。我们兄妹三人都身体健康，脑子健全，不疯不傻，没病没灾，这是他这辈子能给予我们的唯一的财富。其实，身强体壮，没病没灾，这不正是人活在世上最大的财富吗？这也是一个超子，他能带给我们的最大的财富。这就是财富啊。活了这三十多年，我怎么从来就没有想到这一点呢？

额上开始发痒。它已经吃饱了，离开了，欢叫着飞走了。

有人打门。啪啪啪，啪啪。声音穿透两道门传进来，在寂静中回旋。楼是边楼，卫生间有个小窗口，我看见阳光从狭窄的窗口透进来，像一匹纱布绷在那里。纱布里飞织着数不清的尘埃，尘埃是活的，在颤颤地蠕动。

我的心在抽搐。我听到门开了，但是没有说话声。我闭上眼，设想此刻门口的情景。门外来的是大伯。他来找田桂花。说不定他手里还拿着点好吃的。一个老光棍，兴冲冲来见老相好的。可门开了，田桂花的脸却是黑的，把他直接堵在门外，冲他没命地摆手，不叫他说话。门轻轻合上，他们在门外嘀咕。田桂花告诉他，今儿不巧，哈子来了。一听这话，大伯肥肥的脸顿时抽成一张皱巴巴的玉米面饼，现在就算田桂花让他进屋，他也不进了，他要赶紧走。他怕我。不知从什么时候起，我见了他躲，躲不开就冲他瞪眼，反正像仇人一样地恨他，鄙视他，唾弃他。刚开始他不理解，还撵着要抱我，要给我小零食。我知道他是在收买我。想到他和田桂花的龌龊事，我恨他恨到骨头缝里去了。后来我长大了，长成了大男人，个头比他还高，他就开始怕我。我知道，他终究是心虚。

时间在窗口的亮光里飞旋、消逝。屁股发麻，脸上的肿块不痒了。我听到门合上，田桂花的脚步在客厅里走动。

走错门了——

她念叨。

——这地方人多，姓杂，哪儿的都有，西吉的，彭阳的，固原的，唉唉，光是这走错门的就天天都有啊。

她的声音多假啊。我是她肚子里爬出来的，她平时说话，哪句是真，哪句扯谎，我就是睡梦里也能分辨得出来。现在，我的母亲，正在跟自己的儿子扯谎。可是，这个谎又是多么拙劣啊，拙劣到让我恶心，想吐。

胸口闷得难受，我张大嘴，想松快地呼吸几口。

一只苍蝇从高处斜斜地冲下，它似乎有十万火急的事，在奔命一样冲，一头扎进我张开的嘴里来了。

我合上嘴。软腭下垂，舌根上抬，试图从软肉深处分泌出唾沫来。但是整个嘴巴到喉咙，到嗓子深处，都是干的，干透了。没有唾沫，我狠狠地下咽，把苍蝇咽进了肚子。

马桶被我的屁股暖出了温度，我起身，用手心摸。刚搬进来那会儿，田桂花在电话里跟我抱怨，见了面更是唠唠叨叨地数落，骂超子脏，不用会马桶，不习惯坐着尿，像老家一样站着尿，尿点子溅出来，脏了马桶，他又不好好冲，弄得家里一股子尿臊味，他方便一回害得她要跟在沟子后头伺候一回。

田桂花抱怨得厉害，我来看他们的时候，就这个事情专门问过马有世。马有世笑嘻嘻的不好好说。我急了，逼着他，他才嘟嘟囔囔拧着脖子说他一个大男人，站着尿了几十年，现在叫他坐着尿，这不是逼着男人当女人吗，难道到了楼上就叫人连人也做不成了吗？万一他真变成了女人，可咋办？

我哭笑不得。这就是我父亲给我的答案。他真不愧是个超子啊。

谁都知道，城里人都用马桶，用马桶的男人都坐着撒尿，这世上多少的聪明人，都没有听到他们说坐着尿尿就不是男人了，偏偏到了我父亲这里，就不是男人了。

真是个脑子有问题的傻子啊。

那你尿完了好好冲冲啊，尿点子到处都是，也不怪我妈嫌弃——

那、那、那……多费水啊——马有世支吾着，说，多清的水啊，尿一泡就冲一回，再尿一泡，再冲一回，你说这一天下来得冲多少回啊，得费多少水啊，你说我们早先在庄子里，都是担水吃，天天跑那么远的路，担一担水多吃力，使唤的时节谁不节省着用，洗了脸的洒地，洗过锅的喂狗、饮牛羊，你说现在把清哗哗的水这么糟蹋，这不是造孽吗？那得多费钱呀！不是我懒，我尿三遍四遍，攒多了，再一总子冲下去，难道不成？

我的超子父亲，他怕自己变成女人，他舍不得糟蹋水，他舍不得花钱，他……

我抹一把脸，手心里有血，也有泪。但是我拉开门，大声咳嗽，笑，我说妈，我得走了，你忙。

我快步下楼，有风从脑后跟着我，田桂花在身后喊着什么，我没回头，我快快地跑，好几次都差点栽倒，但是没栽倒，我跑着离开了移民小区。

三

我和媳妇，嘎子和弟媳妇，梅子和女婿，还有各自的娃娃，我们聚到了田桂花跟前。

距离超子出走，时间过了半年，他走时玉米还没下种，现在玉米棒子都要成熟了。这几个月里，我几次回家给玉米放水，放完水又返回到城里继续打工。

人是我一一打电话叫过来的。梅子一听我说时间长了妈想你和娃娃了，你们来这儿咱们大家见见面吧，她很爽快就答应了。当我追加一句，让她女婿也一搭来。她犹豫了，说我们两口子都离开，就得关店门呀，这店门关一天，得少卖好几百份儿凉皮呢，哈子你是晓不得，现在天气热，正是卖凉皮的旺季，生意好得不得了——

我打断她，说，你心里要是有我这个大哥，你就叫上他，钱可以慢慢挣，有些东西，一旦没了，挣多少钱买不回来的。

我第一次给她自称大哥，我觉得我的口气唬住了她。

嘎子两口子利索，因为他们的两个娃留在田桂花这里，我说有事回来商量，他们没犹豫就回来了，回来正好看看娃。

大小加起来一共十四口人，全部钻到了五十四平米的楼房里，顿时又挤又热闹，我们三兄妹的娃，平时各在各家，这下子凑一搭，比蜜蜂分窝还热闹。田桂花嫌吵，把他们赶进一间小卧室关上门，由他们闹去。我们七个大人留在外面客厅里。

我们搬进来时没钱买沙发茶几一类客厅必备的摆设，就在客厅当地放了老家带来的一张大木桌子，桌子太高，搬进来后我把四条腿给锯短了。上面苫一条红丝绒单子，它居然给人感觉就是一条笨重古朴的大型茶几了。田桂花买了十个塑料凳子。我们每人屁股下压一个小凳子，团团围住了大桌子。梅子找出几个玻璃杯子给大家倒茶。一个早年装过麦乳精的铁皮盒子里装着茶叶。她一把一把抓出来，扔进水里，水一泡，一股霉味儿扑鼻。

这茶叶，还是梅子嫁人那会儿，她婆家送的开口茶。当时田桂花说我们一家子下苦人，喝个啥茶叶，还不是白糟蹋了，不如十几块钱卖给喝茶的马会计算了，超子不同意，说放下他喝。超子爱喝茶，这爱好我们全家都知道，就像他另外那个爱吹牛的毛病一样。我们知道，但从来没当回事。他爱跟人吹牛，吹的全是女人田桂花对他的好，说顺口的时节，甚至会吹嘘田桂花作为女人本身的好。这是让我们耻辱的毛病。为此田桂花没少吼他，也拿铁锨拍过他屁股。他不改。他在饮食上的爱好，就是喝茶。

田桂花说一个超子，喝个啥茶，你不要叫人听着笑话！

骂是这么骂，这盒茶叶算是留下来了。超子舍不得一下子喝完，存着来人招待，或者农闲时节，在一个大罐头瓶子里泡一杯，然后端到麦场里，一边看大家闲聊，一边吱吱地抿着喝茶。这一盒茶叶，应该为他增添了不少人面上的光彩吧。

我吹开泛白毛的茶叶，喝了一大口。

嘎子忽然尖叫一声，呸呸呸地吐。咣一声把杯子蹲在桌子上，冲梅子瞪眼，眼瞎了啊你个死梅子，咋把这杯子给我了？脏死了脏死了——

我抬头瞅，我的目光冷冷的。他刚喝了一口又吐出来的杯子，正是超子常用的那个大玻璃瓶子。不知道何年何月装过何种罐头，瓶体被他的手心摩擦得明亮泛光，原配的铁皮盖子早丢了，他配了个塑料盖子用着。

梅子赶紧赔笑，喊，不要骂，不要骂，人多，杯子不够，拿这个给你凑合下。

嘎子更生气，为啥不给你凑合？不给你男人凑合？拿个破烂给我凑合？你啥意思嘛你？

梅子不慌了，冷笑，你说它脏？嫌它是破烂？哼，妈骂得对，你真是膀子硬了不认人了，这可是超子的茶缸，超子可是你大，亲大！哪有儿子嫌弃亲老子的？狗还不嫌家贫，儿不嫌母丑——

少说你那些屁话！

嘎子大吼。

哎呀呀，吵个啥？叫你们来，不是叫你们见了面就吼，有啥骂的呢？超子走了半年了，眼看就要两百天了呀，你们当男女的，心里就不急？一点都不急？他可是你们的亲大啊——

田桂花一口气嚷出一串，打断了争执。

嘎子顿时蔫巴了。

梅子气哼哼摆着肥硕的大胯，在她男人身边坐下。

我伸手端过嘎子面前的大瓶子，把手里的玻璃杯推到他面前，我两手捧起玻璃瓶，喝一口。再喝一口。水烫，浓烈的霉味逼人。梅子已经是两个娃的妈了，她的开口茶还保存着，这个……人啊。

我放下瓶子，看他们。

我的目光挨个看他们，看得大家都不吭声了。

我说妈说得对，大，他出去这么长时间还不回来，八成是哪儿打麻烦了，不能再等了，我们得寻，把人寻回来。

说完我觉得嗓子痒，赶紧又喝一口。就在双唇和瓶口碰触的那一刻，我闻到了他的味道。对，超子的气味。我强压着内心的不适，装出一点都不在乎，其实我跟嘎子一样，我们都很嫌恶超子用过的一切东西。包括碗筷。他吃剩的饭菜和面汤，打死我们也不会沾一口。这种嫌恶是什么时候产生的，我说不清楚，只记得小时候特别迷恋他这个瓶子，就像迷恋他肚子上那个能变戏法一样掏出各种好吃食的缠腰兜儿一样，他不知从哪儿弄的糖，杯子里的水总是甜丝丝的，我就缠着要喝一口那水，他乐呵呵打开盖子给我抿一口。只要他稍不注意，我就狠狠地猛灌一气。他发现了一边夺瓶子，一边笑着骂。那时候我怎么就感觉不到脏呢？又是在多大的时节开始嫌弃起他来的？都记不清了。反正我们兄妹形成了统一战线，我们都厌恶他，说他的嘴巴子脏。母亲更是这样，他剩下的残汤残饭，总是被倒进狗食盆子里。

回想起来一切就像昨天的事，可他不在眼前，他失踪了。

我稳稳地喝着，连喝几口，舌头烫得发麻。人都看着我。田桂花，嘎子，梅子，这三个人的脸上堆满了惊讶。

我知道他们为啥吃惊，因为我没有把马有世像过去一样，口无遮拦理直气壮地称超子，而是喊了一声大。他不在我们眼前，我背过他喊了一声大。这可能是有史以来，第一次他不在的场合，他的后人这么称呼他。这个本该他拥有的称呼，现在从我嘴里跑出来，竟然十分显眼，甚至刺耳。

我咽下一口滚水，呛了，竟然溅出了两串眼泪。

我用泪眼看我的亲人们，大声说，妈，嘎子，梅子，你们不要这么看我，我没说耍话，我在说正经事。今儿把你们都叫来，就为了这个事。他跑没了，半年时间没个音讯，肯定是出事了，不是摸不到回家的路迷路了，就是遇上了啥麻达，这是大事，我们不能再大意，不敢再耽搁，得寻，马上寻人。

我有意顿了顿，目光越过嘎子、梅子，看着弟媳和妹夫，我说从今儿起，你们手头的活儿都停下，梅子那你凉皮店先关门，嘎子你两口子给厂子里请假，我们两口子也停活儿，我们——

哈子你要做啥啊？真准备折腾？一个超子，还真打算寻啊——

嘎子插嘴，笑嘻嘻的，嚷了一嗓子，夸张地冲大家龇了龇牙。

哗——一团白气裹着泡发的旧茶，从我手里泼了出去。

嘎子号叫一声，捂住了脸。

我把手里的空瓶子慢慢放回桌上。

我说嘎子兄弟你给我听着，你这话，全世界的人都能说，就你跟我，还有梅子，我们三个不能说。我们是他的后人，我们身上淌着他的血，就算他是个超子，一辈子活得不如人，也没给我们置下像样的家业，但他还是你我的亲大。这是真主的前定，也是命运的安排，你我就是有多不愿意，但是做人的根本不能坏，这可是做人的根本呀，我们得讲良心。良心。

屋内静悄悄的，隔壁娃娃们的吵闹也消失了，只有我在说。

不是嚷，不是吵，也不是吼，没有声嘶力竭，没有吹胡子瞪眼睛，也没有指手画脚，是在说。像一个正常家庭里的长兄，在父亲缺席的境况下，在履行一个兄长的职责。

我说啊说，语速顺畅，语调平缓，没有夹带半句脏话，好像这些话是原本长在我心底的，长了三十多年，今天我把它们捧出来了，不用遣词造句，它们自然顺畅地排着队跑出来了。

我把自己说感动了，也说伤心了，眼泪滑进嘴里，我舔了一舌头，苦巴巴的，苦到舌头发硬，嗓子干涩，眼泪却苏醒了一样往下扑。我忍不住，我狠狠地甩头，想把这些没用的丢人现眼的脏水甩回去。

我不说了，坐回板凳，拿起桌子上我妈擦桌子的脏抹布揩脸。

嘎子抬起头来，他媳妇已经拿毛巾替他擦净了茶叶，我看到他的脸红了半边，连眼仁也红了，他用红眼睛正视我，说，哥——

声音沙涩。

我知道，这是他生平第一次喊我哥。

我们兄妹三个，从小到大，都直接喊彼此的名字，大小尊卑，没人教导我们。田桂花有时心血来潮，大巴掌和烧火棍劈头盖脸打下来，骂我们是铁嘴子，没教养，打过也就打过了，过后她带头把马有世喊超子，我们也喊，我们照旧没大没小。田桂花实在没时间也没精力在这些琐事上纠正我们。我们在一种混乱颠倒的气氛中长大。一天天把不正常当作了理所当然的正常。现在我们明白了，有一部分原因，在于他，看着我们一天天长大的是一个不正常的父亲，一个超子，在我们的成长岁月里父亲占据的那一角色是缺失的，是畸形的。

梅子迟疑着，说哈子——我们——我——

我盯住她的眼睛，看。

她长了一张大饼脸，又圆又大，完全是田桂花的年轻版。

我忽然感觉这张脸太大了，大得让人心头有些不舒服，被什么堵得憋闷。

梅子在我的目光里脸色一点点苍白了，不敢看我，垂头看着自己的膝盖，说，我我——哈——哦不，哥——大哥——我是说我们家的凉皮店，关门就关门，钱先不挣了，我们寻超——不，寻他，寻大，对，把大寻回来再说。

说完她抬胳膊捣了女婿一肘子。

妹夫没吭声。

我知道他心里不大痛快，一心惦记着凉皮店生意。

我把目光投向田桂花，田桂花脸色不太好，有些蜡黄，人也明显消瘦了。她有些忧郁地望着我们。见我看她，她慢慢把目光挪开了。自从搬到这移民小区，我还没这么仔细地看过她。在我的记忆里，她总是大饼脸上不是乐呵呵的，就是在生气。嬉笑怒骂来得快去得也快。很少像这样沉默不语。

我说妈，我大常往外跑，这个我们早都晓得，到了人生地不熟的地方，他也乱跑，不听你的劝，现在跑没了，这不怪你，你一个人操心一大家子的日子，还要单另给他操一份心，你也不容易啊——

田桂花抬起了头。一串话冲口而出：谁说不是啊，我一天拉扯两个娃娃，吃吃喝喝里里外外的，忙得一天不住点儿，还要去楼下拔鸡呢，他一个大活人，我又不能把他拴在裤带上——

嘎子两口子低下了头。我知道这话点到了他们的心病，他们的两个娃全丢给田桂花照顾，田桂花那么忙，超子跑丢，不能说他们没一点责任。田桂花不能啥都不干地操心娃娃，她和超子也得吃喝拉撒地过日子，虽然嘎子时间长了也会给几个，但精明过人的弟媳妇监督得紧，嘎子能给的实在有限，马有世和田桂花的日子还是艰难的，所以田桂花把孙子送进学校就跟上一群女人去附近一个养鸡场拔鸡毛，拔一只鸡挣两块钱，她手脚利索一天能挣到六七十块，这也是好事，是我们都默许了的事。

田桂花擦一把脸，我看到她手背上多了一片湿痕。她的手粗糙得扎眼。从前双手手心手指上有老茧子和皴口，现在连手背上也满是坑坑洼洼的裂痕和干痂。拔鸡毛时不能戴手套，赤手才能更利索，一个人在不用开水烫而是干拔的情况下，一天干下来，两个手十根指头没有不疼的，指甲盖疼得要撬起来，我帮媳妇拔过，知道这活儿不好干。而母亲田桂花，她一干就是一天。活儿干得不好，还要被主家挑三拣四地数说，她也活得不容易啊。

我本来憋着一肚子暗气，看到这双手，我心肠软了。这个女人，自从嫁给了父亲这个超子开始，这些年里活得是苦是甜只有她自己最清楚。我不想提那桩事了，本来准备责问她的话，也不提了，问了又怎么样呢，我们这种家庭的关系，几十年都这么下来了，我又能改变什么呢，再说，不管咋说，她都是我们的母亲，生了我们的女人。这件事，由做儿子的来质问自己的母亲，就算我们在一个不正常的家庭里长大，我也知道，我不能问，不该问，问了不合适。除了我们三个是她生的，还有两个儿媳妇一个女婿，当着这么多人的面，儿子揭母亲的短，他们会怎么看，叫田桂花以后在儿媳女婿面前还咋做人？

我想了想，看着田桂花的眼睛，咳嗽一声，说，一般人家里都是男人照顾女人，我们家反了，这几十年都是妈你在照顾一大家子人，还要照顾他一个大男人，妈你活得有多难，我们当儿女的都晓得，看在眼里，记在心里呢。你就不要难过了，我们去寻，一定把人给你寻回来。

我们六个人开始寻找。我开着农用三轮车，拉着我召集起来的队伍，把娃都留给田桂花照顾。我说我们先把移民小区附近跑一遍，还找不到的话，再扩大寻找范围。以移民小区为中心，向周边的乡镇集市四面散射。

我发现嘎子蔫头耷脑的，我知道他心里还是不情愿，怪我小题大做。我看着他的眼睛，说操点心，当回事，不寻的话，他摸不到回家的路，这么热的天气，肯定受罪得很，我们当儿女的，寻他是应该的。

嘎子没吭声，梅子忽然嚷，哥你说寻人哩，可这咋寻哩你想过吗，一个超子——

她猛地刹住，改口：大，我是说大，那样一个人，超成那个样子，脑子颠三倒四的，话都说不利索，我们见了人咋问？难道能问你们见着一个超子没有？

我说手机，看你们谁的手机里存着他的照片。

我们六个人同时摸手机。

梅子女婿先开口，说我这半年忙着卖凉皮，不常来看姨娘姨夫，我没拍下姨夫。

我媳妇跟着说她也没有。

我不看三个和我父亲马有世没有直接血缘关系的人，我只盯着嘎子和梅子。如果我们三个亲生的儿女都没存下父亲的照片，还有什么理由要求儿媳和女婿呢。

嘎子熟练地滑动手机屏幕，梅子也在翻找。我没动，我知道自己的手机里一张都没有。自从用上智能手机，我拿着手机见啥拍啥，每日的饭菜、娃娃、干活儿的工地，只要有兴致随时都可以晒自己的日常生活，可我就是没拍过他。一个超子，又是跛子，有啥好拍的，难道我要炫耀自己有这么一位被人人当作笑料捉弄的残废父亲？

所以，我更加有意识地避免拍他。

梅子喊，有了有了，找着了——

手机伸过来，我们围住看。

照片里果然有他。可我一看就知道这照片不能用，因为没脸，镜头里是梅子的两个娃正凑在一起吃东西，旁边站着一个人，他穿着蓝上衣黑裤子，正弓着腰往远处走。这背影正是父亲马有世。

我难忍愤怒，瞪梅子：你这也算照片？没脸咋用？你再找个能看清脸面的吧。

梅子有点委屈，飞快地滑动手机，她没事最爱拍照片臭美，也爱晒娃，几乎每天都发好几次帖，似乎不晒晒他们一家四口的小日子，活着就没意思了。还隔三岔五发几张自拍，美颜处理过的照片，失真到除了眉眼依稀是她，让人真的很难将照片里白脸红嘴的女子和现实里一张麻脸的梅子联系到一起。

要在如海的美照里翻出一个傻子的照片，真是为难她了。

田桂花拿着身份证过来了，说你几个就不要装模作样地翻手机了，一个超子，你们哪会把他存在手机里，你们拍猫拍狗拍花花草草，也不会拍他的，我还晓不得你们几个——

我摸索着身份证，我的手在抖，田桂花的话像刀子，看似不经意，但扎进心里疼，她骂得一点都没错，我们确实啥都拍，流浪狗，宠物猫，吃草的羊，下蛋的鸡，我们似乎从来都没有想起来也没有兴趣，把照片上这个人摄进自己的视界，就算不发到朋友圈晒晒，连存下来也没有过。

身份证上的马有世，双目正视着我。马有世，男，回族，出生年月日 1960 年 10 月 18 日。照片是在乡派出所户籍室里拍的，看得出他当时很紧张，他知道自己长期被病折磨身子站不直，头摆不正，五官也是端不正的。这一点田桂花早就嫌弃、讽刺了无数遍。为了拍出一张端庄方正的照片，他显得很用力，紧张地使着暗劲，表情严肃得有点夸张。但正是这过于严肃的表情，让他的样子分外好笑，叫人一眼就能看出他的不正常。

嘎子瞅着我，从鼻子里嗤了一声，说身份证能看出个啥，这么大一点，还拍得那么假。梅子皱着眉头说超……大，他中等个子，单瘦，白脸，右脚跛着，咱就这么说，还不好找吗？

那我们直接说是个超子不就省事多了？超子就是超子，走路一跛一跛，脸上一看就不正常，还不好寻？

那我们总不能说在寻一个超子吧？

嘎子和梅子吵起来了。

我心头火冒，大喊，吵啥，照片都不用找了，直接跟人说，找一个跟我长得很像的人。

果然，这是最有效的，我就是另一个活生生的他。

我们的寻找开始了。

我们早晚饭在家吃，中午找到哪儿在哪儿就地解决，晚上赶回来睡觉。

第一顿午饭我们在附近一个小集市上吃，炒面片，梅子女婿抢先付了账。第二天嘎子付钱。第三天中午我掏钱。我心里已经想好了，我们三个家庭轮流付饭钱，每天农用三轮的油我来加，别看这加油，说实话不便宜，几天下来，花了好几百了，我媳妇的脸已经有点不好看了。

这天中午我们赶到邻近一个镇子。我们把这条十字形的街市从头走了一遍，边走边逢人打听，照旧没什么收获。头顶上的大日头火盆一样烤着，热得人嘴里舌头干了，说话都觉得困难。肚子早饿了，我想吃碗面吧，跑了一上午，再不吃人就垮了。今天该轮到妹夫掏钱了。

不等我提议找饭馆，梅子忽然推了女婿一把，女婿没栽倒，反手啪就是一巴掌，打在了梅子脸上。梅子吼一声，撕住了女婿。两个人打成一团。

两个当嫂子的赶紧上前拉架，我也有点慌，妹夫是个闷罐子，话不多，吵嘴不是梅子对手，但打起来梅子肯定吃亏。这二百五下手没轻重。我怕梅子吃亏。

狗咬狗，让咬，拉啥？

嘎子喊。

一声喊惊醒了我。

我不拉了，站着看。

梅子边哭边骂，不依不饶，女婿黑着脸扑打，两个嫂子前前后后拉劝，场面一团热闹。

我明白了，他们两口子在演双簧。

出来七天了，耽搁七天生意，他们心里肯定成天盘算着一天不卖凉皮少挣几百这笔账。一天陪我们跑下来，还要倒贴一顿饭钱，他们不愿意。超子是我们的父亲，我们当儿子的寻他是分内的事，作为女婿，他有义务吗？梅子两口子本来就不好，女婿动不动嫌弃她是超子家里出来的，不懂事，要是因为我们这件事再影响到他们夫妻关系……我冒汗了，但是不能吼，如果一嗓子吼出他们内心的小算盘，妹夫恼羞成怒，撕开脸闹，那就更糟糕了。

我在水泥台子上坐下，我说跑了一上午还没乏？还有力气狗一样撕着咬？先吃饭，吃饱了再回去打，到了你们家看你们想咋打就咋打，最好一边卖凉皮子一边干仗！先吃饭，今儿说好了，我结账，我是大哥嘛——

妹夫不打了，扭头看我。

梅子呸他一口，说猪，我哥掏饭钱哩，你还胀气啥？

大家坐在了一张桌子上。

我看着眼前的五张面孔。刚开始，我把他们集合到一起的时候，我觉得有一股力量在心里流窜，这些力量是从他们身上借助过来的，是我们紧紧抱团产生的。现在我觉得说不出的沮丧，我已经感觉不到我们之间的力量，除了疲倦，就是愤慨，要不是这件事，我真的不敢相信，我们家这些人会涣散到这种地步。

我还能指望他们什么呢。

我说梅子啊，饭吃了你两口子回去，叫你们跟上我们白跑路哩，大他一个大活人，个家不想回来，我们寻也白寻，不寻了，吃了这顿饭散伙。

这顿饭大家吃得分外香，噼里啪啦，风卷残云。吃完梅子和女婿逃一样走了。嘎子坐在饭馆门口点一根烟，望着梅子两口子远去的背影，说早点拉倒是对的，一个大活人，长着脚呢，想回来就回来了，这么满世界寻，不是办法。我们两口子已经请了八天假了，超过十天的话厂子就不要我们了，会开除。

我说屁，放你的闲屁，你老子下落不明，死活难说，你当后人的心里头只记挂着钱？你个狗日的是钱×出来的吗？

嘎子喷了口刚吸进去的白烟，跳起来扑向我。

我早恭候着了。

我们哥俩在大街上打了起来。

你驴日的——

你才是驴日的——

你狗杂种——

你才是狗杂种——

我们对骂。

口气和用词一模一样，一个模子里倒出来的。

这样的骂人方式，我们从小就熟稔，可以信手拈来。

我一拳打乱了他新理的飞机头。他崩掉了我衬衣的全部纽扣。

有人围观，有人拉架，有人举着手机拍摄，我知道，不出十秒，两个操着南边山区口音的男子在街头打架的视频肯定传遍这座北边川区集市的朋友圈。

嘎子吐一口嘴里的血，说哥，咱报公安吧，上网发帖子，靠你我的力量，寻到哪天是个头儿？

我们不打了，自动和解了，在满街围观者莫名其妙的目光里，我们像亲人一样并肩奔跑，我们去派出所。

幸好我们出门前带着户口本和小区管委会开的证明，派出所的手续办得很顺利，从派出所出来后，我们觉得还不够，又找了当地一个自媒体平台，花了一千元，马有世的照片和体貌特征等信息出现在了这家平台最后的广告栏里。同时我和嘎子在自己的朋友圈发了寻人帖子。

天黑以后我们再一次聚到了田桂花身边。

不会真出啥事吧？田桂花抹着泪，说，我心惊肉跳啊，睡梦里听到他在喊我，喊我的名字。

我深深瞅她一眼。

她一迎上我的目光就躲开了。她不敢看我。

我说我们寻也寻了，公家也找了，网上钱也花了，能做的都做到了，我们也算是尽心了。人得寻，但我们的日子也得过，从明儿起，嘎子你两口子回去上班吧，我们也回，把玉米地里这一茬水放了，我一个人出去寻，周围的小乡镇现在都找过了，我去大城市寻，石嘴山，银川，吴忠，我一个一个挨着寻，直到把人领回来。

我的决定没人反对。

我说要不这样，嘎子你回一趟老家，给亡人们上个坟，顺便寻寻，说不定他跑回老家去了。

嗨，你想哪里去了？太远了！他一个超子，又是跛子，身上没一分钱，他出了这小区的门，至多在川区这附近瞎转悠，哪能跑回老家去哩？再说老家现在早荒了，房拆了，沟塌了，路断了，没人烟了，他回去干啥？

嘎子一脸不当回事，抬嘴就给我反驳回来。

我也觉得自己这想法有点不切实际，北边离南边五六百公里路，还不算那些曲曲弯弯的山路，他能摸得回去吗？

我还是不放心。

你还是回一趟吧，万一呢，他脑子不好了，但以前认得的那些字还是记着一些的，再说他长着嘴，就不能向人问啊。

嘎子有些不耐烦了，说好好好，我去，我去么，保证完成任务。

又看一眼他媳妇，说正好领上你去一趟娘家，你不早喊着想回娘家吗？

嘎子媳妇一直黑着的脸这会儿露出了笑。

我媳妇插嘴说，我觉得还是不要再折腾了，反正我们已经尽力了，也不怕旁人笑话了。一个大活人，能有啥事，可能是转悠到城里去了，那花花世界，他一看就不想回来了，你们晓不得，城里要饭的要比乡里好多了，往商城门口医院门口一坐，散乜贴的多着哩，散的还净是干钱，现在的人，不在乎小钱，出手就是两块三块，他肯定在哪里要上了——

就是——

弟媳妇附和。

说不定他看外头比家里畅快得多，也不受气，就不想回来了——

说完她忽然意识到有点漏嘴，赶紧弥补，我是说他肯定转到城里去了，看城里啥都好，就不想回来了。

她的解释显得既愚蠢，又多余。

我默默看着这两个女人，我忽然觉得她们的颜面比田桂花还要衰老。

四

石嘴山是贺兰山脚跟下的一座城。一抬头就能看到不远处的连绵群山，我在街头走，走累了就抬头望望那些山，这是和我老家六盘山完全不同的景象，马有世怎么会留恋上这里？满街的人，口音和我们完全不同。北边人把我们叫山狼，我们喊他们鸭子。这里全是鸭子口音。这种口音我们初来时几乎听不懂，熟悉了一段日子，总算能凑合着沟通了。我和嘎子、梅子经常外出，接触鸭子的机会多，连我们都还没能完全学懂鸭子的口音，马有世他只是在移民小区里生活了一段时间，早晚接触的，大多数是老家一带搬来的乡亲，现在一旦跑到外头，脱离了老家的口音环境，真不知道他如何面对全新的异乡口音。

我慢慢在街头走，走完大街走小巷，串完了小巷子，连一些偏远僻静的死拐角、阴暗的小圪塄，也钻进去看。哪里人多，我把重点放到哪里。如果看到有人坐在地上像乞讨的样子，我就赶过去看脸。商城门口和医院门口去的趟数最多。我寻了一圈又一圈，就是没看到那个长得像我并且右脚有残疾的人。我逢人就问，见过一个长得像我右脚有残疾的男人吗，五十岁左右，爱笑，说话是南边口音。

得到的回应都是摇头。

我不甘心。

把寻找范围扩大到周边的县。

没有找到马有世。

就在我犹豫接下来怎么办的时候，媳妇打来电话，她明显不高兴，不问我寻找的结果，开门见山就问我最近活儿咋样，咋打回来那点钱，不够花啊，再有半个月她娘家大哥安家，她姊妹都在微信群里商量呢，说每个人准备拿两千，她手里可是没一分，就等着我给打钱呢。

我说媳妇儿，钱我可以慢慢挣，这人——

我想告诉她，钱可以慢慢挣，人要万一真出事了，那可就再也没有了，人这辈子，啥都拿钱可以买回来，骨肉亲情，是买不回来的。所以我现在不能一门心思挣钱，不管啥活儿，只能随便找一个，一边干着一边找人，只要他还在这世上转悠，就算人海茫茫，我相信只要我不停止寻找，总有一天会碰上的。

但是她打断了我，她说我晓得你还在寻，我说你是不是脑子有问题，一个超子，寻他做啥，他由着性子满世界转悠，浪世面，躲清闲呢，害得我们连正常日子都没法过了。再说他的儿女又不只你一个人，人嘎子梅子咋都不寻？人家上工的上工，卖凉皮子的卖凉皮子，我真是瞎了眼，明明晓得你家里那个情况，我大睁着眼偏要跟你，你再执迷不悟我们就离婚，这日子我不过了——

我抬头望远处。贺兰山的面孔还是我刚来时的模样，山上全是石头，草木很难生长，季节转换，山上总是灰苍苍的，一年四季几乎是一个颜色。但是山下城郊的草木早就褪尽了春色，显出苍凉秋意来。我已经在这里耗费了三个月的时间。我知道媳妇说的不是假话，要是我没钱养家，她真有可能会闹离婚，现在的女人，已经不是我父母那个年代的观念了，她们是把离婚两个字挂在嘴上的。我知道这件事必须有个了断了，至少在宁夏北部这里该画句号了，媳妇说得没错，我本来就没有啥文化，挣钱的本事也就是淌臭汗卖苦力，全身心投入干一个月才能拿到三千，而我这几个月，除了心神不宁，找的活儿也都不是高工资的，只要能让我一边干着，一边在当地寻人，工资多少，我从来顾不上计较。

可这一圈儿寻下来，我两手空空，没找到人影子，钱也没挣到，再这么下去，只怕连家都要散了，不行，我得打工，得挣钱，得养媳妇娃娃，得先把家顾救住再说。

我遥望贺兰山，在心里说，我尽力了，现在得离开这个地方了，可是，我跟你说，我是问心无愧的，我真的尽力了。

当夜坐车赶往银川城。

班车在公路上跑，我把头搭在玻璃上盯住窗外看，心里有一个模糊的希望，希望忽然之间，就在车外，有个身影出现，歪歪地站在那里，拉着一条腿走路，一边走一边回头，冲我嘻嘻地笑，笑容贱兮兮，又可怜巴巴。我曾经是多么厌恶这表情啊，整个少年时代，即便是后来长大成人，我简直是做梦都渴盼能摆脱他，和他带给我的耻辱感。可是，为什么，现在我的心里，好像有些怀念，怀念那笑容，那耻辱的感觉。我啊我。这一刻，我感觉我看不透自己了。

银川人最多的地方是南门广场。我以前出门打工，来这里找过活儿。这里人口流动量大，三教九流都有。尤其贼娃子和乞丐，更比别处多。我想先从这里入手寻找吧。

不能像在石嘴山那样满大街寻找了，没有精力也没有时间那么做，家里等着我挣钱养家呢。再说银川城可比石嘴山大多了，我还那么转悠不等于在大海里捞针吗？

那究竟该怎么寻？怎么样才能找到他？

夜气下来了，寒意一层比一层重，我裹紧身上的外套，还是觉得冷，我在走，走得漫不经心，没有目的地，好像魂丢了，却又不知道是在哪里给丢掉的，我只能这么漫无目的地走，这么没有方向地寻。

到处都是人。城市里最不缺的就是人。可是，人海茫茫，我要找的人你在哪里？夜灯照亮了一些人的脸，又把一些原该清晰明亮的脸庞晕染得模糊不清。我一张一张地看，看完一张再去看下一张。我在心里不停地喊，是你，但愿是你，就是你，你忽然从陌生的人丛里抬起了头，把一抹熟悉的曾经让我耻辱的傻笑，就那么猝不及防地送给我。

我走累了，坐在地上，仰头望高处，高处是来来往往的腿和屁股，我满怀希望又绝望地筛选着，不看女人，只看男人，看男人的屁股和腿。只要走路不稳有打闪的，我用目光紧随，往上细看，直到看清他的脸面。可一次一次看到的，只有失望。

人群里没有我找的人。

肠子里一阵响，胃也热辣辣的，我一天没吃饭了。

白天不知躲在哪里的人群，夜晚苏醒的蚂蚁一样，全出来了，在钢筋和水泥的间隙游动。我坐在广场上看人，人走过来，人走过去，有人在给老家打电话，报平安，有人在向人借钱，有人在挑地摊货，有人在打电光闪闪的陀螺，有人在耍猴，有人在看猴，有男女公然抱在一起啃嘴巴，一些人是出来散心遛腿的，一些人是抓住这个时间寻一点生计的。叫花子正是这种人。我的目光直往人多的人群里钻，我知道，他什么也干不了，跑出来，他唯一能养活自己的手段，只有要饭。

一股浓郁的胡椒味儿直扑鼻子。我被饥渴牵引，不知不觉站到了一家烧烤架子前。一个小伙子正翻着手里的扦子，一边翻动，一边抓起架子上的大小饼子轮流撒着各色调料。调料溅在炭火上，噼噼地炸响，扦子上的肉由红变黄变灰变熟，调味香裹着肉香在一阵一阵白烟中飘散。

一串烤肉两块钱，上面只有小小的三疙瘩肉，要让我吃，三十串才能吃饱。三十串，就是六十块钱，我身上只剩下四十块钱，舍不得啊。我咽下一口涎水，转身离开了。

去去去，又来了，每晚都来，来了就伸手要，我们又不是慈善部门，快走，脏死了，别影响我们做生意——我收住脚步，回头看，是烧烤小伙子在骂人。一个要饭的，在他的呵斥下愣愣地站着，但他不走，却不敢再上前，一张脸从脏头发下露出来，一个劲儿赔笑脸，满脸的卑贱。

不是我要找的人。我一眼就看出他不是。我转身离开。他不是马有世，可马有世肯定和他一样，这会儿不知道在哪里，在哪一条街的哪一道小巷子的哪一个摊位前，向人伸手讨要，受人白眼。万一，他要不上饭，吃喝都是问题，还有，天气一天比一天冷，他会不会饿着，冻着，万一病了呢，这满眼都是生人的地方，他还好吗？

小伙子始终没有施舍，讨要的站了一会儿，自己也觉得没意思，终于转身离开。我伸手在兜里摸，追上去，把一块钱塞进他手里。

然后我沿着街边的步行道走。城里的马路两边，步行道上，总是铺出一条黄色的小路，满城都是，这是盲道。给瞎子走路用的。我曾经在一个铺路队打工，干过这活儿。当时我们开玩笑，说城里哪有那么多瞎子，就是有，家里人难道放心放他一个人出来乱跑？

现在我就把自己的父亲，丢到了茫茫人海里。他不是盲人，可他的智力连盲人都比不上，现在他一个人，在哪里挣扎，靠什么生活，城里四通八达的路面上，都有盲道，可他能找到一条回家的路吗？

我不知道该到哪里去，往哪走才是正确的。我顺着盲道走。走到满城灯火一家家疏落，黯淡。灯下的人群也慢慢稀少。我能听见自己的脚步声，它一脚一脚落下，踩在光滑整齐的水泥石板上，显得无比空洞。抬头看前面，黄色盲道横在眼前，盲道很窄，铺的时候我们还笑话说要铺就铺宽阔点，为啥这么窄呢，难道是为了节省砖头？可是眼前的盲道，它怎么这么辽阔宽大呢，它的颜色也黄得扎眼、刺目，像一大片金子铺在眼前。我慢慢地走，反正不急的，我在这里没家没舍，没有可去的地方，我急也好，慢也好，都是一样的。

他会不会像我一样，也在马路上没着没落地徘徊？

月亮出来了，半轮，瘦得可怜，在令人眼花的人间灯火下，它显得那么孤独，那么单薄。月光映照下，眼前的盲道笔直地伸向前方。望前方，路好像在起伏，慢慢地扭动，变成了一匹黄色绸缎。我踩着绸缎走。脚下轻飘飘的。我抬头看脚下，再望向前方，我忽然觉得这陌生的城市变成了熟悉的，一股亲切的感觉回到了心头。

小时候，每年到了收麦季节，我们庄里漫山洼都是金灿灿的，正是这样的金黄啊。麦田里金色麦浪在风里翻动，夏风燥热，一阵一阵催熟了麦子，满庄子都是浓郁的五谷香味。要开镰割麦子了，家家户户做准备，别人家都是掌柜的撑头，修镰刀，磨镰刃，安排收割。我们家是田桂花亲自主持这一切。她蹲在地上磨镰，嘴里噙一口凉水，一边磨，一边往磨石上吐水，水冲下一道一道的石泥，她两手沾满了黑色泥浆。她一边磨，一边吼，骂我们几个磨蹭，半天时间还没准备好出发。接着喊，吩咐我割麦子，嘎子放牛去，梅子灌一壶水带上。

我们的父亲马有世，他像个孩子，在田桂花的吆喝下，陀螺一样转悠，他想帮我们干活儿，又干不好，他总是越帮越乱。手忙脚乱中，碰翻了水壶，烫得梅子大惊大喊。

你个瘟神，你咋不去死哩？

田桂花终于爆发了。她一脚踢飞了磨石，坐在地上大哭起来，一边哭，一边骂，将马有世和我们兄妹三个，裹在一起骂。她哭诉自己命苦，咋就跟了这么个男人，是个超子，她就早该离婚，她没离，还养了三个娃娃，她真是瞎了眼睛，眼睁睁跳了火坑啊……

这样的场景，我们早就看得不想多看了，我们兄妹三人该干啥干啥，反正这样的闹剧时不时上演，我们从小到大已经习惯了，我们的父亲马有世，这样一个啥事都指望不上的超子，作为这个男人的女人，我们的母亲田桂花，她肩上担的不仅仅是女人的担子，本该属于男人那一份她也给担了。田桂花确实活得苦啊。

烈日下，麦场上，大家热火朝天地忙，别人家都是男人在前头挥舞着镰刀，后面跟着女人和娃娃。我们家反了，父亲的跛脚让他根本无法蹲在地上割麦子，他更不会使唤镰刀。据说他曾经试着跪在地上割麦子，结果一镰刀把膝盖割了个大口子。田桂花从此下了死命令，不许他再碰镰刀。田桂花只能像男人一样一个人割，一趟出头，回过头磨镰，接着赶下一趟。父亲马有世，跟我们几个娃娃混在一起。他用手拔麦子，还带着我们嘻嘻哈哈地耍闹，他就是个大娃娃头儿。

田桂花割累了，回头看我们，看一眼，叹一口气，说这个超子啊，又叹一口气，说我咋这么命苦哇——

作为一个女人，田桂花这辈子，说她命苦其实一点都不夸大。一辈子和一个超子捆在一起，柴米油盐地过日子，她担负着双重担子，她吃了别的女人不会吃的苦，操了别的女人不用操的心。她的辛苦，还有艰难，别人不知道，作为她的儿女，我们一点一滴，全看在眼里。就算我们不懂事，不能全部体谅，但是她做了女人又做男人，操完家里又操外头，才把我们家撑了起来，才把我们兄妹几个拉扯长大，这是谁都知道的大事实。仅仅从她那苦弯的腰，那张粗糙得砂布一样的脸，额前冒出的白发，和眉角密密麻麻的皱纹，都能看得出这女人这辈子的艰辛。

见到现在的田桂花，一般人肯定想不到她年轻的时候其实挺漂亮的，是庄子里挂得上名的攒劲女子。她模样长得端正，性格还泼辣，看上了当民办教师的马有世，借着担水的机会，主动跟马有世搭话，两个人好上了。那时候的马有世配田桂花完全配得上，他念过书，当着民办教师，在庄子里的人看来，就是端着国家的铁饭碗了，而且他模样长得也不差，中等个子，清瘦，干净，尤其在满庄子都是一身泥一身土的农民当中，他显得特别地与众不同，穿的外衫上有四个兜，上衣兜里还插着一根钢笔，那钢笔的卡子明灿灿的，令多少大姑娘两眼放光，从心里眼馋啊。

那应该是他们最幸福的时节。当然，我们庄里的人都知道，好日子并没有持续多长时间，就在田桂花怀上身孕，天天早晨蹲在院子里哇哇吐酸水的时候，马有世教书的小学校里，几个娃娃乘着午休时间去河里耍水，被暴雨卷走了。听到消息，校长和马有世直奔水沟。

那一场搜救的过程我们自然无法亲眼看到，我们长大后听到的事情是，为了救娃娃，马有世一到沟里就跳进了河里，被洪水卷出好几里。校长以为他像那些学生一样已经没命了，他却自己爬了回来。

有世子，来来来，给大家说说你当年跳水救学生娃的事——

我记事以后，见到一些闲人无聊的时候这样引逗马有世。

大水里救娃娃，嘻嘻嘻，那水好大啊，轰隆隆轰隆隆扑下来，把干河滩都淹了——

马有世伸手比画，试图给大家再现那条随洪水突然暴涨的大河。

嘻嘻嘻，你们是没见，那水大啊，真格大——

他傻乎乎伸手比画，显得很兴奋，好像这是无比荣光的事。

都说你当时抓着一个娃娃的手就是不放，那娃卡在浪渣里，没叫水吹走，其实人已经死了，身子都硬了，你还是抓着不撒，你就为这个才差点没命了，对不对？有世子，你说你逞个啥能哩，校长都不会耍水，在干滩上站着看哩，就你会，你才差点叫水淹死，还落下了邪病，你说你呀——

有人开始揭底，毫不客气。

马有世眼里的兴奋顿时暗下去了，把跛脚忽然站直，两眼委屈：我没有逞能，我是想救娃娃，四个娃娃啊，都没了——

我的父亲马有世他会游水。算不上懂得游泳，只是在水里打个浇喜，划拉几个来回，还能爬上岸来。这已经十分难得了。因为我们山区缺水，大家都是旱鸭子，庄里要是有谁会耍水，就是人人都知道的本事。马有世从小在水沟里无师自通地学会了耍水。

山里的男娃娃都爱耍水，夏天天热的时候，最爱背着大人，不管在哪个水坑里，光身子下去扑通几个猛子。我和嘎子五六岁的时候也爱这个。马有世见一回打一回，他坚决反对我们下水。好像他和水有仇，谁去水里耍，谁就是他的仇人。这个很多方面却缺失了职责的父亲，在这件事上显出了顽固的狠劲。

会死人的，会死人的——我记得他跳着脚跟我们着急的样子。

那时候我们不明白他心里的恐惧。

今夜我忽然明白了，他阻拦我们的时候，脑子里出现的，肯定是那四个淹死的学生娃。那肯定是他一辈子都忘不了的惨痛记忆。

暴雨事件之后他一病不起，睡了好一段日子，等再爬起来，右边半个身子没有了知觉。那时爷爷还活着，爷爷用架子车拉着儿子，东一趟西一趟地为儿子求医，乡上的医院去了，县上的医院也去了，办法想尽了，马有世慢慢能站起来，能下地走路了，但是人一天天显得迟钝，痴呆，最后成了现在的样子，脑子坏了，腿脚也跛了。

马有世超了，他的工作也就拉倒了。田桂花说校长拿着三块钱来看马有世，遗憾得直摇头，说病得不是时候啊，稍微再迟上半年的话，就能转正了，转正的人，就算病了，不能教书了，公家还是会管的，会按月发病退的工资，可他还没有转正，这就等于啥也没有了。

在我的记忆里，马有世已经完全是一个农民了，和教师没有半毛钱的关系。要说还有什么关系，那就是他保持着当教师养成的爱干净的毛病，这毛病成为大伙儿玩笑解闷的话题，多年来一直流传不休。

此刻月光下的城市，街面上那些喧闹都消失了。灯火也熄灭了大半。灯光消失的地方，月光亮起来了。我仿佛看见了记忆里的麦田。那金灿灿的画面真的像一幅画。而画里的人，还是那时的模样。吵吵嚷嚷骂个不停的母亲，嘻嘻哈哈孩子一样的父亲，无忧无虑天真无邪的我们兄妹三人。

小时候我们兄妹犯了错误，田桂花懒得费口舌数说，她干脆用烧火棍伺候。打急了，我们就往马有世跟前跑，往他背后一躲。马有世笑嘻嘻的，伸开两个手，跛着腿跳着圈儿地护我们。那副样子，现在想起来多么像一只笨拙的老鸟在护着自己的孩子呀。为此，田桂花的棍子一次次落在了他身上。那些棍子本该落在我们身上啊。田桂花打够了，气也出了，转身忙去了。我一下子扑到他身上，从背后抱住他脖子，他哎哟哎哟夸张地叫，好像我在欺负他。其实他慢慢蹲下身子，把我背上了后背。我揽住他脖子，他的手托着我的屁股。父和子的两具身体热腾腾叠加在一起，我们嘻嘻哈哈地笑，闹。我们不像父子，更像没大没小的玩伴。

那时的笑声，那么真实，那么纯粹，那么轻灵，像今晚的月光，像月光下的寂静和思念。现在回想起来，那时的我们其实是幸福的，我是幸福的，我们作为他的儿女，是幸福的。他不能像一个正常的父亲给孩子父爱，他其实已经以另一种方式给予我们了。原来，我们也有过快乐的时光。那是实实在在的快乐啊。

父亲，这一切，我怎么现在才明白呢。现在才体谅到呢。如果能早一天明白，哪怕是一点点，这些年里，我和兄弟嘎子，妹子梅子，我们就不会活得这么委屈，我们对待父亲，可能就不会……

我看见远处的树下，铁椅子上，石凳上，躺着几个没有回家的人。他们当中有乞丐，有酒醉迷路的人，但没有他，我知道没有他。

父亲，你在哪儿？世界这么大，你是不是和我一样，也在这月光下仰头望着月光思念着从前的日子？

我给嘎子打电话，问他去老家了吗。

嘎子似乎是被我从梦里惊醒的，他打着哈欠，说去了去了，连人影子都没有，你晓得的，庄子早拆平了，现在不要说大活人，连个鬼也没有。

他说我明儿早起上工哩——就结束了通话。

没在老家，这在我预料当中。

那么，你究竟会在哪里？

起霜了，淡淡的凌霜落下来，脸上凉凉的，全身凉凉的，我找一个铁椅子躺下去，仰望高处，夜空高远，月亮走了一夜，还没有走出头顶的这片天。一股湿哒哒的寒气，一层层浸透了衣裳，我蜷紧身子，朦朦胧胧地想，人这辈子，有些宿命的东西，其实是走不出去，挣不脱的。即便再努力，也难以彻底挣脱。

五

我在医科大附属医院对面的老马饭馆里找到了活儿，端盘子。掌柜的看着我，知道一个大男人干这个，琐碎不说，工资太低，我肯定干不长久，所以不想收我。我告诉他自己是为了找人，寻找丢失的父亲，暂时在这里落脚。老马听完这话，说行，你能干多久干多久，想走随时都成。说完他叹一口气，说现在像你这么有孝心的儿子，不多了。这话让我惭愧，又不能多解释，我冲他傻笑。

有人吃饭，我赶紧招呼，倒茶、擦桌子，端饭，收碗，忙完了，趁着扔垃圾，扫门口，跑到门外观望。我盯着来来往往的人，尤其是模样像要饭的，我特别注意。我试图从人群里抓住一个久违的身影，把他从茫茫人海里揪住。

寒冬的风一阵一阵贴着地面扫，这座位于沙漠和平原交汇处的城市，一天比一天寒冷，下了几场雪，落下来就被清洁工清扫了。日子像落雪，扫去一场又是一场，哗啦啦流逝。老马给我涨了工资，我媳妇知道了有点高兴，告诉我这活儿不错，冬天工地上没活儿，还不如一直在饭馆里待着，等掌握了手艺，说不定我们将来也能开一个饭馆呢。

我听着手机里的声音，一种从来没有过的陌生感，雪片一样在我耳畔悬浮，我伸手摸，没有雪，只有一缕淡淡的冰凉。

一天凌晨，我拉开门，眼前一片茫茫的白，下雪了，下了一夜，还在落，行人全都裹在羽绒服里匆匆来去。

我抱着扫帚扫水泥台子，低头愣住了，昨夜立在门口的两袋子垃圾边，蜷缩着一个身影。他紧紧蜷缩在一件黑色外套里，头发很长，毛成一团，好像这样蜷缩，他就能把自己的头发当作一把伞顶着替自己遮挡风雪。那一瞬间我呆住了，傻傻看着这人。我不能确定他是睡着了，还是已经死去多时。我站在风雪里看，一些平时模糊的念头这时分外清晰地呈现在眼前，我决定听从媳妇的劝告，打定主意踏踏实实在老马饭馆里干下去，只要用心，肯定能掌握一个小饭馆的全部技术，然后把奋斗目标定位为有朝一日开一家属于自己的饭馆。

至于马有世，我知道自己不会再找了，寻找到此为止，我已经尽了孝心。

雪片落下来，在毛乱的刘海上稍一停留，就融化了，好像这毡片一样的毛发，具备着强烈的吸附力。又好像雪花落进了一片沉默的土地。

这不是我要找的人。他是个爱干净的人。他怎么会允许自己脏成这副样子。我用扫帚碰触，他醒了。抬起头冲我笑，龇开的嘴里露出一副红牙床子。

竟然是个女人。

吓我一跳。

她坐起来，笑嘻嘻的，看了看我，扭头走了，迎着风雪，走得摇摇晃晃。

我目送她，一直到消失不见，回到店里我告诉老马，我要走了。

咋地，有信儿啦？老马关切地询问。

我摇头。

那你不等啦？好歹在这里等着，说不定哪一天就碰巧遇上了。

我点头。

我没法跟老马描述自己内心的矛盾。我觉得没必要等了，他愿意出现，我会等到，若不愿意，我就是等三年五年等上一辈子，还是不会有结果。我忽然觉得，父子一场，缘分就像半空里的雪花，美好，而脆弱，该珍惜的时候没珍惜，阳光一照，就会融化，谁都无法挽留。

我已经能接受任何结局，包括他可能已经不在人世。

我去看田桂花。

恰好嘎子也在，我们兄弟俩坐在木桌子改成的巨型茶儿前喝茶。泛着霉味的茶，我喝了一玻璃瓶子，嘎子提起水壶又给我续一瓶子。一年时间过去，这玻璃瓶子已经闻不到他的气味了。我用舌尖舔着瓶口，我渴望寻觅到一丝他的气息。他真的好像消失了，从前，我们家里满屋子都是他的气味，他的感觉，他的笑声，他的絮絮叨叨……他见谁都是一脸讨好巴结的贱笑，他走路，扭着跛脚艰难地走，他骂人，嘟嘟囔囔小声还击田桂花的大骂，他唱花儿，哼的是一些酸得冒水的花儿，他说话，红着脸膛在一群闲人的怂恿下满口唾沫地描述着田桂花的身体和田桂花的美妙……他的感觉和气味，像一片肮脏的旧布，粘在我们的日子里，揭不去，拔不掉，我们厌恶极了，总觉得是一种耻辱，他这个人，就是一个恶毒的疮，钉在我们的日子里，好不了，除不尽，天长日久地发炎，熟脓，流淌着恶臭的脏水。

作为他的儿子，我内心一直在强烈地渴望，他要不是我的父亲多好，我就能和庄里那些顽皮的娃娃一样，一起捉弄他，像那些年轻人一样嘲讽玩耍他，像女人们一样拿他肆无忌惮地开一些露骨的玩笑。就算我不参与，至少在别人戏弄他的时候，把他当作猴儿耍的时候，我的心里不用刀子绞着一样难过，气愤和羞耻了。我怎么能有这样的父亲？我的身体来自于这个男人，我们一家人活得这么艰辛也和他有着不可分割的因果关系。我真的幻想过，如果可以，我多么希望，马支书，李会计，王乡老，那样有本事的男人是我的父亲。

现在，他消失了，总算让我们如愿了，消失的不仅仅是他本人，还有他留下的气味。我们曾经那么嫌弃，那么渴望摆脱的气味。那样的气味笼罩我们的生活几十年，成为一种刻骨铭心的记忆。我曾经做梦都希望摆脱这种记忆啊。

记得当初要从老家搬迁到这里时，我们聚在一起高高兴兴地谋划着未来的好日子。

忽然嘎子媳妇冒出一句，说楼房只有五十四平米，那么小，啥都是新的，肯定很干净，可我们家……她不说了，扭头看一眼马有世。

我们像被当头淋了一盆凉水，顿时都哑声了。

弟媳妇终究是压不住心里的话，又冒出半句：家里有这么一个……

她毕竟是娶来的外人，当着我们大家的面还是有顾虑的。

嘎子却没什么忌讳，他补充：一个超子，跟过去就是个拖累对吗？

当时马有世在场。

我们的父亲马有世，他一点都没有伤心，生气，或者愤怒。相反，他冲着我们笑，笑得龇牙咧嘴，恨不能把笑容送给每一个人。

我媳妇本来犹豫，选择楼房还是院子，拿不定主意。这时她拉了我一把，冲我挤眼睛，又给大家说：我们想好了，我们搬院子。楼房和进工厂的名额，都让给你们。

嘎子两口子欢天喜地答应了。本来按人口，父母和嘎子得去院子，我们两口子住楼房同时有两个进厂打工的名额。嘎子媳妇早就眼热我们的名额了。

我媳妇的小心思我何尝不明白，我们住楼房，到时候我和她去厂子里上班，娃娃就没人管了，接送上学和吃饭，都得人帮忙，到时候还得把田桂花接过来，接田桂花，自然不能把马有世丢下。可是把田桂花、马有世都要过来，大家挤在小楼房里过日子，我这生来爱干净穷讲究的媳妇可怎么受得了，她肯定受不了，这些年为了离这个老公公远一点，她一嫁进门就挑唆我们早早闹分家，家分了她还不舒服，不停地劝我带她出门打工，最好把家安在外头一辈子不回老家。

现在她终于看清楚了，也拿定主意了，如果选楼房，要摆脱马有世就困难了，这以后的日子要想清清静静地过，那就只能选院子了，住了小院儿，她看家带娃，我一个人在外头打工，我们踏踏实实过我们的小日子，时间长了，带着娃娃去一趟移民小区，看看公婆，尽尽孝心，也就说得过去了。

不过，人和人的心思不一样，嘎子媳妇恰恰和她嫂子想的不一样，她一直盼着我们能把楼房换给他们，到时候她和嘎子住厂子里，娃娃丢给田桂花，她正好躲个清闲。

果然，弟媳妇一脸开心，说，楼房就楼房吧，虽然小点，挤点，但是我们两口子不是一去就进厂子了吗，一年四季在厂里住，家和娃娃就留给妈。

马有世随嘎子一家搬到了楼上。

老家时候院子大，庄子大，世界也大，他成天在外头转悠，他自由自在，我们也舒畅一些。等搬到了楼房，五十四平米的空间，对于在土院子里自由自在惯了的我们来说，这点地方，真是太小了。

矛盾很快就来了。

马有世他住不习惯。

为这个事田桂花专门给我打过电话，数说的是自己的苦恼，一说就是一堆，她说超子是狗肉上不了台板，住不惯楼房，嫌太小，闷得慌；嫌太高，要他上上下下地爬楼梯，他腿疼；嫌两面都是窗子，啥都亮晃晃的，前楼后楼的人在家里干啥都能看到，这还是过日子的样子吗；嫌楼上总是嘁嘁咣咣地响，吵得他睡不着觉；嫌这么一天到黑闲坐着，吃了睡睡了吃，不种地不做活儿，日子不是这样的过法……总之是嫌这嫌那，浑身不自在。睡到半夜里爬起来在地上走，嚷嚷着要回老家去。他折腾自己不要紧，害得田桂花没法过日子，夜夜有个人神经兮兮地在身边嘟囔，她实在是睡不着。

要在老家的话就好了，我把这超子赶出我的房，由他一个人睡去，偏房、柴房、牛圈，哪儿清净叫他去哪儿，省得折腾我。

田桂花哭兮兮说。

这可已经不是老家的土窝窝子了呀，这是楼上，拢共就巴掌大的一点地方，叫我把他搡哪儿去哩？墙，墙不隔声，门，门不挡音，我把他塞哪个房间他都吵，都叫我不得清净——

我知道田桂花这是被超子逼得实在没办法了，才找儿女诉苦。要不是实在受不了，依她的性子，这些年多少苦都独自吞咽了，她也很少找人诉说。她其实是个性子要强的女人，这辈子，跟一个超子过活，她大吵有过，大骂也是常事，但都是在家里对着我们的，哭了，骂了，两眼的泪一抹，她走出大门又跟别人家女人一样，该干啥干啥，从不会在外头哭哭啼啼。

我还能咋做，难道能跑到移民小区去把超子训一顿？自从我长大成人，尤其领上媳妇以后，我没少教训他。我居高临下，口气严厉，条件苛刻，完全是当老子的在教训不争气的儿子，我渴望纠正一些我很早以来就认为很不合适的东西。我喝骂，吓唬，下狠手打，关起来不给饭吃，但试过几回以后，我自己放弃了，一个疯疯癫癫几十年的人，一切早没法挽救了，骂过，打过，羞辱过，肉疼过，他还是老样子，转眼就忘，拍拍屁股就又是那个嬉皮笑脸没有正形的傻子。

我知道，这辈子他是改不了了，除非年轻时那场祸事没有发生，除非给他换一个脑子。

我只能和稀泥，跟田桂花打哈哈，我说妈，超子你还不清楚吗，他就那烂脾气，几十年的老毛病了，你就多带量带量么，该打打，该骂骂，该饿肚子就叫他饿着，我没看法，我敢说嘎子和梅子，也都不会有啥说法。

没过几天，田桂花的电话又来了。电话里的田桂花声音颤抖，说马有世闯祸了，出去半天不见人，被门口看门的保安扭住了，原来他把楼下花园子的铁栏杆拿钳子扭断了好几根，扭得正起劲呢，叫人发现了，他说准备背回家给自家窗户上装个护栏。

事情以田桂花赔钱了结，我估计着，回到家关上门，马有世少不了挨一顿打，掏几百块钱对于田桂花来说那就是割身上的肉，她攒几个钱不容易。

我在电话里听田桂花诉了一阵苦，就打断她，我说一个超子么，你就不要计较了，你们一搭过了半辈子了，他的毛病你还不清楚，刚到楼上，他还以为在我们庄子里呢，以后慢慢就好了。我又嘱咐了一句，要求她把超子看好，人生地不熟的，叫他先不要出去乱跑，免得闯祸。先哪都别去，就在家里坐着。

过几天田桂花又打电话来，还是诉苦，抱怨的对象还是马有世。栏杆的事闹完后，她再不放他随便出去了，干脆关在家里过日子。被保安扭着胳膊吓唬了一回，回家又被田桂花一顿臭骂，他自己也老实了，可是在家里坐着，新的事情又出来了。

旁的事儿我就不说了，光是巴屎尿尿，就是个大麻烦！

田桂花气哼哼给我吼。

他站着尿尿你晓得吗？尿点子溅得到处都是，尿完了还不冲，三泡五泡都不冲，尿尿我也就认了，我跟着给他冲也行，可他巴了屎也不冲，他舍不得冲，提上裤子蹲在那里看屎，嘴里还说啥，就这么手一按，冲了，不见了，可惜了，费水，又糟蹋肥料，这要是像在老家一样，有一堆土，就可以压起来积肥，上在地里，庄稼肯定长得欢实。

你说这楼上根本不像我们老家院子里，这日子我咋过啊，新新的楼房，这才搬进来没多长日子，就弄得臊味臭味一屋子，等嘎子两口子回来，我可给人家咋交代？儿媳妇脸上我没法对付啊我——

我忍不住哈哈大笑。

笑着笑着我落下泪来。

这就是我的父亲。

我没有更好的办法，我想也许把他接到我们院子里会好一点，院子毕竟比楼房畅快点。可我敢吗，我拿不了媳妇的事儿啊。真要把他接来，估计前脚进门，后脚媳妇就该跟我闹离婚了。

只能继续和稀泥。

我说妈呀，你就将凑着过吧，他那臭毛病你还不清楚么，你年轻的时节都没有嫌弃他，既然一搭过了半辈子了，就再好好过么，你度量大，心肠好，你能带量他。

田桂花不吭声了。

我其实话里有话，绵里藏针，我既在劝她，安慰她，也在敲打她。当年，马有世半路上得病，疯了，那时候田桂花你就该离婚，就算你肚子里怀着我，那等你生下我以后，你也该离了，你说你该走的时节不走，半辈子都拖累过来了，现在抱怨有啥用啊，叫我们做儿女的又能咋办啊。

说实话，曾经，我甚至想过，田桂花要是当年没有怀上我，马有世出事后她趁早改嫁，那么，也就没有我们一家人，也就没有我们的痛苦。

既然后悔没有用，假设和想象，都不能解决问题，抱怨，又不能让时光倒流，不能让田桂花退回到三十几年前重新改嫁。那么还不如就这么过着。田桂花已经是过了五十岁的人了，老得一脸褶子，现在后悔有啥用，难道能离了再找称心如意的？

田桂花和马有世，这对夫妻在这五十四平米的小空间里，怎样一天一天度过他们搬迁以来的日子，说实话，我并不清楚。我每次匆匆来，吃过饭，又匆匆走。就连这吃饭的一点时间里，我也是低头玩着手机，田桂花的絮叨根本没人听，更没有放在心上。

我记起来了，好像最后见马有世那次，田桂花做的是浆水面。压面机压出的长面，白花花捞在碗里，舀上红葱炝的清汤浆水，再撒一把芫荽末子，再剜一筷子头油泼辣子，真是红绿相映，汤宽面细，滋味悠长，我们在大茶几前噗噜噗噜刨，吃了一碗再来一碗。按习惯，马有世不上茶几，蹲在边上，一连吃了三碗。边吃，边拿手背抹着嘴边的汤，连连说着好吃，好吃，有老家的味道。

他还想吃。田桂花一把夺走了碗。三碗还不够？真是个超子！咋就晓不得个饥饱哩！

其实案板上还有没下锅的面，瓦盆里也剩有酸汤，只要田桂花再下一把面，他就能吃上第四碗。田桂花没有下面。他自己也没有坚持再要。他嘻嘻笑着，离开了。我和嘎子在手机上忙着给彼此点赞。就在开饭前，我发了一个帖子，图片是现拍的，白瓷碗里清凌凌的浆水面。嘎子也发了，也是白瓷碗里清凌凌的浆水面。我说老妈的浆水面，吃起。嘎子说今儿老妈做浆水面了，准备大吃一顿。点赞的人不少。都是老家微信群里的人。大家纷纷留言，大体都一个意思，感叹说离开老家，就很难吃到浆水面了，好想吃。也有人顺带着抒发了一下想念老家的心情。

我们身在父母身边，心思却完全飘在另外的世界，我没有注意马有世他想吃第四碗面没有吃上的表情，田桂花这么数落他夺他碗筷也不是头一回的事，所以我们谁都没当一回事。

他是那次下了决心要离开的吗？还是早就有了打算？他是受不了楼房里跟圈禁一样的日子，还是实在想念老家？

他走了，现在我就是想问，也没处问了。

他真的就这么走了？消失了？不回来了？

也就是说，我们多年来渴望摆脱的一个累赘，大包袱，我们一直愁着甩不开、扔不掉，现在他倒自己把问题解决了。

难道是彻底摆脱了？就这么拉倒，再也不寻了？

田桂花挨着我坐下，两个手摸着膝盖，说哈儿，我的瓜儿子，我晓得这一年来你最苦，你看你才三十几的人，就有白头发了，你也不容易啊，我想好了，不寻了，他肯定在外头转悠上瘾了，不想回来了，把我们娘儿母子给忘了——唉，也是怪我啊，我对他不好，我把他害了……

田桂花用衣裳袖子揩眼睛，把哽咽声咽进了肚子。

嘎子说，妈你说这些做啥啊妈，人都没影子了，后悔也来不及了——

嘎子！

我吼。

我用怒吼压制下了兄弟的嘲讽。

嘎子似乎被我的吼声吓住了，有些尴尬地龇牙笑了笑，站起身，脚点了一下地，说我回去上工了，妈这里有哥在我就放心了。

我冷眼目送他离开。我感觉他刚才的笑和脚点地的动作，像极了一个人，简直是一模一样。

田桂花没有赶出去送她最疼爱的小儿子。我们母子坐在原地，谁都没动。窗外，风裹着小雪花安静地落着。搬进来两年，这小楼已经有了沧桑的气象。白灰墙上到处是嘎子家两个娃的巴掌印和脚印，看样子两个小家伙和我们那时候一样，爱打架，打起来不管不顾。零碎家具都是我们从老家搬过来的，搬来之前就已经是旧物了，在这屋子里越发显得陈旧黯淡。我没兴致打量它们，我盯着田桂花的手看。拢在膝盖上的一双手，明显比上回又粗糙了，指甲盖里镶满了黑灰，那一定是拔完鸡毛后在火上燎细毛的结果。

她还是避免和我对视。她低头望着自己的脚面，这沉默不语的模样，是我熟悉的，却又是陌生的。我恍恍惚惚地想，这个女人，她把几十年的年华，都陪着超子男人过了，现在她老成了这样，我记忆里那具饱满身躯里的水分，已经被岁月挤压抽走了，如今的她显得松弛，苍老，完全是一个老女人了。我曾经见过这双手的娇嫩，那时候我还小，站在窗外看不到屋里的炕上，我是踩着堵炕眼门的一块木头墩子才看清屋里的，我看到田桂花的手蛇一样绕过一个又黑又胖的脖子，紧紧箍在怀里。田桂花的手从所未有地白，从所未有地嫩，像两条肚腹泛白的蛇缠绕在我心头，缠绕了好多年。我撞见的，马有世他何尝不会撞见呢，我难以明白的大人世界，马有世是明白的，在有些事情上他其实一点都不傻，他是明白的。缠绕在我心头的蛇，谁能知道是不是也紧箍在马有世的心头，让他呼吸困难，临近窒息。

我站了起来，端起玻璃瓶子，紧紧抓在手里，我知道自己浑身都在颤抖，这颤抖来自身体深处，每一条肌肉纤维，每一个细胞，每一根末梢神经。我咬紧牙关隐忍。我挣扎在一个临界点上。

人活在世上，咋这么难哩？咋活都难啊——田桂花感叹。

她不看我，她看着窗外，那里是迎着风飘零的雪花。

骨骼和肌肉深处的颤抖化作了剧烈的哆嗦，我咬住瓶子边沿，咣咣咣喝水。

一口气喝完里头残余的凉茶水，我知道自己已经迈过了那个临界点，我捏着这个巨大笨重的罐头瓶子，我说我得走了，好些日子没回家了。

田桂花没有起身送我。

我下楼后回头看，玻璃上没有她的脸，她没有像平时那样，趴在窗户上看着我离开。

我把瓶子丢进垃圾桶里，它碎了，发出的碎裂声清脆而响亮，好像一个刚刚睡足的梦，醒了。我拍拍手，感觉心头一阵钝痛，但也有一种说不出来的轻松。雪花似乎比之前变大了，落在领脖子里，湮开，渗出一股凉森森的寒意。我知道这雪一时半会儿停不了，看样子还要下，这是要大雪封门啊。

六

年关前后我一直在家窝着，哪也没去。但也没闲着，抱着手机抢红包。白天抢，夜里抢，连吃饭上厕所都手机不离手。今年冬天红包群大量存在，只要你爱好，就有人撵着你，拉你进群。我进了一个老乡群，一个工友群，这已经够我应付了。红包群就是专门为抢红包建的，每个人进群先发红包，一次不能少于规定的数额，开抢后，手气最好的发，数额也有规定。一天玩下来，至少是几百元的进出额。本来我是闲得无聊，心情不好，顺手耍的。谁知道这东西竟然像赌博一样，能让人上瘾。我恨不能二十四小时盯着手机，但是手气时好时坏，总体来说不好，等正月十五过完，我算了下账，竟然不知不觉输掉了两千多。媳妇知道后，端起一个老家带出来的大瓷盆，咣一声砸在门槛上，说不过了，这日子没法过了！她领上娃娃回娘家了。

走就走吧，这女人自从跟了我，就没有一天不活在抱怨里，早年抱怨不分家，一大家子挤在一起过日子她一个小媳妇委屈，后来分家了，她没满意几天，又有了新的抱怨，说我不出去打工挣钱，她手里没钱花，我出去了，钱也给她挣回来几个，她吃的穿的和庄里的小媳妇一样了，夏天凉鞋冬天皮靴子，抹脸油一套没用完新的已经又买回来了，可她还是不满意，闹来闹去，她自己憋不住说了实话，说就是不想有一个超子公公，就算有了，也不能在一个庄子里过日子，她希望能远离一步，眼不见心不烦。

现在终于是远了，远到在两个移民点安家，远到一年半载她只要不去，就再也不会看到那个傻子的影儿，远到现在这村庄里的人，没有一个知道我们有一个傻子父亲，甚至已经远到他自己出走，音讯全无，已经快要一年时间了。

三百多个日子，他究竟去了哪里，吃得上饭吗，冻着没有。我睡在自家炕上，后面厨房里烧着小锅炉，暖气片把温暖带到每一个房间。我吃得饱，住得暖，我身在川区北部的一个小村庄，但手机帮我连通了世界，我上微信，QQ，微博，快手，段子，什么都有。可我就是找不到他了。他好像从我们的生活里消失了，消失得很彻底，好像他那个人从来都没有在这世上存在过。

当初搬家时候，我们只带了认为重要的东西。田桂花的，我们两口子的，嘎子两口子的，瓶瓶罐罐坛坛碗碗，毛毯被子衣裳鞋袜，唯独没人问过马有世，他需要带上什么。他把自己的细软也塞了一麻袋，可是还没抬上车，被田桂花叫停了，田桂花当着我们大家的面扯开了麻袋，倒出一堆破烂。是我们曾经穿过的衣裳鞋袜裤带帽子。没一件像样的，全是破旧得不能再穿的。早些年村里女人们常做鞋，用旧衣裳拆洗后打褙子裁鞋，后来日子稍微好过了，大家也都学懒了，除了田桂花还偶尔做鞋，我媳妇和嘎子媳妇从来都不愿捉针拿线。我们大家褪下的旧衣裳，田桂花打褙子只挑拣一些，剩下的塞炕眼。马有世他死活舍不得，见着别人要丢的烂衣裳就赶紧抢，收藏在麻袋里，塞在后面的柴窑里。想不到这些年他收藏了一大麻袋，临走还要带上它们。

田桂花一件一件抖开这些烂衣裳，不仅叫我们看，还叫移民办派来开大车送我们搬迁的司机看。田桂花说真是个超子啊，超到没一点救手，人家的男人都是万儿八千地往家里弄钱，这一搬家，都是值钱的大件儿，我家里，除了这几口人，一堆破烂，还有啥值钱的？你还翻腾出这些破烂，啥意思，难道还舍不得了？嘎子，拿打火机来，都点了。

烂衣裳里有马有世自己的，有田桂花的，有我们弟兄的，也有两个儿媳妇的，更有几个娃娃褪下的小棉袄小线裤，花红柳绿的，各式各样，简直能摆一个地摊儿。

其中还有一个三角裤衩，大红的，带着蕾丝。

老流氓！

我媳妇像被人揭了短一样叫。

我明白了，那裤衩是她的。不知何时被她的老公公也当宝一样收藏起来了。

超子么，跟超子计较啥——嘎子从鼻子里嗤一声，毫不犹豫就掏出火机子，首先点燃了红裤衩。

司机两个手插在裤兜里，抽着烟笑，说就是就是，值钱的带上，不值钱的么，带上也是拖累，我可趁早警告你们，去了连扔都没地方扔，那可是楼房——

我们的纪念么，都是我们穷日子里穿过的么，我拿上，去了，想老家了，拿出来看看，反正也不重么——

马有世搓着手，拧着脚，小声辩解。

屁的个纪念！

田桂花一脚踢散一团火，也不顾司机是外人，可能会笑话，她跳着脚骂，你个超子，一辈子给我丢人现眼，还没够啊，我本来盼着，搬到了新地方，我们好好过日子，这还没到新地方哩，你就要带一包破烂去，你还想把丑丢到外头去啊——

衣裳多是化纤材质，见火就着，马有世的一包破衣裳全部烧成了灰。

马有世被呛了一头两手的灰，他抢出来一件裤子，田桂花又夺过来丢进了火里。

大汽车拉着东西出发走了，我们集体步行去乡政府门口集合，坐班车统一出发，我们一家人临走才发现缺了马有世。

这超子啊，我真是倒了啥霉啊，一辈子摊上这么个货。

田桂花拍着大腿骂。

我蹲在村口点一根烟，瞅一眼嘎子，示意他去找，再不走，集合时间迟了，移民办的人肯定骂。

嘎子也点一根烟，挨着我蹲下，他吐一口唾沫，说爱死哪哒死哪哒去，这超子，就是不叫人省心。

就在我们出发的最后时刻，马有世他撵上来了，怀里抱着一个大塑料瓶子，那是装过可乐的，我们舍不得丢，夏天去地里干活儿，装凉开水喝。现在马有世给瓶子里灌满了水，那一瓶水可是要五斤呢，他扭着跛脚，抱上五斤重的凉水走七八里山路，不会轻松的。

你个超子——

田桂花劈头就骂。

——稀泥和不上墙啊，你说你要把我气死吗！

她扑上去就要打掉他手里的瓶子。

我们也都瞪着他，真是恨铁不成钢。

马有世拍拍手里的瓶子，龇开嘴笑：嘻嘻，嘻嘻，我们泉里的水，谁晓得到了楼上还喝得上这水吗？你们都本事大，说不定还有机会能回来，我肯定回不来了，一辈子都回不来，万一我到时候想这沟里的泉水咋办，这可是喝了几辈人的水啊，我肯定会想的，嘻嘻。

他像抱着命根子一样抱紧了可乐瓶子，可怜巴巴地看着田桂花，眼神里全是恳求，在恳求田桂花不要为难，让他把这瓶水带上。

本来等着看笑话的人群，笑容僵在了脸上。大家不约而同想到了故土难离那句话。

田桂花什么都没有说，她默默掉过头出发。马有世屁颠屁颠地撵她，他像她的尾巴，总是甩不掉，歪歪扭扭地黏了几十年。

马有世那瓶水终究没有带到楼上。上班车时他抱在怀里，司机不让带上去，说车厢里包包蛋蛋的已经很挤了，这么大瓶子的水就放下面行李箱里。马有世嘟嘟囔囔地解释，司机不耐烦听，硬是命令他把水放到下面。当时我和嘎子都不在下面，我们已经早早挤上车抢座位去了，抢到舒适的位子，坐下来忙着玩手机。我们谁都没注意马有世和他的一瓶子水。

班车一路从老家颠簸到目的地，走了六个钟头，下车搬行李时，有人嚷嚷，说哪来的水，自己的包湿了。场面乱糟糟的，湿了就湿了，大家既疲惫，又兴奋，忙碌中搬东西，进新家，也就没人计较这水的来源。

马有世的可乐瓶子被压破了，水淌光了。

他拧着脚嘟嘟囔囔地抱怨，没人理睬他，他骂一阵也就过去了。

进了楼房，他第一件不适应的事，就是吃水问题。他说自来水有一股子尿臊味。嫌弃完了，接着怀念自己那瓶子泉水。好像如果那瓶子水还在的话，他就可以顿顿喝，天天喝，永远喝不完。至于后来他是怎么适应那有尿臊味的自来水，不，我甚至都不知道他真的适应了没有，我从来都没有当作一件正事在意过。

他被天天关在那五十四平米的世界里，喝着自来水，挨着田桂花的骂，还要眼睁睁看着大伯隔三岔五地来骚扰，他的日子肯定不好过。

我不知道自己这是咋了，为什么禁不住地要想这些，翻来覆去想，掰碎揉烂想，从记事起到今年，我把自己在这世上活过的几十年时间，从头想，一遍遍地捋，不管我怎么梳理，过滤，我发现都无法剔除一个人的影子，他的傻笑，他的唠唠叨叨，他的瞎讲究，他的可怜可恨，他就是我生命的前半截子啊，我就算想忘，可忘不了啊。

嘎子来电话了，说哥，发给你的帖子看了吗？快看。

我伸伸懒腰，觉得浑身都是软的，事实上我已经昏昏沉沉睡了好多天的懒觉，感觉连爬起来的力气都没有了。

啥事这么急，催命一样。

我边说，边抬手到枕头边摸手机。

你快看，我等着——

我打开微信，果然嘎子发过来一条新信息。

是个视频。

肯定不是揭露某食品添加有毒成分，就是某对男女外出开房被抓了现行并拍下视频放到了网上。现在这种事不少，早就不稀罕了。但是爆料和捉奸这两类段子，永远都具备吸引力。嘎子没事就爱看这些，看高兴了，还会顺手给我分享。

我抱着百无聊赖的心，信手点开。

不是爆料的黑段子，也和奸情无关，是一则死尸认领启事。

我匆匆扫视一遍全文，注意到落款是老家的县公安局，我滑动手机，回到最前面，题目是“无名尸体认领启事”。

启事最后配了一张照片，死人身上的衣裳破烂得很严重，已经看不清原来的样式和颜色。一堆烂糟糟的破布片裹着一具蜷成一团的身子。

青草乡芦草洼村六队。

是发现尸体的地方。

在一个废弃院子的一面向阳的墙根下，一堆干柴里。

我一个字一个字念着启事，念完，我退出微信，给嘎子打电话。我说嘎子，你个驴日的，当时我叫你回老家一趟，你去了吗？你用心寻了吗？你是不是根本就没去？你个驴日的！

嘎子好半天都没有说话，最后，他挂了电话。

我举着手机看，好半天，都不能确定，电话挂断的那一刻，嘎子他是不是把我喊过一声哥。

一壶清水

姐姐在用一把大铁壶提水。从沟里舀上泉水往家提。

这是秋天的事，很深的秋了，清晨傍晚穿单衣能感觉到冷了。

姐姐提水时节我跟在她后面。按她的本来想法，她是不愿意让我跟着当尾巴的。可我硬要去，挡也挡不住，骂也骂不回。有什么理由不让我去呢。这么好的事儿，一年当中能等到几回呢，也就那么一两回嘛。

跟在这把叮叮当当作响的大铁壶后面，我心里的笑都满得装不下了，直往外溢。铁壶是旧得淌铁渣的老壶，不知谁把盖子踩扁了，母亲费了好大劲儿，才算把它重新弄圆。现在姐姐就用这壶提水。平时我们吃喝用水都是母亲在用桶子担。今儿不同，今儿我们两个是自愿要求出来提水的。

“把清水舀上，到沟畔上小心！”锅台前忙碌的母亲，不放心，追出来喊着说。母亲的喜悦也是难以抑制显而易见的。

姐姐提上壶，故意抡得壶把吱儿吱儿响。响了一路。我们是一路小跑到沟底的。

一泉水，清凌凌的，泉里映出头顶的蓝天白云，还有我和姐姐圆圆的脸蛋。

伊哈娘也来担水，姐姐懂事地让她在前头舀水。

娃娃你娘咋不担水？伊哈娘边舀水，边问。

我娘忙着呢。姐姐赶忙殷勤地回答，今儿我家提一壶水就够了。

伊哈娘哦了一声，担上水走了。屁股一扭一扭的，她没有多问，问我家为何今天与平时不同。

我和姐姐都有些失落。其实姐姐早把回答的话准备好了。准备告诉任何一个问起的人。可是这个伊哈娘，偏偏没有多问一句。

哎，你说，伊哈家有好几个月没有念索勒了吧？那他们有好长日子没沾到肉味儿了，嗨，这个伊哈娘，日能的啥，恐怕连膻气味也闻不到。姐姐指着伊哈娘的背影说，声音忿忿的。

桶子又吱吱地响起，买燕娘来担水了。姐姐忙一把揭开舀满水的壶，搬斜壶身，水哗哗地往外淌。

哎，你？我有些不明白。

悄悄儿，小心买燕娘看见了。姐姐冲我挤眼，小声说咱把水倒出些，慢慢地再舀，等她下来了，看她问不问咱提水为啥。

那事儿能叫她知道吗？她可是买燕的娘。我有些担心。

我就是想叫她知道的，她家买燕昨天还骂我来着，碎婊子，咱气死她，叫她听见眼热死。

买燕娘果然问了为啥提水，怎么不见大人担，一壶水够用吗。

够了，够了，你不知道吧，我家今儿晚上不做饭，要煮肉了，你难道没有听说，我爷爷家把羊宰了，羊的头蹄肠肚全是我家的。

你爷家把羊宰了？买燕娘轻轻念叨，显得有点不相信。

晚上叫你家买燕来我家要吧，肉熟了，叫她也吃上些。临了，姐姐冲买燕娘说。姐姐的神情显得很热心。

哦——。买燕娘含糊地应了一声，担上水走了。

姐，你叫买燕干啥？那碎婊子不是昨天还骂你了吗？我愕然道。

嘿，说你瓜，还真的是个大傻瓜。我叫她吃肉来，是耍她呢，给她的肉多着呢。有让她吃的肉，不如我拿去喂狗！

这倒也是，我姐和买燕的仇早就结下了，都快臭了一年了。

水提上岸，我们缓了一下。其实一壶水一点儿也不重，十一岁的姐姐提上它，一口气就可以走回家。我们还是缓了一下。把壶放在沟畔上，然后我们肩并肩，坐着看庄里各家门口进出忙碌的人们。

有几个男人向我爷爷家方向走去，肯定是去称肉的。爷爷家刚刚宰倒了一只羊。一只肥大的绵羊。爷爷那一群羊里头，一年总有一两只会生病，宰了，肉我们是吃不起的，爷爷全卖了，剩一点骨头，他们一家煮了啃一顿。头蹄肠肚这些下水，会给我家。母亲拾掇了，我们也改一顿馋。

每当宰一只羊，我爷爷和奶奶就心疼得不行，连牙也疼起来了一样，吸吸吸地咂巴着嘴，抱怨好几天。他们的这种行为我们最看不上，羊宰了是多好的事，有肉吃了，还不高兴么。有头啊蹄子啊肠肚啊吃，这真是天大的好事。好事可不是天天有的。其实这样的好事，是很难等到的。一年里就那么一两回嘛。

令人高兴的是，我们终于盼到这只羊病了，宰了。

哎，你说，娘这会儿在干啥呢？姐姐冷不丁地问道。

这还用问，肯定是去爷爷家看剥羊，等着给咱拿羊头。

说完，我感觉有些得意，我发现自己也有比姐姐聪明的时候。

哎，说实话，你心里高兴吗？半道上，我追赶着姐姐的屁股，问她。

啥？你说啥？姐姐把水壶从右手换到左手，快走几步，转脸看一下我，说高兴个啥？我哪像你，馋鬼一样！她虽然这样骂我，但还是忍不住咽了一下口水。

尽管我们一路上歇歇缓缓，东张西望，还是很快就到家门口了。这一路上，我们和遇到的人都说了话。尤其是见了和姐姐要不到一块儿的几个女子，姐姐以罕见的和气口气和她们打招呼，然后装作很无意地说起爷爷家宰羊的事，用同样无意的口气说我们家会拿来头蹄肠肚等下水，姐姐的口气淡得出奇。给人的感觉，我姐姐不怎么稀罕那些杂碎肉，还让人感觉这个女子已经叫肉给吃腻了，不爱吃肉了。这就让人不得不重新打量这个女子。对肉不屑一顾的人，我们庄子里目前还没有出现过。相信没有谁有魄力说出这样的话。姐姐的语言神态间分明在表达这样的意思。姐姐这是怎么了？几个月前，她为了和我争一个肉骨头，我们甚至打起来了。我的一个前门牙就是她当时打掉的。她是什么时间变得不爱吃肉的呢？

快到家门口时，我们看见买燕站在她家门外。买燕和姐姐臭了很长日子了。她们两个人间的仇恨比阶级敌人还深呢。看见买燕的时候，姐姐故意放慢步子，她昂着头，左手提水，空出的右手就插在裤兜里，姐姐的样子雄赳赳气昂昂，像只吃饱食散步的大公鸡。她的脸始终没有向买燕站立的方向看。

买燕早看见我们了。她不像平时那样，见了我们，老远就进去，哗地关上门。今天的买燕有些特别，她居然一直站在那儿，似乎脸上还带着笑。她踢一下沙包，趁弯腰捡沙包的当儿，偷眼看我们。她脸蛋红红的，显得十分不好意思。她的表现，分明想和我们和好。

不要看她！姐姐警告道。这个碎狐狸精，是想沾咱们的膻气味道。做梦去吧。就算她找上门喊我三声大姐，我也不会和她好。姐姐的态度十分坚决。

我们从买燕身边走过。姐姐故意将步子放得很重。走过去，始终不拿正眼瞧一下买燕。我们走过很久了，身后传来关门声。

母亲不在家里。烧燎羊头翻洗肠肚的家具摆在院里。两页大胡基垒成个简单的锅灶，等下可以把羊头和蹄子架在上面，用硬柴火在下面烧，等毛全烧焦了，干成个黑壳子，再用刀子刃刮，黄灿灿的头皮肉就露出来了。母亲烧烤的羊头蹄总会恰到好处，干净而一点也不焦。锅里烧着水，看来是用来烫洗肠肚的。翻洗肠子的竹筷和盆子也放在锅台上。这些东西一拿出来，人心里不由得生出一股热气腾腾又掺和着膻腥的味道。以往总是这样，一锅水滚得水花四扑，母亲低头在热气里忙活。开水灌进肚子里，发出一连串刺拉声。母亲忍着灼烧，一手提住开口，一手使劲揉放在竹篾背篼上的肚子。烫得她嘴里呵呵呵地叫。收拾完毕，肉煮进锅里了，母亲耐下心用武火加文火烧炖。肉在锅里发出咕咚咕咚的响动。混杂在膻腥里的香味弥漫了厨房。我们就在香气四溢的屋子里焦急等待肉熟出锅。

吃肉多好啊。吃羊的头蹄和肠肚同样是很好很幸福的事。

娘肯定去爷爷家了。放下水，姐姐往灶膛里添一把柴说。是给咱提羊头去了，走，咱也看看去！

我们手拉手向坡上跑去。去爷爷家得走一段路，一口气才能跑到的上坡路。今儿上这坡，一点也没觉出乏。我们这是去找母亲，帮她把羊头拿回家。取羊头也是很幸福的事。我们看见母亲确实在人群里。爷爷家围满了人。老人娃娃，女人女子，都有。还有几个男人。这些掌柜的当然是代表他们的女人娃娃称肉来了。

爷爷在当院忙碌。那只羊已经被划开了胸口的皮，露出粉红的胸膛。爷爷将刀子反咬在口里，一手拉住划开的羊皮，一只糊满血的拳头沿刀口往下捣去。嘶啦啦一阵响，他又把嘴搭上去吹气。吹几口，再捣。这样几个来回，一张羊皮几乎全给剥下来了。几个娃娃袖子高高缩起，在四面缀着羊的四个蹄子。缀羊蹄子是件很有意思的事。二伯伯家的牛旦正缀着一条后蹄子。不时向我张望，满脸的得意之色。我和他昨天刚刚打过一架。我偷偷看自己的手，有点儿脏，但和牛旦那手比，我的手就是很干净的，他那一双鸡爪子似的手，垢甲早黑成片了，那么脏的手，居然在缀羊蹄子，想想都叫人恶心。可惜平时最爱干净的爷爷，现在好像并不怎么在意那双脏手。

有肉吃的好日子里，脏手总是叫人觉得多少有些遗憾的。

皮很快就剥下来了。完完整整一张皮子，摊开铺在地上，展展的。人群围向羊的身子。皮子早给忘在一边了。蹄子还连在上面。爷爷怎么把这给忘了呢。头和蹄子是要给我家的。我们早就注意它们的去向了。羊头早就割下来，放在台阶上。母亲拿来个刀子，从羊皮上往下割四个蹄子。二娘过来，向母亲笑笑，说老汉叫你割的?

下水我拿去哄娃娃。母亲忙笑着说。蹲在地上的母亲，神情小心翼翼的，好像她在做贼，被人家当场撞见了。

二妈拧着屁股走开了。她的干底子鞋很响地从我们眼前响过。这是上次赶集买的鞋。一双八块半钱。母亲本来也想买的，她肯定是很想买的。所以当时她向二娘婉言表示想借几块钱，自己身上的钱不够了。

可是，不等母亲张开口，一直撺掇母亲买鞋的二娘，忽然转着眼珠子，指指一个卖麻花的摊位，说我娘爱吃麻花，可我今儿拿的钱不多了，嫂子你有没有，给我借上几块，回去就还你。

一个麻花两毛，两毛一个大麻花！卖麻花的老汉冲行人吆喝。

母亲在兜里翻了一阵，翻出一把毛毛钱。食指沾上唾沫数，一共数了三块五毛钱。二娘拿上钱去买麻花，叫母亲在原地等她。

二娘很快就回来了，提着一包麻花。母亲偷眼细看，是很大一包麻花。那把毛毛钱还在，二娘还给了母亲。赊的，她将麻花在母亲眼前一晃，说，我认得这个老汉。

母亲将一把毛毛钱揣回口袋，跟着二娘往回走。一路上母亲闷闷的，沉浸在心事里。母亲不会认钱，只认得毛毛钱，块块钱。上了二十她就认不清了。她一路上费力回想一件事，她清楚地看见，二娘在接过麻花的时节，把一张递给老汉。老汉找回多少，距离太远，母亲没有看清，二娘递给老汉的是一张红颜色的钱。那是多少呢，母亲想了一路。

在集市上，母亲下了决心，说不买了，底子这么高，颜色太亮，不适合我穿。穿上只怕人会笑话我是老骚情。但母亲回到家后好几天脸色不高兴。老是在沉思什么。她一定还在想着那双鞋。她想有那么一双鞋。多好的鞋。紫红色的细绒面子，二寸来高的干板底子。踏在实处，总是会咯噔咯噔地响。更重要的是，穿上这样的鞋，会把人的个头撑高。撑高两寸。两寸，对于二娘和母亲这样的矬个子女人，还是很顶事的。一下子高出两寸，个子不就长高了吗。细绒高跟鞋真的太吸引人的眼睛了。二娘一回到家就穿上了。往大门外场地边上一站，看见的人顿时眼前一亮：这个女人今儿怎么了，变了样儿？个子忽然就蹿高了？一双鞋就让二娘活得神气活现起来。母亲还是穿着她的布底鞋，布底鞋是不响的。走在哪儿都不响。甚至走在沙子铺成的大路上也不会响。母亲就很长日子也不去赶集，二娘隔段日子就去，高跟鞋踏在沙子路上发出好听的咯噔声。

现在，二娘和她的高跟鞋离开了，走向称肉的人群。

粉红色的肉上缀着好多油，一看就知道宰倒的是一只多么肥壮的羊。还是只母羊，肚子里的羊羔好几个月了，剥出来，蹄子上的细毛也看得见了。奶奶挪着碎步子，心疼得咬着牙直吸气。我说呢，昨天晚上睡梦不好，一连几天眼皮跳，这不就折财了吗？她把这话念叨了好几遍了，还不厌其烦地重复着。看样子，如果没有人阻挡，她准备将这话重复上一万遍。

羊很快就被卸成了大小不等的块。开始称肉了，有人要腿，有人要肋条肉，一个女人把心肝和肺提走了。二娘指着一条后腿叫割。

腿上的肉，一斤三元。爷爷见是二娘，犹豫了一下，说。

就要后腿，三元我也要。二娘说。一条腿就到了二娘手里。真是一条肥大的腿。我记得母亲说过，大腿上的肉最好，是上等肉，价钱当然高一些。二娘当场就给爷爷清算了价钱。一共二十六元五。五毛就不要了！爷爷大度地挥挥手。二娘梗梗脖子，想说什么，又忍住了。二娘掏钱时节脸上丝毫没有舍不得的心思。她的神情简直是男人才有的豁达与大度。

二娘提上羊腿并不急于回去，在人群里转悠，看大家称肉，议论价钱。提在她手里的那条腿一直滴滴答答流着血水。

母亲把羊头和四个蹄子放到一起，犹豫着去取肠肚。肠子和肚子已经掏出来，爷爷腾手倒净了里面的杂物。胀乎乎的肠肚倒净里头的东西，软软缩作一团，那肠子就只有筷子那么粗细。粉红色柔软的肠子，在清洗时候得用一根竹筷子翻过来，里里外外全得认真清洗。清洗一番后就会白白的，煮熟后香得叫人忘记它们曾经这样地脏过，忘记它们原来是包着羊粪的。我听见口水在咽回去时，发出的咕噜声。

母亲决定取一个盘子来装这些肠肚。她捅捅姐姐的腰，轻声支使姐姐赶快回去取盘子。姐姐不情愿地扭着头，想继续观看爷爷割羊肉。母亲冲她挤眼，努嘴，焦急地发怒。姐姐终于嘟着嘴去了。母亲的想法太对了。这么一堆滑唧唧肉乎乎的东西，还糊上了稀羊粪青草末子，不拿个家具端回去，还真的不好光手拿。万一掉出手心，可就不好看了。当着这么多的人，掉在土里，会让人难为情的。再说，白白的大盘子里，盛上一堆粉色的肠肚，看上去不是感觉很舒服么。当然，如果装上羊腿一类的好肉，肯定会更加体面好看，但是，我们吃不起好肉。好肉是要掏钱的。不过，没有关系，下水肉也是不错的。我们已经好长日子没有尝到肉味了。下水肉就是世上最好的肉。

二娘的干板鞋又在响。随着咯噔咯噔的脆响，她又转到我们这边来了。羊腿还倒提在手里。显然是一条很重的腿。二娘提它时身子得微微左倾，显出费劲的样子。提羊腿和拿肠肚哪样活计比较吃力呢？我盯住二娘的身子胡思乱想。

二娘和我母亲站到一块儿了。二娘在尽力地挺起身子，往母亲身边凑。我的眼睛毫不客气地发现，穿了干板鞋的二娘，还是没有我的母亲高。就算她不要提羊腿，把身子挺得更直些，她还是不会高过我的母亲。干板鞋已经叫她凭空高出了半拃多。可她还是比母亲矮着那么一点儿。我母亲和二娘都是庄子里出了名的矬个子。相比之下，二娘比母亲又矬了几分。

看热闹的人们在拉闲话，阳光晒到大家的身上脸上，大家都懒洋洋的。有人发现两个女人笑眯眯的，在一起说话。可能二娘已经发现她穿上高跟鞋还是没有我母亲高，脸上显出不甘心的神色。还在往我母亲身边挤。母亲终于察觉到了不对劲。悄然间，两个女人脸上的笑容变僵硬了。尤其是母亲。情急中，她顺势蹲在地上，收拾羊肠肚，不再理睬身畔的二娘。二娘被母亲晾在了一边。

姐姐来了，抡着手里的盘子，气喘吁吁来了。看得出来，她是一路小跑来的。二娘看看母亲，再看看姐姐，转身离去。谁也没注意到，眨眼之间，两个女人之间已经发生了一场细微却是那么惊心的较量。母亲有些忧郁地吐出一口闷气。看得出来，提一条羊腿又穿着干板鞋的二娘在旁，她很紧张，几乎透不过气来。

二娘没有回去，又转到割肉的人堆里了。一只羊在不经意中已经被割成了大大小小的块。到了各家男人和女人的手里。称了肉的人并不急于离去，兴致不错地交谈着肉的成色，价钱，和一些其他的事情。好像他们商量好了一样，要等到整只羊从眼前消失他们才愿意离去。

爷爷把刀子在手里转得飞快。谁要哪儿，一刀下去，准确割下哪儿。飞快地上秤，说出斤数，算出价钱，肉就到了那个人的手里。

有人愿意要那只羊羔。刚刚从羊肚子里剥出的死羊羔。羊羔身上没有毛，眼泡是淡紫色的。刚从水里捞上来的死去的婴儿一样。羊肚子里的羔儿原来是这种模样，我们这下大开了眼界。娃娃们尤其觉得新鲜，围住看个没完。

你实在想要就拿去吧，爷爷犹豫着说。我本来想弄干吃的，我的肚子老是胀，医生说是凉出的病。

那给你出上五块的价钱行吗？男人问。

你说啥，钱？爷爷脸上起了阴云。你拿去，一个死羊羔，我收了钱还不叫人把我老汉骂死啊。

全身又红又湿的羊羔就到了那男人手里。他的女人娶进门好几年，肚子就是不见大起来，急坏了一家人，就找这种羊羔给女人吃，吃了好几个了。那女人的肚子都快成羊的肚子了，姐姐看见那个女人就悄悄说。你信吗，她老吃死羊羔，不生个羊羔才怪呢。说这话的时候，姐姐的小眼睛在我眼前使劲地挤弄。

这个男人还在坚持为自己女人找羊羔吃，女人总是不见生出娃娃来。羊羔也没有生出过。

唉——我们听到了一声长叹。是女人的声音。不抬头，就能听出是二娘。只有二娘才能发出这么悠长又婉转的叹息。

几个男人把好奇的目光投向二娘。没什么动静，大家又聊自己的闲话了。

二娘挤到爷爷跟前去了。谁说当老人的是把一碗水端平的，我看这碗水根本没有端平。人家来了，想要什么自个儿挑拣着拿，咱还得上秤，掏钱。一样都是儿媳妇，都是亲亲的孙子，难道我们就不是这家里的人了。二娘略微放低了的声音在缓缓地说。说得很无心，像是说给她自己一个人听的。

你说啥？爷爷抬起头，口里咬着刀背，双手正在剔一根肋骨。

这时奶奶过来了。二娘的脸转向奶奶。哎——娘你听说了吗，现在羊下水贵得很，上回我去娘家，那里宰了只羊，有人掏十五块钱拿走了下水。你说这下水值不值钱。

奶奶愣了一下。肠子肚子，还有头蹄，这些下水肉也能卖好价钱？还十五块呢。奶奶停下了打扫血迹的手，下意识地朝我母亲的方向看了一眼。

母亲蹲在地上往盘子里收拾肠肚。她的动作很轻微，轻微里显出小心来。她头上的白帽子戴歪了，有几绺头发露出来，在微风里缓慢飘摇。

买肉的人大多还在。那只肥壮的羊现在只能看到一堆零碎的骨头，被爷爷继续切割。

人群里忽然多出一种怪怪的气氛。几个闲聊的人再次把不解的眼光投到这边。看看爷爷，看看二娘，再看看我母亲。大家的目光渐渐复杂起来，慢慢明白了什么。就用看人做贼的表情打量着我们的母亲。

母亲右手掌着盘子，左手使劲抓起四个羊蹄子。羊头还在地上。她又蹲下去，腾出两个指头，夹住一只羊耳朵，羊头给提起来了。摇来晃去地动荡着，血点子立时淌在脚边。母亲忙趔趄开一步，才站稳了。

以后他爷爷家宰了羊，你就去拿头蹄肠肚，我给咱老人说好了，还给他们借了三百块钱。几个月前，父亲从奶奶家提回一个羊头，拍着手对母亲交代。现在虽然父亲出门去了，但有他留下的话，我们就可以理直气壮地来奶奶家取肉了，还能尽量取得体面，自然。

一个羊头，四个蹄子，还有一堆肠肚，能煮好半锅的。足够我们母女三人美美改一顿馋了。吃肉真是很好的事。好得让人在睡梦里也能笑醒的事。现在，我们的母亲，那个矬个子女人，正微微弯下腰，挪着碎步子，小心地走向爷爷家的大门口。她右手的盘子里是肠肚。左手捏了四个蹄子，通过提一个耳朵，提着羊的头。那全是肉。头蹄肠肚，全是香喷喷的肉。煮熟了简直香得要人的命。这时候我忘了厌恶牛旦的脏手。忘了听二娘穿着干板鞋满世界咯噔的美好脆响。有肉吃的日子，别的什么都是无所谓的，不足以吸引人的。

爷爷说话了。从早上把羊宰倒，他一直脸势重重的，甚至阴沉着脸，好像一直没有说话。现在忽然冒出了一句。他的声音干涩而急促，像旱天里的风，瞬地刮过去了。干巴巴的，连丝余音都没留下。

羊下水十五块钱，谁要就把钱掏下。爷爷是这么说的。有人哦了一声。人群里好像掀起一阵轻微的骚动。但立马就悄无声息了。不约而同地，十几双眼睛投向大门口。

我的矬个子母亲好像没有听清爷爷所说的话，也没有察觉到人群里骤然掀起的波浪。她继续走向门口。羊头在手里不停地晃荡。

碎女子娘，说你呢，把肉放下！十五块钱呢，你不掏一分，世上哪有这么便宜的事。爷爷干瘦的声音又响起来了。这回，声音重得多了，也显得不耐烦了，气咻咻的。我看见姐姐的脸色顿时大变，惨然一片。碎女子就是她的名字。碎女子娘会是谁呢？

院子里的空气变得凝重起来。几个娃娃也停下了嬉闹，好奇地朝这边张望。

一阵风从崖面上吹下来，风里裹着尘土，吹打在人脸上，一阵难挨的疼。来的是一个旋风，它打着旋儿移向大门。从门口出去，旋走了。被旋风逼得连连趔趄的母亲摇晃着身子，艰难地靠在墙上，才站稳了脚跟。她茫然地目送旋风远去，还在不知所措地站着。这回爷爷的话她肯定听到了，听明白了。碎女子娘指的是谁她也弄明白了。她似乎一时喘不过气来。就那么站着。母亲的脸上开始挤出各种各样的颜色。红一阵，白一阵，最后，渐渐转成了青色。一片泛白的青色。母亲的身子在我们眼里膨胀起来。像一只奇怪的羽毛蓬张的大鸟。她的脸面丑极了，她从来没有这样难看过。蓬乱的头发从帽子周围钻出不少，黑红的脸上浮着一层灰土。眼圈红红的，刚刚哭过一样。一双眼有些失神地瞪着，被谁当头狠狠打了一棒，一时难以清醒过来的迷糊样子。

有人把脸转向二娘。提了羊腿的二娘比我那发呆的母亲好看许多。她年轻得多，正在灵活地眨巴着一双美丽的大眼睛，她不看人，自顾自地沉思着，还甩了一下手。羊腿上的血水溅出几滴。寂静的院子里渐渐响起咯噔声。是干板鞋底走动的脆响。死一般的沉寂被打破了。我们的目光一齐转向那双鞋，还有穿鞋的人。二娘走了。她稳稳地穿过人群，走出大门，回去了。从背影上我才发现，二娘的走路姿势原来很好看。特别地好看。只是个子有点儿矬。即使这样，她已经十分好看了。

我不知道母亲是什么时节离开的，也没看见她是怎样离开的。是慢慢走出大门，还是小跑离去的。是抬头挺胸和二娘一样的姿势，还是用她的老样子，微微弓着腰，有些忧伤地走着。我确实没看见。而且，可以肯定，许多人也没有看见。因为我们的目光都注意了二娘。听二娘响亮的走动声。等我们回过味儿，母亲已经不见了。盘子放在地上，肠肚完好无损地堆在里面。羊头斜躺在地上。四个蹄子散放在旁边。肉都在，一样没少。来为我们拿肉的矬子母亲不知何时离去了。

称肉的人一个个散去。大家提着称好的肉，往自己的家里赶去。

羊下水十五块钱，谁想要就拿去！爷爷忽然冲着离去的人们喊。

一个男人迟疑了一下，又转身走了。

没有人开口要那堆肉。爷爷把刚才的话重复了几遍。人走光了，只留下几个娃娃在下院里玩耍。

姐姐也走了。我没发现她是何时走的。热闹的院子顿时清净下来。几摊血和一张摊开的羊皮在院子里。一个旋风有些冷清地在下院里打转。转过几圈，到墙角不见了。

把这拿去收拾了，咱们改一顿馋。爷爷向奶奶喊，同时迈步过去，拿脚踢了下羊头。羊头滚了个个儿，躺倒在大门口了。爷爷的脸色恢复了凝重，甚至有点阴沉。

我是要到很晚才回家的。我和买燕不停地踢沙包。就在她家的大门外。我们踢了一百下，又一百下。踢得两个人的头上脸上大汗淋漓。买燕家也没称肉。她父亲和我父亲一样，出门了，上一个叫新疆的地方挣钱去了。买燕说她娘原本准备赊二斤肉的，但她的爷爷说女人娃娃吃了个啥肉，不体谅男人在外头的苦楚，以为钱好挣得很啊。爷爷骂了，她娘就不再提买肉的事。

我们都没有再提到肉的事。

我拿不准买燕知不知道羊头的事，但我始终没有敢提。幸好买燕也没提。我们两个都不急于回家，就踢沙包。今天在外面耍的娃娃很少，家家烟囱里冒起袅袅炊烟。可以想象，今天晚上，我们庄里好多人家在做肉饭，肉包子，肉菜吃。娃娃们早围住他们的母亲打转了。

我们最终还是回了家。暮色落下来后，买燕娘喊走了买燕。我被姐姐硬拉回家。回去才知道，我们的母亲为我们做了一锅搅团。黏糊糊的搅团，蘸上蒜和醋汤，咬在口里绵绵的，黏黏的，不用动牙齿咬，它们就已经滑下嗓子。吃着吃着，我忽然感觉，这味道，不比羊下水差多少。真的，羊头羊蹄子羊肠肚的味道，其实也就那么回事嘛。

母亲拿筷子点着碗边，说今儿这饭和平时不一样，你们猜一猜，看哪儿不一样。

哪儿不一样？我和姐姐互相瞅着对方。

今儿做饭的水，是你们提来的，一壶水，足够给我们娘儿三人做一顿饭。看来，你们长大了，能给娘帮忙了，以后，要是我忙得不行，你们就给家里提水吧。母亲笑眯眯的，说完就起身刷洗锅灶去了。

那把老铁壶放在锅台边，静悄悄的，跟装着满满一壶清水时节一样，好像在装水的同时，它的大肚子里还装满了秘密。我看见姐姐脸上腾起一抹兴奋的光彩。我们真的长大了。

这一顿，我吃了两碗搅团。一口气就吃完了，是荞麦面搅团。吃完后我觉得有点渴，趴在缸边舀了一大碗凉水一口气喝了下去。这是我和姐姐用大铁壶提回来的泉水，透过森森的冰凉，我依稀尝到了一股清清的甜意。

花姨娘

一

“把那个大鸡公宰了吧。”

对于二十年前的闫家梁人来说，能让女主人做出决定，舍得宰一只鸡来招待的客人，一般来说肯定是很吃劲的人，最不行也是重要亲戚。常来常往的亲朋，烧个茶，做个洋芋面招待一下就成了，最多给擀个长面，再炒个鸡蛋做浇头，那就到顶了。二十年前的我们家，能让我奶奶毫不犹豫地宰鸡招待的，大概只有奶奶的娘家老哥，如果老哥不来，只是几个嫂子来，奶奶才舍不得给几个妇道人家宰鸡吃。据说我妈娶进门，过了十天时间，我外奶一家来看女儿，这是两家新结的亲戚正式认门、走动的头一回，所以很重要，我奶奶宰鸡做了个席面款待。以后我妈害口、生娃、坐月子，我外奶奶不断地来，都没有享受到特地为她宰鸡的待遇。

我奶奶性子直爽，说到做到，那句话说出口以后就满院子撵着抓鸡。一群鸡当中只有一只公鸡。母鸡们是用来下蛋的，隔三岔五下一颗鸡蛋，攒多了用小笼笼提到街上，卖三五块钱，称盐买碱，扯鞋面买针线，是乡村妇女最重要的花费。我奶奶的精明在闫家梁是出了名的，她养的鸡都是经过细心挑选才留下来的，也就是说，我奶奶的每一把粮食，都不是白白喂给家禽的，鸡儿蛋，粮食换，她一把一把的囫囵粮食撒出去，换来的是母鸡们勤勤恳恳的报酬，鸡均一天一颗蛋，或者三天两颗蛋，最不行也得五天三颗蛋。我奶奶的鸡群严重阴盛阳衰，一群母鸡，一只公鸡。母鸡个个屁股硕大，身体圆润，鸡冠艳红，红红的小脸儿含着生育旺盛期特有的母性丰韵。唯一的公鸡身材俊美，举止英武，既具备一个大户人家大掌柜的威风，又丝毫不缺乏一个妻妾成群的男子汉该有的驾驭能力，说它是铁骨柔肠一点都不夸大，它可以和隔壁邻家偶尔爬上墙头敢来勾搭母鸡的公鸡大打出手，甚至叼得鸡冠出血；吃东西的时候，先要绕着食物在地上打转儿，嘴里咕咕咕一个劲儿呼唤，招呼它的大小老婆们快来先吃，它甚至会把噙进嘴里的粮食粒儿吐出来，看着母鸡香甜地吃下，它自己却幸福得一脸陶醉。这样的阴阳比例，严重失调，但是又很和谐。母鸡们基本上都能谨守妇德，专心下蛋，好好过日子。大公鸡吃饱喝足后，精神抖擞，满院子巡逻，看哪只母鸡顺眼，就临幸一下，尽尽丈夫的职责。

闫家梁的人说话口音怪，母鸡不叫母鸡，叫鸡婆，公鸡也不叫公鸡，叫鸡公。那年我奶奶养的那只鸡公是一只好鸡公，对外看守门户严密，对内恩威并施，治家严明。是公鸡中的模范。有时候黑狗偷懒，它甚至可以替狗看守大门，对忽然闯进来的生人发起进攻。这么一只鸡，要宰了它，我奶奶得下多大的决心呀。要忽然抓住它，又得费多少周折啊。总之我奶奶那天撵着鸡公满院子跑，前院到后院，后院到牛圈，牛圈到柴窑，柴窑到茅房，茅房再到前院。我母亲腆着个大肚子，她不敢追，但也不能不给婆婆帮忙，她把大门关严，又抱个扫帚，站在下院墙边，随时防备鸡急跳墙，从比较低矮的下院墙头上飞出去。我奶奶追着鸡跑了两个进出，公鸡一开始还不太慌张，以为主人在跟它开玩笑呢，至多像对待母鸡一样，抓住了，摸摸蛋槽子，看为啥忽然不好好下蛋了，发现馋尾子长了，拿剪刀把馋尾子剪去，疼得母鸡挨刀一样叫，但是剪完就丢开了，过几天，母鸡恢复了，又开始下蛋。但是主人忽然跟一只公鸡开什么玩笑？它又不长馋尾子。一开始它也抱着开玩笑的心态，等跑一阵，发现主人紧追不舍，不像心血来潮开玩笑，它开始警觉，仓皇地逃窜，引起了母鸡们的集体恐慌，它们也跟着乱飞乱窜，咯咯哒哒的叫声伴随着鸡毛飞得满院子都是。

我奶奶抱着肚子喘粗气，后悔自己失策，没有提前想个有效的办法捉鸡。我妈摸着自己高高凸起的肚子，喊算了算了，为啥忽然要宰鸡，留着打鸣、踩蛋，宰了还得再买一只，再说，我是怕……我奶奶摸一把额头的汗，不理儿媳妇，她这人犟劲要是上来谁都拦不住。她缓过一口气接着追。我妈抱着扫帚苦笑，她被一种强烈的担忧搅动着心，凭直觉，她感觉事情可能不会像婆婆预料的这样乐观。万一不成，最后她肯定要被夹在当中，里外都不是人。我奶奶却十分乐观，上蹿下跳前扑后赶，最后愣是把公鸡追得扑腾不动，趴在地上束手就擒了。而我们家抓鸡的动静，闹腾得满闫家梁的人都知道我们家在宰鸡，要招待稀罕客人。

傍晚时分，鸡在锅里炖着，香味儿在冬天微冷的空气里徐徐飘散，稀罕客人踏着夕阳的余晖进了门。这天走进闫家梁的是两个人，我大舅舅，后面跟着一个姑娘，十七岁的花儿，我妈的小妹子，后来我出世后，喊她花姨娘。花姨娘扭着腰进门，羞答答的，又有点大方，是那种黄毛丫头褪尽了稚嫩的大方，是大姑娘像含苞的花儿一样才有的羞涩。我妈注意到妹子脚上是一双高跟红绒鞋。她穿上高跟鞋真好看呐，细高的个儿越发高挑了，我妈不得不感叹这妹子确实出众。幸亏是亲妹子，不然我妈该有多嫉妒呢。我奶奶在远处热切地瞅着，一年时间没见，花儿长了，高了，人显得更俊了。喜爱之情油然而生，我奶奶难以淡定，上前抓住花儿的手，舍不得再丢开。当晚吃的是炒鸡肉，端了满满一碟子。饭桌上我奶奶特意把一只鸡大腿搛到花儿碗里，看着她吃光，我奶奶像吃进了自己的肚子一样高兴，一个劲儿夸花儿懂事，惹人疼爱，是个好女子。我奶奶就是这么个人，喜欢以貌取人，见着谁家女子，只要长得好看，她首先就一口断定这女子肯定是个好女子，可惜她这奉行了几十年都不悔改的固执观念，注定要在这一次被狠狠地扭转。

那时候我还在我妈肚子里。十七岁的花姨娘究竟有多漂亮，有多让人喜爱，我没法看到。等我生下来，是一个月以后了，我外奶奶来伺候女儿的月子，据说整整一个月的时间，我奶奶都没有给过我外奶奶一个笑脸。我奶奶窝着一肚子气，没地方撒，就一股脑儿都泼给了我外奶奶。坐在炕上将养的我妈，也顺带着吃了一些闲气。根源都来自我花姨娘。花姨娘吃了外奶奶的大鸡公肉，但没看上我二爸。花姨娘走后，我奶奶开始骂。她指着我二爸的鼻子疙瘩骂，说你咋长了那么大一个鼻疙瘩，大就大么，还那么红，红就红么，一见着女子娃你就结巴，结巴你就结巴么，还夹不住尿尿，吓得抱着肚子往茅房跑……我二爸确实长着一个又大又红的鼻疙瘩，天气热了泛红，受冻后也红，见着大姑娘小媳妇他更红，尤其见了我花姨娘这么好看的少女，我真不知道当年的二爸鼻疙瘩红到了什么程度。二爸算不上出众的小伙，很普通。来见二爸之前，我花姨娘已经见过了五位适龄男青年。都是向花姨娘求亲的。姑娘到了谈婚论嫁的年龄，亲戚们都很热心，东拉西扯全是说媒的。尤其花姨娘出了名的俊，那些说媒的人在她刚满十七岁就开始轮番登门。

那个冬天到我家来的花姨娘，可以说虽然是小小年纪，但已经见过了世面，前面至少五个小伙子，在她面前纷纷落马，她一个都看不上。那么到了我二爸这里，她看不上很正常。要是真看上了，那才不正常呢。这话是事后回忆起来的时候，我妈偷偷给我外奶奶当笑话讲的。也许正因为男女长相悬殊太大，所以第一眼看过，我花姨娘就没了心理负担，她知道这事连一点点可能都没有。所以她不存在犹豫、抉择等难处，她倒是忽然放松下来，坦然地被我奶奶按坐在炕桌前，大大方方地吃了我奶奶放进碗里的鸡大腿。毕竟是才十七岁的小姑娘，个头是长高了，心智却还是没能跟上个头的进度。她以为我奶奶对她的喜爱，和她看不看得上我二爸没有关系，就算有，也不是全部。她自我感觉良好地认为，我奶奶对她从进门到现在，所有的热情、关心、疼爱，都像她亲妈一样，都是因为她长得好看，让人一看就从内心里禁不住地疼爱，忍不住地要对她好，这份好是应该的，是天经地义的。

吃过鸡肉，睡了一夜，第二天要走了。这时我奶奶着急了。因为她兜里捏着昨夜备好的一张钱，面值不小，她一般不会给某个女孩子送这么大一笔钱。她要把事情定下，这算是要给未来的儿媳妇提前下定金了。我舅舅走在前面，后面跟着我花姨娘。花姨娘梳着一对辫子，垂下来蹭着脖子，像一对黝黑的小刷子，在雪白细长的脖子上刷过来弹过去。看得人心里不由得想伸手扯一扯那对小辫子，摸一把那嫩白细腻的长脖子。我奶奶给钱的时候，花姨娘拒绝了。这姑娘就算再不成熟，这件事上她还是不糊涂，她知道这个钱不能拿。她反复把我奶奶捏着钱的手给推回去。最后一次，我奶奶把钱塞进了她兜里，并且捂住衣兜，说你要是不收就是看不起姨娘，就是嫌少了。花儿果然不再推辞，毛茸茸的眼睛扑棱扑棱看着我奶奶。这一刻，不但我奶奶认为事情成了，就连我妈这个当亲姐的，也以为妹妹接受了。可是花儿慢慢把钱从兜里掏出来，举在眼前，看着我奶奶的眼睛，说姨娘，这个钱我不能收，我也不想收，我年龄还小，想在家里再长几年。我奶奶性子直，没有多想，以为姑娘这是不好意思，就把钱又塞进兜里，按着姑娘的小手，说，不要紧，你小，我儿子也不大，只要你们两个看得上，先定下，你们慢慢长，过个三五年再过门不迟。奶奶这话直白，把花儿的脸说红了，她低下头，要哭，又没有哭，忽然把钱甩到旁边发傻的我二爸身上，拉一把我大舅舅的衣袖，噔噔噔就走。钱没收，人走了。我妈知道事情黄了。但我奶奶不甘心，随后就央及媒人去上门，这一回我花姨娘连眉头都不皱，说看不上人。

男女瞅对象，一个看不上一个，很正常，没啥值得大惊小怪的。但是我奶奶这一回丢了个人，这都源于她事先的张扬。她满世界闹着宰鸡，弄得全闫家梁的人都知道我花姨娘和我二爸是现成的一对儿，尤其这一回把一只大鸡公给宰着吃了，事情八九不离十了。没过两天就有人来给我奶奶道喜。女人们好像刚刚下过蛋的母鸡，脸颊潮红，神情急迫，眉目间含着神秘的气息，好像要嫁给我二爸的不是别人，而是她们这些半老徐娘。道喜的话像一勺勺热油泼在本来就在燃烧的火上，火势顿时扑哗哗涨起来。我奶奶不是心里能藏事的人，不等几个女人说完恭喜的话，她就一把拉住一个老妯娌的胳膊，颤抖着嘴皮，说没向没向啊，事情没向了，人家女子眼头高，看不上我娃。咋能看不上呢？咱娃多好，要人品有人品，要长相不差啥，你又是这么好心肠的婆婆，她跟过来还不是跌进了福窝儿？女人们口是心非的帮腔，让我奶奶本来就被气愤冲昏的头脑越发不清楚了，她老人家的智力水平简直降到了零下，她觉得更委屈更不能接受了。哼，我儿子那么好的青年你都看不上，你娃就是不识好歹了！

我等着看，看她能挑拣个啥人，干部？乡长？还是皇上！

人不大，眼头不低，妖里妖气的，长得好咋啦？长得好就能这样眼窝里没人？真是个妖女子！我奶奶咬着牙，狠狠地甩出话。这话能把二十年前那个冬天硬邦邦的地面给砸出个坑。我妈像不小心钻进了风匣的老鼠，出不来，逃不掉，只好乖乖受着两头吹来的夹板凉气。我奶奶自然不知道这世上有一个词儿叫反思，叫从自己身上找问题，她气恨交加，把所有的不是都归到了那个不识好歹的妖女子身上，她以为大儿媳妇的妹妹一定会看上自己的老儿子，看不上没道理啊，她家条件还行，姐姐能看上老大，说明妹妹没道理看不上老小，都是亲姊妹，亲弟兄嘛。进门后姊妹做妯娌，亲上加亲，再说她的老儿子差啥了？就算鼻疙瘩大点，红点，见人爱脸红，但这有啥不好，性子绵善的男人才是好男人呢，知道疼女人，愿意守着女人过日子，女人娃娃热炕头，容易知足，也听话，女人说啥就是啥，把女人在手心里捧着呢。听听，她老人家这都是啥逻辑，简直是混乱到没逻辑。反正事情没成。

二

“喜喜子究竟有啥好？”

三年以后，我已经叉着肉肉的小腿满世界呵游呵游地跑了，我妈领着我去小红沟吃宴席。是花姨娘要出嫁。厨房里忙得热火朝天，肉香在院子里浓浓地翻滚。小耳房里，我妈姊妹四个坐在一起说话。花姨娘刚被掀了脸，一个上了年岁的女人，用白线把她脸上的汗毛绞得干干净净，又用打碎的细瓷茬儿刮了一遍，花姨娘不能出去见风，她捂着头巾坐在炕里，规规矩矩，顿时有了新娘子的模样。

千挑万选，这个看不上，那个看不上，都以为你肯定要跟个干部，老师，阿訇，最不行也要赛过你几个姐夫，谁晓得你最后选中了喜家咀的喜喜子。我妈带着些委屈，带头开始抱怨。那个喜喜子有啥好，要个子嘛，是个矬子，要长相嘛，一脸麻子，要图钱嘛，一个光串子，真想不通你图个啥？大姨娘马上附和。花里捡花，捡个眼花！二姨娘一脸讥讽。姊妹三个七嘴八舌，向小妹子发起攻击。她们是真心为小妹子叫屈，凭花儿的长相，在这方圆是出了名的，谁不知道马家的碎女子是一朵花。从十七岁开始，到今年二十岁，前前后后说媒的，没有一百，五十怕早过了。花儿眼头高，也是出了名的。好多小伙子她都看不上。这其中有念经当了阿訇的，有家里养着满圈牛羊光阴不错的，也有答应进门就让她当掌柜的，还有几个支书的儿子问过，一个雇佣老师问过。花儿一个都没看上。每当我奶奶听到这个女子还没有看得上的男人，她就冷笑，说命里吃三升，就吃不了一斗，我等着看她跟个皇上！

花儿最后选中的人是喜家咀的一个孤儿。那人从小父母早亡，在大伯家长大，现在是大伯做主娶亲，谁都看得明白，这一娶进门，大伯的责任尽到了，紧接着肯定会把他们分出去，然后各走各路，死活再也没人过问了。那小伙子就算是有通天的本事，没有本钱，没有家产，他拿什么养活老婆娃娃，就靠种几亩薄田？很明显，媳妇跟了他只有等着受苦了。

偏偏花儿看中了那孤儿。一口咬死了就是他，非他不嫁。为这个，我外爷爷本来有病的身子直接卧床不起了。我外奶奶心里苦闷，专门跑到我家里来散心，夜里跟我妈细细地说这件事的前因后果。外奶奶咬牙切齿，说晓得养出这么个不晓得好歹的害人精，刚生出来害四六风时就不要管，叫她抽死算了。我妈叹一会儿气，反过来又安慰外奶奶，各人有各人的命哩，既然她看中了，就随她的心意吧，嫁过去吃苦受罪，是她自讨苦吃，和旁人没一点关系。这话有说服力，我外奶奶思前想后，也就想通了，说还真是这么个道理，她明儿就回去劝老汉去。

第二天的早饭桌上，我外奶奶没忍住把苦闷又跟亲家说了。这一说不要紧，把我奶奶这几年的心事都给勾起来了，尤其当我奶奶听到是选了个家里穷得沟子拿瓦盖的孤儿，比叫花子好不了多少，她老人家心里顿时平衡了，舒坦了，这两年来憋在心口的那口浊气，也终于给吐出来了。我奶奶一激动，打开锁着的箱子，从里头端出贵重客人来了才肯上桌的干果，核桃，蜜枣，开心果，葡萄干，四个大碟子摆了一桌子。我奶奶一个劲儿让亲家吃，还亲自拿小锤子帮我外奶奶砸核桃吃。

是个没福的王宝钏。我奶奶嘴里忽然蹦出来一句。没头没脑，但是这对儿女亲家都清楚所指是谁。我外奶奶心情沉重吃不下，我奶奶也就不劝了，这一对儿女亲家这两年因为花儿那件事，一直不对光，这一回倒是和好如初了，主要是我奶奶心里那口气忽然放下了。我奶奶不计较，我外奶奶也就更没啥可端着的了。我也说呢，就是个没福的王宝钏。外奶奶抹一把眼，把隐含的泪光擦去。你说来了多少好主儿啊，这几年说媒的真是要把门槛踏烂了，为这个把多少亲戚邻居得罪了，知道的是娃娃不愿意，不知道的，都骂我们老两口挑肥拣瘦嫌贫爱富，你说现在的社会，又不是过去终身大事都是父母说了算，现在的娃娃都由着性子来哩，咱们当父母的说一句人家能顶回来三句。

当时我妈在房门口团团转，她心里着急，这两个老太太，看样子是互相敞开了肺腑往出掏心窝子里的话呢。要是说别的也就罢了，偏偏说的是花儿的婚事。这件事能有啥好说的。万一娘家妈绷不住，说多了，等她走后，肯定成为婆婆揭短的话把，她可以捉着话把一遍遍折磨儿媳妇。零碎气难受，受了还没地方说理去，也没人给评这个理。就为前头那只大公鸡的事儿，婆婆这两年没少说风凉话，夹枪带棒，明里暗里，冷嘲热讽，她偷偷淌了多少眼泪就只她自己知道。

奇怪的是我外奶奶走后，我奶奶没有在我妈跟前说那个妖女子的不是。她是顾不上，她紧锣密鼓地开始为我二爸说媳妇。我二爸不愿意，不管说的是哪家女子，长得咋样，他连面都不愿意去见，逼急了，他说这辈子不结婚，一个人过没啥不好的。我奶奶竟然不生气，她照旧到处打听，寻访适合自己儿子的姑娘，标准只有一条，长得像妖精的不要，要和儿子般配的。既然和我二爸般配，那就是要找一个很一般的了。那时节的闫家梁附近，漂亮姑娘不多，但一般般的农家女子，绝对不难找。很快就在临近庄子说妥了一个比我二爸大三岁的女孩。我二爸的态度一直不够明朗，任由奶奶在那里折腾。这回奶奶说终于找到了合适的，接下来瞅对象、定亲的事不能奶奶继续代劳，得小伙子亲自出面。我二爸一听要动真格的，急了，卷起一个包袱要出门去打工。我奶奶气得捞着推耙子堵在门口，奶奶说儿子要是不答应，她就一头撞死去，反正也没脸在这世上活了，一张老脸早就叫儿子给扇成了熟馍馍。奶奶似乎伤心了，坐在门口声泪俱下地数说，为了儿子的亲事，她这几年来操的心，付出的辛劳，只有自己知道。她从那只大鸡公说起，说自己养一只大鸡公有多不容易，尤其像那么大个儿的，又是那么懂事，既能领好一群鸡，让每一只母鸡都服服帖帖，还能看门，还不贪吃，甚至还能看懂主人的眼色，只要她一声咳嗽，它就知道今儿来的人是主人不喜欢的，它就一个劲儿追着叼，直到把来人赶走。我二爸从窗子里探出头，说妈你养的还是一只鸡吗？我咋听着像一个人？那鸡公我们又不是没见过，不就是一只鸡嘛！气得我奶奶拿拳头捶门，说我知道你的心还在那小妖精身上，你这两年吃不香睡不好，就是说个仙女儿你都不瞅一眼，你是把她吃在心上了，我今儿给你说个实话，那小妖精你不要惦记了，人家眼里没你，人家已经有主儿了，都已经定亲了。

当年这些事儿乌烟瘴气地上演时，我在干啥？我后来推算过，时光倒着逆流上去，我那时已经能走路了，摇摇晃晃在院子里活动，对于大人的恩怨情仇一点都不懂，所以当年的痴情青年我二爸，听到花儿有了人家之后，究竟有多伤心绝望，我不知道。据说他关上门两天两夜没出来，不吃，不喝。急坏了一家人，大家都抱怨奶奶不应该把事情告诉他，他是个实心眼儿，万一急出个好歹来。我奶奶倒不急，缓缓吐一口气，说事情到了这一步，咱就按绝路尽头的话来说，不是还有个绝处逢生呢么，我这下的是猛药，心病还得心病医，这两年他心里眼里只有那个小妖精，魂儿都给迷没了，不下猛药，醒不过来。从前我奶奶还算积口德，把我花姨娘叫妖女子，现在她改口了，很不客气地直呼小妖精。这歹毒的称呼，我妈听了自然不舒服，但是小叔子这样子，眼看是要闹出人命的架势，我妈也就没勇气再跟婆婆辩解，她顺从地替妹妹领受了这个称呼。事实证明我奶奶那剂药有效，两天后我二爸的小房门开了，走出一个青年。这青年，面色苍白，两眼无光，好像一瞬间苍老了，也成熟了，更大彻大悟了，他扶住院心的花墙，说妈，邻庄那个女子我答应了，明儿我们去瞅对象。

一切水到渠成，我二爸的婚事很快定了下来。女子没有嫌弃我二爸，我二爸也没有嫌弃女子。王八对绿豆，两个长相差不多的青年男女看对了眼。有人提议说女子大了点，我奶奶一句就给顶回去，女大三抱金砖，媳妇大点好，晓得疼男人。我奶奶又说，丑媳妇是家中宝，好看有啥用，当饭吃还是当钱使唤？就是一朵花，折回来能鲜嫩几年呢？妖里妖气的，不够给人胀气！我二爸的婚事入秋就办了。二妈娶进门，紧跟着我们就从奶奶家另出来，安了新家。我二爸二妈具体怎么过日子，我们就不知道了，看起来似乎一切顺心顺意，很快我二妈就扶着花墙哇哇吐酸水了。奇怪的是这时候我二爸消失了，多年来从没有外出打工的他，背着奶奶跑了。我二爸一跑，我二妈天天关着门哭，我奶奶做熟饭端到门口，哄一阵，劝一阵，叹息一阵，骂一阵。我奶奶骂我二爸是不识好歹的人，是心比天高的人，是癞蛤蟆想吃天鹅肉的人，是撞了南墙心不死的人，是吃着碗里的想着锅里的人……最后我奶奶骂一个我们都看不见的人，说害死个人的小妖精，不要脸的小妖精，没良心的小妖精，吃了我大鸡公不记好的小妖精，丢人现眼的小妖精，活活气死亲老子的小妖精……

当年我外奶奶跟我奶奶畅谈之后，回去没几天，我外爷爷就去世了。肝癌，本来医院说好好照顾的话能拖个一年半载，偏偏老人爱揽气，气得吐血，两个月就没命了。送埋体的时候，人们都在偷偷议论，说我外爷爷是叫女子给气死的。这大逆不道的女子，就是我花姨娘。花姨娘倒是不这么认为，她和姐姐们一样，该哭的时候哭，不哭的时候，帮着家里料理事情。那个叫喜喜子的小伙子也来送埋体，大家自然都见了，尤其那些当初提亲失败，心里怀着一种酸溜溜想法的女人们，更是特别地留意了这个青年。观察的结果是，大家一致感到失望。瘦巴巴的矬个子，长得一般，见人窝头窝脑的。当我妈的几个姨娘、姑姑等人，在我外奶奶面前表达自己的看法后，我外奶奶哭得几乎断了气，她是有苦难言，说不出来啊。女大不由娘，这事儿就连老汉临走都没能拦住，老汉这一走，剩下谁还能拿这女子有办法哩，是没办法了。没办法那就只能按没办法的办法走，花姨娘和喜喜子定亲了，冬天的时候择期迎娶。

你究竟看上他啥了？我妈和两个姨娘，三姊妹一齐问。花姨娘从红莹莹的头巾下露出脸，拔过汗毛的脸又用刚剥皮的热鸡蛋贴着肌肤滚了一遍，鸡蛋的细嫩渗进去，少女的娇艳透出来。出嫁前夜的灯光下，花姨娘好看得叫人不敢看，看不够，看了以后还想看。我虽然还很小，据说当时也被花姨娘的容貌吸引了，歪头瞅着红头巾下的脸面看，看着看着，站起来，歪歪扭扭往花姨娘跟前走。直到走进她的怀窝里。花姨娘把我揽进怀里抱着，低头在我脸蛋上亲一口，抬头看三个姐姐，说大姐二姐三姐，你们都是有男人的人了，我现在问一句不怕你们骂我脸皮厚的话，你们对个家的男人满意吗，他们是你们心里一直想要的那个人吗？

这是十七年前一个冬天的事情，当时我花姨娘刚满二十，十七年后的今天，我的女朋友也曾被这样的问题苦恼，她揪着我的耳朵问我，你是不是我要找的那个人？你是不是我最爱的那个人？世界上的男人那么多，我为什么要死心塌地地跟着你一起混，还鬼迷心窍地打算把自己嫁给你，把一辈子都赔给你？放在今天，一个女青年问出这样的问题，再常见不过，我这充满女汉子精神的女友，满身都是女权意识和随时准备捍卫女权而和我开战的精神。但是放在当年的乡村当中，一个乡村女孩，问出这样的问题，似乎有点超前，或者说，有点不切合实际，再或者说，是太矫情了。当时我妈跟她的两个已婚妹妹，六只眼睛瞪圆了瞅着红头巾下的小妹子。好像这小妹子已经不是吃饱了撑的，而是脑子不正常。她们姐妹三个，这些年和自己的男人，娃娃生了一胎接一胎，日子好不好都捆在一起，人活在世上不就是个过日子么，柴米油盐，掐掐算算，一年一年，一辈子人也就到头了。好好的，想那些没用的干啥？男人么，是自己当初瞅上的，哪还有啥满意不满意的，满意咋样，不满意又咋样，还不是一样过日子？难道一个女人跟了一个男人，不满意，觉得不是自己想要的那个人，还能闹腾着离了，再寻下一个？下一个还不满意呢？难道再折腾？

我现在的女友，是我的第几任，我记不得了，我是她的第几任男友，估计她也未必记得。我们从来都不过问彼此之前的情史。我们感觉交往起来彼此舒心，投缘，有感觉，我们就在一起了。她揪着我耳朵说过，结婚后她不生孩子，我说行，咱丁克，过几天她反悔了，说要生的，但是生了不能她一个人带，得我帮着带，衣服尿布一类的，我也要帮着洗。我说行。她说婚后她想做饭就做饭，不想做的话，我做，饭后我洗锅。我说行。这些年前前后后不断地换女友，我都疲惫了，我觉得到头来还是现在的这个踏实。她说她也有同感。我们俩也许真是注定的一对儿。

多年后我回想起当年花姨娘出嫁前夜问过姐姐们的话，我隐约有点明白，那是一种否定，也是一种肯定。是乡村少女内心对爱情和美好生活的向往，也有一种难以看清的迷茫。这些年向她提亲的人确实多，但是她唯独看中了孤儿喜喜子。说明她喜欢这个人，这个人也喜欢她。他们之间彼此喜欢，所以她想嫁给他。至于姐姐们半是好奇半是质问的问题，那一刻其实牵扯出了她内心的迷茫，她对自己要走的路，既坚定，又有一点难以全部把握的迷茫。不顾一切地嫁过去，万一真过去了，发现这个人不是自己真正想要的，那怎么办？

明天就要做新娘的花姨娘怀里温暖又柔软，充满了少女特有的馨香。我被一种奇异的气息熏陶着，变得微微地陶醉了，像在妈妈怀里，又不完全像，那种从未有过的奇异感觉让我既激动，又轻狂。我慢慢地伸手，两个肉肉的爪子从花姨娘胳膊弯里溜脱出来，向着她微微敞开的纽扣探进去，一直伸到了线衣下面，我抱住了两个翘翘的小乳房。蛋蛋——我喊。孩子的喊声惊动了沉默的大人。花姨娘惊叫一声。一把打掉了我的爪子，见鬼了一样把我从怀里丢出去。小流氓——她喊。蛋蛋——据说我被甩在炕边，没有一头栽下去，相反爬起来，昏头昏脑又往花姨娘怀里扎，两个爪子固执地撅着，要摸蛋蛋。跟哪个流氓学的，小流氓！花姨娘揪住我耳朵，连连在屁股上打。几个姐姐哈哈大笑。我哇哇大哭。一切以闹剧结束。第二天花姨娘顺利出嫁喜家咀，而我奶臭未干就知道钻进女人怀里摸蛋蛋的行为，成为这四姊妹之间多年来盛传不衰的笑柄。

三

“婚，我得离！长啦啦的一辈子人呢，我才三十岁，凭啥要我守着一个残废熬一辈子?”

花姨娘说这话的时候，我十三岁了，念小学，我已经能听懂大人之间的谈话了，也能根据女人的长相判断她究竟属于漂亮还是一般般，我看见三十岁的花姨娘好看得像一朵花。一朵什么样的花儿呢？我想到了豌豆花。不是所有的花儿都漂亮，所以不是随便哪种花儿都能拿来形容花姨娘的好看。所以我坚持认定，花姨娘的好看，只有四五月里盛开的豌豆花儿才配得上。

在乡村世界众多的花花草草当中，我唯独对豌豆花情有独钟，是因为小时候的生活实在清苦，日常除了洋芋面烙饼子等吃食，几乎没有副食零食可以慰劳我们饥馋的味蕾。每年四五月，豌豆开花了，一种新鲜的渴望唤醒了我们的味觉，等豌豆花儿免了，肯定就会有豆角长大，鼓胀起来的豆角，是我们最普遍的零食，生吃甜脆无比，煮熟绵软醇厚，咋吃都不生厌。所以当我看着花姨娘的脸，我想到了豌豆花。她就是一朵白豌豆的花儿啊。羞答答，嫩生生，挂在娇嫩的豆蔓上，风来了，随风摆，风走了，向着阳光盛开。

花姨娘来我们家做客。她坐在我家炕头上，窗口的阳光照进来，落在她脸上，我逆着光看，又顺着光观察，好看的女人真是咋看都顺眼啊，逆光和顺光下的花姨娘，那张脸始终饱饱的，嫩嫩的，白白的，一层纤细的绒毛，均匀地分布在脸颊上。让人想到刚刚饱起来的豆角，也是挂着这么一层若有若无的细绒的。花姨娘和我妈整整交谈了一个下午。话题冗长，枯燥，沉闷。我听了一会儿就掌握了大概。但是这姐妹俩好像陷在当中，越说越迷糊，越说越麻烦，她们陷在当中，拔不出来，也不愿意拔，就那么一直翻来覆去地重复，我没耐心听，悄悄溜出去耍。

我在门口碰上二爸。二爸见着我就笑，给我摆手，说有糖给我吃。我其实已经不是贪嘴于一颗糖的年纪了。但是聊胜于无，有糖犒劳嘴巴还是不错的。我随着二爸躲到草摞背后。你家里来亲戚了，啥亲戚？二爸掏出糖，不给我，先提问题。我花姨娘。我照实回答。这几年她一直都不来，为啥打猛子来了？我这才注意还真是这么回事儿，我花姨娘结婚后好像一次都没有到我家里来过。她们姐妹每次都在娘家见面。是因为她家里穷，活儿忙，才不来的吧。我把猜测告诉二爸。究竟这回为啥来了，好像是，对了，我喜喜子姨夫腰断了，从奔奔车上翻下去绊折了，我花姨娘要离婚了，我妈正在劝她哩，但是好像我花姨娘已经铁了心，非离不可了。二爸把糖放在我手里，拍拍我脑袋，转身走了。他一颗糖就换了这么个不咸不淡的消息？我有点难以置信，同时也欣喜，反正我占便宜了。我喜滋滋嘬着糖，溜回家去。

晚上我妈跟花姨娘睡。姊妹两个继续说话。我真是不能理解，一个妈肚子里生出来的两个人，一起长大，难道那些年的厮磨还没有互相厌倦，哪里那么多话呀，好像说不完，整整说了一夜。早饭时分，这姊妹俩可能是亲密过分终于乐极生悲了，她们吵了起来。我妈做的是鸡蛋炒粉条，烙的是葱花油旋饼。那个香啊，饼子还在锅里，浓郁的香味就已经飘出院子。她们毫无征兆地骂了起来。等我闻声赶进厨房，花姨娘已经把头巾搭在白帽子外面，拎起自己提来的手提袋，饭也不吃，噔噔噔出门就走。临走隔着门缝甩进来一句话，我就是当叫花子要饭，也不会到姐门上来看你脸势！接着又甩进来一句，我的人我个家活，你们谁都干涉不了！我妈气得把刚刚扯出锅的一张饼子哗啦又砸进锅里，有你后悔的一天，到时节不要怪我没劝你！花姨娘一声冷笑，说，婚，我得离！长啦啦的一辈子人呢，我才三十岁，凭啥要我守着一个残废熬一辈子？说完转身真走。我家的狗仗着人势，撵着花姨娘的身影咣咣咣追着咬。花姨娘风一样来，风一样走了。

紧跟着，我妈赶到小红沟去了。等她回来，带来了一个消息，花姨娘离了，把瘫痪的喜喜子和两个娃娃，都丢下了。我妈似乎很郁闷，一张脸黑里泛青，看来这一趟她气得不轻。你划不着胀气，人家的事情，你一个当姐的，胀气算啥？我爸撇着嘴，不痛不痒地劝我妈。我妈气得甩给他一个枕头，你说得轻巧，这是卖良心的事情，她这一走，人都在骂，人的闲话可以不理，但那一家子人咋办，男人瘫痪，娃娃还小，她这一走，好好的一个家乱散了啊！这么说，花儿是够狠心的，我爸斟酌着词句，不过……他不说了。反正这事和他关系不大，他知道现在不管说啥，事后都不会落下好，我妈这个人就是给别人操心的命。万一他现在骂几句，事后我妈气散了，和妹子和好了，那时候逞过口舌之快的他，肯定难免被秋后算账。

我二爸又把我喊到草摞背后，这回给了我一颗泡泡糖。我花姨娘离了，家散了，我外奶奶我舅舅我姨娘都劝了，劝不住，我花姨娘就是个坏女人。我有些忧伤地望着高处的太阳，向二爸抒发着我的郁闷。凭良心说，那个喜喜子姨夫还是挺不错的，这些年一到外奶奶家就给干活儿，啥苦活脏活搭手就干，从来不耍奸溜滑。人也和气，喜欢拿手摸我的头。虽然没糖给我吃，但是那和气的感觉，还是挺让人怀念的。既然离了，那他以后就和我没关系了，这辈子能不能再见上他一面呢，都不好说了。

一对亮亮的眼睛在我眼前忽闪。我二爸的脸色竟然有些奇怪，这是啥表情？兴奋，激动，沮丧，还是同情，还是愤怒？还是好多种交织在一起？我觉得离了是好事。他说。又给我手心里塞一颗泡泡糖。眼神很满，眼眶里装不下，逸散出来，有些灼人。我忽然不敢直视这样的目光。我确定他是兴奋，本来就红的鼻疙瘩更大更红了，好像一枚熟过头的果子，随时要绽破，迸溅出鲜艳的血液来。那些骂她的人都太自私了，他们咋不站在她的位子上想想，她年轻轻的，男人成了残废，难道叫她一辈子守活寡？她走有她走的理由！谁都不应该挡！我二爸简直是在嚷。好像被众人唾骂的不是我花姨娘，而是他自己，他在为自己辩解。

我吹出一个大大的泡泡，泡泡砰一声破了。二爸的脸在眼前变换着颜色，一会儿红，一会儿白，一会儿青。他再次看着我。她真要离了，我也肯定离，我们都离了，我娶她。我二爸说。这话吓我一跳。嘭，一个泡泡被我吹到足够大，爆炸，炸开的碎屑沾了我满嘴。我看见这个时候的二爸，已经是一脸下巴上布满老胡茬的中年男人了。这中年男人的眼神绝望，又固执。好像一个濒临死亡的人，在可怜巴巴地做着徒劳的挣扎。纷乱的念头在我心里飞扬、纠结、撕扯、融合。幼年若有若无的记忆，这些年二爸二妈动不动的打闹，奶奶嘴里飞出来的一些风言风语……忽然，我豁然开朗，原来这些年二爸他贼心不死，一直惦记着我花姨娘。正是因为这样，他的婚后生活并不顺心，虽然也生了两个娃，虽然日子也还是过着，可谁都看得出来，他们过得不顺心。

夕阳西下，我从草摞背后出来，一个接一个吹着泡泡，走回了家。至于二爸那些话，我觉得没必要往心上放。总体来说，二爸是个怕老婆，二妈一发威，他就比绵羊还温顺，好像二妈总是揪着他的短处一样，这样的男人，哪有勇气闹离婚。再说，离婚也是闹着耍的！但是蔫人干事，往往会出乎一般人的意料。这天晚上我们正在看电视，忽然外面哭声震天，简直要把院墙给冲倒。我们赶出门，隔壁的奶奶家院子里吵成一团。我爸妈赶过去拉架，邻居们也都闻声赶来。我妈怕我小妹子被乱脚踏到，塞进我怀里，吩咐我不敢乱跑。我抱着妹子站在奶奶家大门洞里，看着一群人影像乱舞的魔鬼一样在黑夜里撕扯。其中传出我二妈挨刀一样的哭吼。不过了不过了，这日子不过了。这是二妈喊得最多的一句话。最后缠成一团的人群被拉开了，路灯也亮起来了。灯光下，其实真正打架的，只有我二爸二妈两口子，跟在后面大哭的是他们的两个娃，赶在后面拉架的是我奶奶，站在台子上气得抽冷气的，是我爷爷。我妈把我二妈拉进了我们家。当夜二妈在我家里睡了。这一夜，和不久前的那一夜十分相像，要不是二妈时不时抽噎着哭出声，我真怀疑今晚来的还是花姨娘。这些年，我妈和我二妈的关系算不上好，这个我很早就知道，是我二妈掐着眼地看不惯我妈，动不动找碴儿，好像我妈欠着她什么。

现在我明白了，我妈确实欠了二妈的，谁叫我妈是花姨娘的姐姐，谁叫二爸又喜欢花姨娘呢，当年喜欢也就罢了，时间都过去这些年了，还念念不忘，念念不忘也就罢了，二妈当个聋子做个傻子，也就蒙混着过去了，可他竟然提出来要离婚。这就叫二妈难以容忍，也不能再忍让了。二妈抽抽搭搭地哭着，哽哽咽咽地诉说着，好像要把这些年积压在心里的委屈都给掏出来晒晒，再不晒就发霉了，腐烂了，她一个人兜不住了。二妈是个聪明人，她只是哭，只是诉说这些年二爸对她的种种不好，但是她半句都没有提到二爸心里装着的那个人是谁。这就避免了一种尴尬，让这一夜的气氛始终很融洽，一个在说，一个在听，一个在哭，一个在劝，妯娌俩这些年莫名其妙结下的恩怨似乎都消融化尽在浓黑的夜色里。

我二爸二妈的婚姻终究是被拯救下来了。我奶奶一直说是她豁出老命跟儿子闹，甚至搬出断绝关系这样的砝码，压住了儿子。其实背后真正的原因是我花姨娘离开小红沟，跑外头去了。至于去了哪里，我外奶奶一家人也不知道。等几个月后她打来电话，说已经再婚了。消息传来，我二爸彻底蔫了。此长彼消，随着二爸消沉下去，我二妈倒是嚣张起来了，动不动指着男人鼻子骂娘，动不动拿出二爸对不起她的事儿揭短。他们两口子似乎注定要在这吵吵闹闹磕磕碰碰中过一辈子。

四

后来电话在乡村普及了，我们家也装了一台。我妈没事儿抱着电话给亲戚们拨，打通了扯扯磨，拉拉闲，把很多年不见的亲戚都给重新拉扯起来了。我给她提议，既然把远得不能再远的亲戚都联络到了，那我花姨娘呢，难道就没有她消息？也不知道这些年她过得咋样？我妈的神色暗了一下，我知道她不愿意提这个人。自从花姨娘不顾家人劝阻，执意离婚并独自出走以后，她成为我外奶奶一家人刻意回避的一个人。时间长了，我忍不住问我妈，花姨娘现在在哪，咋没听你说起？我妈的回答很潦草，有三次说她在新疆。有两次又说在青海。反正是又找了一个男人，不知道过得咋样。我感觉肯定不咋样，因为我妈的态度总是淡淡的。

可是忽然有一天，我妈主动跟我说到了花姨娘。我妈的脸色喜滋滋的，我惊讶地看见她眼角那层细密的皱纹好像忽然全都舒展开来了。有一个神奇的手，在替她捋平了。我妈指着电话，说你花姨娘呀，她打来的，长途那么贵，她一说就是一个钟头。我也有点惊讶。说明人家是真心想你么，不想你哪舍得打一个钟头的长途。我妈眼缝里都是笑，你不知道，你花姨娘现在不一样了，是大款，钱多得很，家里种着几百亩棉花，雇人种，雇人收，男人还收药材着哩，大把大把地揽钱哩，她啥活都不干，静吃静坐地享受着哩。说完她咝咝地吸气。我知道她的牙疼病又犯了。牙疼不是病，疼死没人问，这几年她没少被几颗蛀牙折磨。牙医早建议她拔了，换几颗假牙，她舍不得花钱，一直拖着。我看着她，脑子里有一点模糊，似乎已经记不起花姨娘的模样了。我妈跟花姨娘长得不像，姊妹当中花姨娘跟谁都不像，她是拔了尖儿的。别人是草，她是花儿，草跟花是没法相比的。我说我花姨娘啊，变成有钱人了，好事情么，叫她也把我们这些穷亲戚拉帮一把么，看我们还这么穷。我妈笑得更欢了，咝咝地一个劲儿吸气。

这年冬天花姨娘还真来了。是坐飞机来的。早在她驾临之前，消息就已经通过便捷的通信手段在亲戚们中间流传。花儿有钱了，花儿坐上飞机了，花儿要来看大家了。我妈抱着电话跟外奶奶打，跟我大姨娘二姨娘打，跟舅母打，好像大家之间忽然有说不完的话。话题绕来绕去，总是会绕到那个要坐着飞机回来看大家的人身上。电话打完以后，我妈的兴奋劲儿还在，持续在心里膨胀，她被这膨胀支配着，坐不住，跑出去满庄子串门子，和女人们扯闲，扯着扯着，话题就岔到了花姨娘上。很快，我们闫家梁的人就都知道我妈的妹子要回来了，坐飞机来，据说直接从新疆飞回来。一天时间就到，不像火车一样哐哧哐哧地颠簸个几天几夜。话题围绕着飞机这件事又往别的方向湮开。虽然这些年闫家梁人的日子好过了，再也不像过去那么贫寒了，但坐飞机这件事，还是新鲜的，毕竟不是谁都有钱坐得起飞机。就有女人仰头看，天空高远，偶尔也有飞机飞过，但那是不知道有多高的高处的事情，距离地面上的我们实在是很遥远。现在有一个我们认识的人，而且是个乡村妇女，要坐着飞机，从大家的头顶上飞过，这事让大家既感叹，又羡慕。消息肯定也传进我奶奶一家人耳朵里了。这件事我妈没敢去那边显摆。但是消息是长着翅膀的。我奶奶见到我妈老远就黑下了脸。我二爸二妈闹家务的次数更密集了。

我妈才不管这些呢，她早早把两只白母鸡关进鸡窝里，单独喂养，困养一段时间的鸡吃起来香，而花姨娘说她现在最想吃的，就是口里老家养的土鸡。我妈很操心，早早晚晚地喂鸡，有时候看着鸡吃食，她靠住鸡窝门一个人笑。我问她笑的啥，她说没啥，过去的事儿了。我都走开了，她又追着给我说，那年你奶奶宰了只大鸡公，你奶奶欢欢地谋着一场好事，最后落空了，好事没成，那只大鸡公成了话把，多少年了，你奶奶提起来就骂，那是在揭我的短哩。这事我已经知道了，我也笑了。我妈却又瞅着我笑，笑容有点怪，我不由得心里有些毛。果然，她望着我已经快要和她一样高的身材，上上下下看一遍，说你小的时节掀起你花姨娘的衣襟摸蛋蛋，你还记着吗？

花姨娘如期来了，在外奶奶家、大姨娘家、二姨娘家，挨个儿转了，唯独没来我们家。我妈把两只白母鸡装在尼龙袋子里，把袋子捣一个小洞，两只鸡的头从小洞里伸出来，我妈提着袋子，我用摩托捎着我妈，我们去小红沟看花姨娘。花姨娘没有我预想的那么阔气，穿戴好像跟这里的女人没啥区别，面相有点老了，笑起来眉梢眼角有皱纹，只是没有三个姐姐多。外奶奶一家人挤在大炕上叽叽喳喳地说笑，我一个人坐在椅子上默默地观看。我觉得花姨娘终究要比三个姐姐漂亮，虽然跟大家一样，也老了一点，但是那种漂亮是从骨子里散发出来的，好像岁月的消磨，在她身上要比在别人身上轻柔一些，温和一些。她的脸还是白白的，眼睛大，眼神清亮，眉毛像刷子刷过一样浓。她的笑声还是那么爽朗，时不时压过众人的声音。她在说自己这些年在外头的经历。这个我有兴趣，就用心听。她说当初跟的那个男人已经离了，人穷也就罢了，还心思重，自私，前一个女人留下三个娃娃，一点都不能受委屈，花姨娘只要稍微照顾不到，那个男人就不高兴，有一回还打了花姨娘。花姨娘就跟他离了。

你真敢离啊？你一个人在那地方人生地不熟的，你不怕吃亏？二姨娘忽然问。二姨娘只比花姨娘大两岁，但是坐在一起根本不像两岁之差的姊妹，倒像是大了七八岁。我听说最近二姨娘也在跟二姨夫闹架，好像二姨夫和外头一个女人有了瓜葛。这让二姨娘陷入了一种从未有过的难堪境地。我猜想她可能也在犹豫要不要离婚。

花姨娘望着她的姐姐，笑得咯咯响，说，有啥不敢的？我一不偷二不抢，能过就过，不能过离么，我凭啥要受他的气？还挨他的打？二姨娘的眼里忽然闪起两束光。像刚刚擦燃的火柴。但是闪烁之后，就熄灭了。她眉头挽出两个疙瘩，还是担忧，说女人家，就活个男人娃娃的势么，把男人离了，把娃娃撇了，你心里就不慌？

花姨娘伸一只手在心口上慢慢地摸，似乎那里有一个结，解不开，只能慢慢地捋。我看到她手腕上露出一个碧绿的圆镯子，在灯光下像猫儿眼睛一样闪着碧油油的光。花姨娘把心口捋顺了，吐出一口气，说慌啊，说不慌就太假了，可是慌归慌，该走的路还是要往前走，难道就因为舍不得娃娃，我要把我的后半辈子搭牵进去？跟你们说实话吧，刚开始日子不好过，一天一天往下熬，睡梦里都是娃娃的哭喊。慢慢就忘了。她的手滑到肚子上，我注意到她的小肚子圆鼓鼓的，她摸着肚子，一脸奇异的表情，说青海那男人啊，一开始就叫我给他生一个，亏得我没生，真要生了，我也离不了那么干脆。他以为有个娃娃就能把我拴住，想得美得很，就像女人就是下羔的羊，我才不上当哩。

我大姨娘努努嘴，说那你现在叫干啥，还不是又要给一个男人下羔了？花姨娘笑了，拍着肚子，说不一样的，他跟别人不一样。他对我好，我知道他是真心好。我思来想去，既然准备跟他过一辈子，还是生一个好一点，有了娃娃，两个人的心就越近了。她的手轻柔地陶醉地反复摩挲着肚子，好像那里面藏着一块宝。他最爱娃娃了，要我生完这个再生一个。我听见花姨娘的声音甜软得好像浸泡在蜜里。四姊妹久别重逢的气氛也无比和谐，当夜她们四个头并头睡在一起，我知道又将是一个彻夜长谈，我去跟大舅舅睡了。

我们背去的那两只鸡，花姨娘究竟吃了吗，吃了多少，我们不知道，因为我们两天后就回家了。这一趟母亲很开心，花姨娘给了她好大一包衣裳，还给了一沓子钱。我妈一到家就去赶集，在乡村牙医摊上拔了那几颗折磨人的烂牙，换上了又白又亮的新牙。新牙刚包上很不适应，我妈吃饭喝水都龇着牙，给人感觉嘴里横着几颗新牙肯定很受罪，但是我妈乐呵呵的，丝毫没有受刑的痛苦，只要有人问起来，她就一脸欢笑，告诉人家是妹子给花钱换的牙，本来应该换三颗，为了好看，干脆连一排牙都换了。谁都知道装两颗牙要比一颗费钱，装一排牙，得花不少钱。于是大家都知道了，我妈有一个有钱的妹子，坐飞机在天上飞，还舍得掏大钱给姐姐治牙，这得有多大方呀。都各自嫁人了，姊妹间还能这么拉帮的，不多见。我奶奶也听说了，亲自跑来看我妈的牙，看完以后，她摸着自己的腮帮子，好像她老人家的牙也开始疼了。我奶奶吸几口气，我妈等着她骂小妖精，这些年只要提起来，这个词儿就从她嘴里飞出来，骂得很顺溜，我妈也听习惯了，她要是哪次不骂我妈心里还真就不踏实了。这回奶奶没骂，叹了一口气，临走又看看我妈的嘴，说，人的命，不好说，想不到她还是个享福的命。转身走了。我妈捂着腮帮子偷偷地笑，有一种终于把腰杆子撑起来的得意。

五

我去外面打工后，待在老家的时间少了。有段时间一年半没回家。等再回到闫家梁，闲谈中我发现我妈的牙齿有些灰暗，同时她好像在有意掩饰，不愿意叫人看到她曾经炫白的一排假牙。我好奇，问她那几年天天挂在嘴边的花姨娘现在咋样了，为啥近来听不到你说了。我妈用舌头嘬了一下牙花子，摇头，有啥可说的，没说头。这我倒好奇了，追着问究竟咋样，你们姊妹还常打电话么，是不是都用微信联系了。我妈好像在构思什么，默默想了一会儿，端起一缸子水，喝一口，说，不好，她病了。病了？啥病？大病？那也不怕，他们两口子那么有钱，赶紧看么。我妈把一口水慢慢咽下去，抬头看着我，我才发现她明显老了，两个眼角的皱纹像雕刻上去的，再也捋不平了。她的肩膀无声地抽了抽，说，看不好了，是超病。大医院去了，各处的阿訇、龙精，还有汉民的阴阳，都看过，看不好。超得越来越严重了，脱衣裳，光身子往外头跑，打人，砸东西，唉，没办法了。

没办法了。我默默回味这几个字。那她人在哪儿？我问。不知道为啥，忽然有点担心，不会被送进精神病院去了吧。还能在哪儿？那个男人不要了，送回小红沟了。不要了？他凭啥不要？好好的人，为啥超了，他送回来说得过去？你呀，我妈望着我笑，笑味是苦涩的。我明白，苦涩里有无奈，也有了然。像她一样活到了中年，对很多事情的看法，和我这样的愣头青是完全不一样了。我正是走路轻飘飘，说话没高低的年龄，总喜欢把眼前的世界理想化，总觉得一切都能按照自己的意愿去做要求。你去见了人就知道了。我妈最后说。

我们真的去见人。还是我骑摩托，捎上我妈。临走我看到眼前一只母鸡扭着屁股，唱着歌儿走过。我说妈要不把它拿上。我的心思是，宰了给花姨娘吃。从前不是一次拿过两只吗，花姨娘也说过，就爱吃老家养的土鸡。我妈一屁股压在摩托上，走，老么就剩这一个了，下蛋哩。这倒是实话，现在的女人都不养鸡了，就是在农村也不养了，一来图干净，二来也省了麻烦，要吃肉集上有的卖，鸡场的肉鸡，想买多少都有。只是说实话，这样的鸡肉一点都不香。我妈养了很多年鸡，想不到也开始嫌麻烦了。

外奶奶家的院子静悄悄的。我们下了摩托，上前看，挂着一把锁子。没人？自从大舅舅一家搬到镇上去开饭馆，家里就剩下外奶奶一个人了，现在花姨娘回来，变成了两个人。两个人能去哪儿呢？难道是带着花姨娘去哪里看病了？我妈掏出手机打外奶奶的电话。居然关机。要不先到邻居家问问。我们向左边走。这时候一个声音从身后传来。梆梆梆。我回头看，门锁一动不动，分明没人。但是声音确实存在，就在院子里，好像从深远的地方发出，经过一路艰难的传送，最后传达到我们的耳朵里。有点奇怪的声音，沉闷，但又清脆，一记一记，缓缓地敲着，急迫地敲着，缓慢和紧急结合，没有节奏，显得混乱。但是固执，顽强，不屈不挠。梆梆梆，梆，梆梆，梆，梆梆梆梆。有一种穿透力，看不见，但是直接敲进人心里来了。我忽然心里慌乱得难受。不走了，返回去扒着门缝看，院子用水泥打了，房是新盖的，一排两间，红砖红瓦白墙水泥台子，前墙上用五彩瓷砖贴出一大幅水乡风景图。我不得不感叹，农村的日子真是越来越好了，瞧这小院子拾掇得，要多光堂有多光堂。

我妈和外奶奶来了，外奶奶赶在前头开门，说去找五子妈给她刮眼睛了，翳子堵得难受，时间长了非得刮一刮。我们进门，那梆梆的敲击声忽然大起来，像战鼓，像春雷，像乱风刮着石头，梆梆梆，梆梆梆，梆梆，梆梆梆梆梆梆。我寻找声音的源头。

要死吗，不好好的，一天到黑地折腾，吵得人头疼！小心我打断你爪子！外奶奶冲左边吼，声音恶狠狠的。吼完了，揉一下刚刚刮过的眼睛，说，把人害死了，跑不动了，站不起来了，但是能爬，爬到窗子跟前，怀里抱着个木棒，当命一样藏着，死活夺不来，就拿那个木棒打窗框呢，一天到黑地打，黑了往亮地打，唉，这日子，啥时节是个头儿啊。

好像是为了给外奶奶做印证，梆梆梆，又响了几下。

我已经全都明白了。循着声音往前走，绕过一排新房，再转过三间早年的砖房，最后在最左边的小厦房跟前收步，是从这里发出来的。这是很早的房子，好像我能记事，来外奶奶家做客，他们已经搬进砖房了，我妈说这是从前的小厦房，她们姊妹就是在这炕上睡大的。姊妹们出嫁后，这屋子就废弃了，里头专门装乱七八糟的废旧物品。

小厦房的年岁，比我还大，甚至比我妈还大。它一副摇摇欲坠随时垮塌的模样。单扇窗子，老式木格窗框，没有玻璃，一个个拳头大的格子敞着。门从外头锁上了。我试着从小格子间往里看。一团昏暗。一股臭味先于黑暗冲出来，扑得我赶紧后退。想吐，忍住了。试着开锁。你干啥？小心跑出来！我妈赶过来喊。我捏着门关犹豫了，难道，真的有那么可怕？

外奶奶提着一个笼子走过来，老远说开么，开了不要紧，不跑了，已经站不起来了。我妈有些变色，看着外奶奶。外奶奶神色平静，在屋角一堆黄土跟前铲土，往笼子里装。我上回来不是还到处乱跑吗，现在不跑了，那是好些了？可是，她的表情分明是那么脆弱，虚虚地挂着，看来她自己也知道这念头只是自欺欺人。果然，外奶奶嘴一撇，能好？她能好才怪了，是劲大了，看这样子就要瘫痪了。我妈拧锁。其实没锁，锁子只是挂在上面。

门开了。黑暗散出来，光亮缓缓透进去。我们这里的气候很有意思，前几天一场大雪有五寸厚，今儿倒是亮晴，阳光落在脸上暖和得像阳春三月。可是眼前的屋里又阴又冷，我屏住呼吸，慢慢往进走。地面上堆满了土。起伏的土堆里，一堆麦草，麦草上一团被子，被子上一个人。人的身子蜷缩成一疙瘩，好像冷，也好像恐惧，所以使劲地把自己蜷得很小很小，小到像一粒尘土，像不存在。头上没有头发，竟然连一根都没有，露出一个脏得没有颜色的脑瓜盖。脑瓜盖下，一对眼睛正在看我，瞪得很圆，好像眼珠子要从眼眶里爆裂出来。我和这眼睛对视。我知道，这就是花姨娘，我的花姨娘。尽管模样已经变了，尽管连五官都好像被调换了，尽管全身没有一点点和过去铆合得上，但是我能确定，这就是花姨娘。那个漂亮、麻利、爱美、爽朗，又敢爱敢恨的花姨娘。

花儿——我妈喊。

没有反应。

花儿！你认得我吗？

没反应。

那，认得这个人吗？

我妈指着我。

脏脸上一对眼珠子圆溜溜瞅我。

我忽然心里冷，这种冷从心窝里往出渗，然后弥漫，包裹全身。

几年没见，一个人能变成这个样子，这中间得经历多少痛苦。

目光和黑暗做着妥协，没有刚进来那么黑了，我看到后面那堵墙就要塌了，向着花姨娘坐的方位倾斜。一道口子从屋顶延伸到屋角，像有人拿利器在整面墙上划了一刀，拉出了一道长长的贯通伤。炕呢，我记着原来是有一面炕的？目光移动，我就知道炕没了，拆除后，只留下很多年前烟熏的痕迹。

我忽然有种恐惧，我怕自己被眼前这个人认出来，如果真认出来，我该怎么办？我们该说些什么？我觉得无法面对她的清醒和相认。我往后退，强烈的欲望在心里撕扯，我要逃离，尽快离开这里。

认得！忽然，她回答。这声音来得突然，而且十分响亮，脆生生的，吓了我们一跳。

外奶奶提着笼子进来，把黄土倒在地上，用铁锨往开铲，一锨一锨扬到四处，她这是在垫地呢，像给牲口垫圈。

她竟然不避花姨娘，好像那个乱草烂被子上的人不存在，干土飞扬着从她身上洒落。

我认得你！飞扬的尘土中，她举起一只手，指着我，喊。

喊声里有激动。

窒息的感觉袭上心头。

那你说，他是谁？我妈问。

我鼓足勇气看她，她很瘦，皮包着骨头，脸颊塌陷了，嘴巴也软软地垂着，好像一个八十岁的老妪，骨头撑不起外面的皮肉。只有这眼神是清澈的，亮闪闪的，好像沼泽地里聚起的两泉清水。

和我儿子一样大。她说。扭着嘴，还举起了一个指头。我儿子，喜家咀的，我好多年没见了，但是我能梦到，就跟你一样，这么高，这么白，这么攒劲。

为了比画出她儿子的高度，她试着往起来站，往高处抬胳膊，可是她失败了，她站不起来，身子好像一团被沤烂的草，千疮百孔，再也提不起来了。

你就不要胡诌了！外奶奶喝道，现在想儿子了？早干啥去了？你这样的妈，人家才不认哩，你就乖乖趴着吧！

花姨娘似乎不甘心，还要说什么，外奶奶忽然唠叨起来。屎尿都分不清，羞丑都晓不得顾，你这样的妈，哪个儿子会认？转了一圈儿，你还不是回来整我？我造下啥孽了，老了老了，该享福的时节了，跟上你受这罪！

花姨娘不激动了，悻悻地溜倒，出溜成一团。

我看清楚了，这些土，就是给花姨娘垫屎尿的，她随地大小便，一个被子又湿又脏，糊满了屎尿。外奶奶没力气把弄脏的泥土清理出去，只能这么一层一层铺上去。花姨娘在土里打滚，刨出一堆堆土包。

一股辛辣刺激着鼻腔，我捂住鼻子往出退。

不是要摸我蛋蛋吗？给你摸！摸个够！她喊。一把敞开了衣裳。她穿了一件烂棉袄，没系扣子，这一敞开，里头是空的，没穿任何衣裳。我看到黑乎乎的肚子上，挂着脏乎乎的两个包。

超子！你又不要脸了！

外奶奶喝。

我退出门，十分狼狈。

嘻嘻——嘻嘻嘻——儿子，来，妈给你喂奶——

那个声音追在脑后喊。

外奶奶把门重新合上，挂上锁。

我们来到外奶奶住的房里。

进门一股热浪扑面，一壶水坐在新式小烤箱上，发出嗞儿嗞儿的鸣唱，水要开了。

头顶是白色吊顶，墙上的腻子刮得很细，地面铺的仿木地板，炕的形状像床，整洁，漂亮。

我再一次在心里感叹，现在的人真是会享受啊，家里拾掇得这么好。

他的电话还是不通？

我妈问。

不通，是空号。外奶奶说。

见我一脸疑惑，我妈给我解释，说的是新疆那个男人，这狗日的，把个病人送进门就溜了，钱不给钱，人不闪面，一拍沟子走了，再联系不上了。

那个娃娃呢？不是还生了个娃娃吗？

我不甘心，似乎这个娃娃是一个可以抓住的把柄，我希望能替花姨娘抓住这点希望。

我妈摇头，早流了，两口子吵了个嘴，她就把娃流了。

我彻底愕然，想不到花姨娘在两个男人之后，和第三个男人还是不幸福。

这女子啊，这辈子吃亏就吃在了不懂事上，快四十岁的人了，还是不懂事，说跟就跟，说离就离，折腾来折腾去，把她个家折腾成这样了。外奶奶喟叹。

为啥关在那么个烂房子里？要不你把砖房腾一间出来，再把炕填上，叫坐到热炕上。

我环视着外奶奶的住房，给她提议，我心里说这样的新房子你肯定不给她住，但旧房子还是有的。

你说得轻巧！外奶奶一口给我顶回来。她明显不高兴了。

我也不高兴了，心里说好歹你是当娘的，女儿落到了这样的地步，你就不能照顾好一点。

不中啊！我妈给我摇头。刚来的时节就住你外爷住过的那个大房，一夜工夫，玻璃全砸了，窗框也掰歪了，墙上到处是尿，再过两天，炕就塌了，她在上头尿，尿尿泡湿了，再在上头跳，多牢实的炕也得塌。

多少人这么说过我——外奶奶插嘴，她一脸苦涩，也有人骂我狠心，不疼女儿，你们都是站着说话腰不疼，她一个大人，力气比我大，疯起来我根本没办法。只能锁在烂房子里。给她尿桶她不用，给她饭碗，里头装着屎。给一个被儿，拿出来糊满了屎尿，我哪有那么多被子给她换？

外奶奶看我的眼睛。娃娃呀，你要是不相信，你来照顾上几天，你就知道咋回事了。

外奶奶鬓边露出的头发白得像雪，那个精干的小老太太，越发精瘦，似乎一阵风就能裹走。

我低下头，无言以对。

都是孽造多了。

外奶奶说。

我默默地看窗外，落地式窗户宽敞明亮，高远处的蓝天，像梦幻一样美好。

我知道，下面还有半句话，外奶奶没忍心说出口，那就是，遭报应了。

可是，真的是报应吗？这样的报应，凭什么要降临？花姨娘她凭什么要被报应？这一路走来，她除了挑选想要的男人和生活，她没有多坏呀，她有错吗？难道一个人选择自己渴望的生活方式，就错了？

我们再没有去小厦房看。临走的时候，我妈好像有点不忍心，脱下自己的一件新毛衣，给她穿上吧，这毛衣紧，她可能脱不下来。

外奶奶把毛衣丢进摩托车前斗里，说，她肯定不穿，前儿我给过一个毛背心，她拆了，拿线疙瘩擦屎，擦了屎从窗口一个一个撇出来，有一个还砸在了我头上。

外奶奶的声音很平静，好像那个砸在头上的不是滚满屎的线疙瘩，而是顽皮的孩子丢过来的一个皮球。

看这样子也活不长了。外奶奶说，早一天完了也好，把孽脱了。

我不甘心，提起屋里说过的话题，我说吵个架，就把娃流了，为啥事呢，能动这么大干戈？

确实有事，那个男人外头有女人了。你花姨娘那性子，你不是晓不得！

我妈说着骗腿上摩托，显然她心情很恶劣，口气也狠狠的。我没心情再搭言，就默默发动摩托，我们离开了小红沟。

身后又传来梆梆声，时隐时现，渐行渐远，像在为我们送行。

六

车在盘山路上起伏。我们挤在一辆车上。开车的人是我二爸。从小红沟到闫家梁，全是山路，不过村道都被水泥打了，虽然还是有些弯曲，但相对来说平坦多了。车在盘山路上疾驰。毕竟是山路，速度一快，车就颠簸得厉害，给人感觉车要飘起来，向着前方那嶙峋的山崖冲下去。

慢些儿。我奶奶说。她转脸看着左侧的驾驶员。

你慢些儿开。我奶奶又说。斜脸瞪着握方向盘的人。

慌啥哩，你日急慌忙的。

我奶奶劝了多少次呢，我记不得了。

我奶奶的提示我二爸都好像没听到，车速不降，倒更快了，忽忽地奔突着。我奶奶的身子好像坐在了簸箕里，被不断地簸着。她紧紧地抓着把手，显出一副头晕难过的样子。经过一个小学门口，车子擦过减速带，车轮剧烈地跳荡，一车人哗啦哗啦起伏。

叫你慢点开，你听不着吗？急着干啥去呢，你沟子上有狼追着吗？我奶奶忍无可忍，终于冲儿子吼起来。

猛地一个急刹车，车子像忽然被勒住缰绳的牲口，剧烈地喘息着，颤抖着，一车人瞬间前倾，撞到前座上，接着又后仰，被颠得神志混乱，五脏错位。是我二爸故意踩的刹车。他在用这种方式答复奶奶。

我二妈终于忍不住了，从后座上坐起来，撑着肥鸭子一样的脖子，说你心里不痛快你就直说么，拿我们一车人出啥气？妈岁数这么大了，磕着碰着，你就高兴啊？

我二爸扭过头来看，我看见他的眼睛瞪得牛眼一样大，瞳孔好像瞬间扩大了。眼仁是红的，布满了血丝。但是他没有骂，吐了一口气，扭过头继续开车。

他还是忘不了她。我二妈抹一把眼睛，居然在哭，嗓子扁得好像卡了一个冻蔫的大洋芋，却在实实在在地哭。这些年了，一直就忘不了，人家有主儿了，他惦记，人家离了成寡妇了，他更惦记，人家又有主儿了，他一样惦记，后来听到得了那个病，我以为这回他肯定要收心了，想不到他比谁都上心，夜夜睡不着，翻过来倒过去地熬煎，我以为是为家里的穷日子费神哩，今儿送这一场埋体，我才知道，他在惦记她哩！

我二妈无比伤心，一张又大又圆的饼子脸，哭起来整张脸是红的，泪水在脸上横流。她东抹一把，西擦一下，成了大花脸。

现在好了，人都完了，都埋进土里了，你还忘不了吗？既然这么舍不得，你咋不跟着一搭去？

我二妈一对胖胖的粗手拍打着自己的膝盖，哭得惊天动地。

车忽然一个趔趄，好像牲口打了个秃噜。

二爸的声音好像从一个压得很深的地方冲出来，你胡说啥呀你？

我就是胡说了，我胡说咋了？二妈好像是一截子弹性良好的弹簧，被压了之后，狠狠地反弹回去，她横起脖子冲前面撑着。难道你还不死心？不死心你能咋地？人都死了！这辈子你的妄想断了！

啪！一记清脆的耳光。

我敢说，这些年谁都没有见过我二爸能这么发威，这是头一回当众修理老婆，而且修理得这么干脆利落。

我二妈被打蒙了，也被打醒了，她破天荒头一回没敢再嘴犟，捂着脸吱吱呜呜地哭，就是不敢张口骂人了。

车子缓慢匀速前进。夕阳落在前玻璃上，车里每个人的脸上都笼罩了一层迷离的色彩。

我妈始终没有说话，她可能今儿哭得太多，累着了，一上车就眯着眼睛，一副昏昏欲睡的样子。

奶奶扭过头看看我二妈，又看我妈，她的嗓子有点低沉，说，你这个妹子啊，是你的亲妹子，当着你的面我一直不好说，现在人没了，我说了你可能也不会多心了。

我妈点头。点得郑重而艰难。

就是心太高了，福太薄了。我奶奶一个字一个字地说，这挑来拣去，挣上挣下，谁能晓得，是这么个结局。才三十七岁么，年轻轻的。

我妈点头。

心比天高，命比纸薄，说的就是这样的女子啊。

我奶奶厚厚的嘴唇里嚅动出最后几个字，就把嘴紧紧闭上了，好像在防止别人从她嘴里掏走一些珍贵的秘密。

盘山路终于走完了，车子在一道漫长的峡谷之间穿行，眼前的水泥路平坦而笔直，路面上洒满了金黄的落日余晖，车轮滚动，在一寸一寸碾轧着那些余晖。

金辉铺地，竟然很美，是一种盛大而辉煌的美。我默默望着前方，心里模模糊糊悬浮着一缕疼痛。不知何时，心神被目光牵引，定格，停留不动，我凝神看，就在这余晖的斜光里，我的眼前只剩下开车人的侧影，侧影的耳畔是一大片白发。

泪水迷离中，我慢慢回想，这白发是什么时候冒出来的，是去小红沟为花姨娘送葬的路上，还是归来的途中，可能连二爸自己都不太清楚。

吃油香

一大清早，母亲就转出转进了。

她平时是不会这样转出转进，也不会这样心急上火无所适从的。

平常，她总是乘娃娃还酣睡的当儿，悄悄爬出被窝，轻手轻脚找活干。给牛添草、铲粪、背一背斗湿粪倒在大门外，顺手提来鸡食盆子，给鸡呀狗呀拌半盆子食。填炕的时候，显然怕吵了娃娃，灰耙轻轻推进炕洞。响声还是有的，姐姐听到响声就起来了。揉开眼屎迷糊的眼，半天才看清母亲已经坐在炕头，正抱着某一个娃娃的头捉虱子。抬头望外面，天色才刚刚亮。

可这一天，母亲大清早起来，竟然什么也不干，只是转出转进。房门和大门被她关上又推开，推开又关上。她本身的走动也不是轻手轻脚，那动作带着明显的焦躁。弄得一炕的娃娃都睁开了睡眼。

赛麦眨巴着睡意蒙眬的眼，瞅瞅母亲，觉得有点不习惯，不适应母亲的这种转出转进。母亲一大早就给大家弄出了一种不踏实的气氛。赛麦干脆穿上衣裳，起来了。母亲还在出出进进。不知道她自己是否感觉到，她这种反常行为已经折腾得一炕的人都睡不住了，有什么要紧事要发生了一样令人紧张难安，又有点儿莫名的兴奋。姐姐起来了，大妹二妹也起来了。连奶奶也听到动静，摸索着起来了。

这个老鬼，他在就好了。母亲站在当院里说。他在，就让他拿主意。母亲的声音远了，转向门外，口里还在念叨，去不去他一口就定了，我就不用这么为难了。一会儿她从大门进来了，还在念叨，死到外头就不知道回家了，这个老鬼啊。母亲的声音时轻时重。重的时候像跟人吵架，有股狠狠的味道，轻起来时倒像给谁说悄悄话，还不时地叹上一声。其实，她不是对任何人说话。她在一个人说。自言自语。她从天麻乎亮就起来了，就开始自言自语，走出走进。在进出的同时伴以不断的自言自语，她一反常态，什么也不干。一大摊子家务活，她一样也没去碰，倒像她不是这个家里的人，忽然就成了亲戚。院子显得比哪一天都脏乱，牛饿了，不断发出哞哞的吼叫。黑狗蜷着腰，围住空盆打旋儿。几只母鸡跟在母亲身后，居然也跑出跑进，它们神情急惶惶的，要大祸临头了一样。

忽然，母亲记起了什么，说我担一回水去，你们几个快把家里拾掇拾掇，就晃着一对桶子出了门。

母亲在担水的时候碰到了不少人。一庄子的人全在沟里担水吃。趁清早的空闲和凉爽担水，几乎成了大家惯常的行动。母亲碰到了什么人呢？牛旦妈肯定碰上了。两个女人平时好得恨不能穿一条裤子。连担水也约好了时间，总是一个在沟畔上缓，等另一个，然后挑上水肩并肩走，趁机说一阵子话。她们两个一天不见上一面就心慌得蹲监狱了一样。今儿早上是谁在等谁。肯定又是母亲等牛旦妈。母亲腿长，动作麻利，一担水担上一口气就能上岸。牛旦妈是矬个头，扁担一压上肩头就气喘呼呼，两桶水喘上岸，母亲早等那儿了，脸上的汗也干了。她们把扁担放在地坎上，屁股坐上去，稍稍歇缓一阵，还说了话。说了些什么呢？可以肯定的是，不管说什么，母亲都不会把那事说出来，让牛旦妈帮着拿主意。母亲和牛旦妈好，但那是女人和女人间的好，不是什么话都能说给对方的。有些女人之间好到恨不得割头换颈的地步了，心底还是藏着一些不愿往外掏的事，这比不得两口子间的好。父亲和母亲的好，当然是到了无话不说没一点儿隐瞒的程度。牛旦妈不是父亲，这一点上母亲肯定一直保持着清醒与警惕。牛旦妈是女人，并且有时候显得非常奸猾。所以母亲在实心实意跟她好的同时，不得不心存小心，时时保持着警惕性。

母亲临出门时，姐姐从牛圈里出来，说你问问牛旦妈不就行了吗，让她给咱参谋参谋。姐姐的语气里全是自以为是的得意，似乎她要比母亲聪明些。母亲当时停住了，思考着。担起桶子到大门口的时候，回过头，说不行，万万不能给这女人说。我早试探过她口气，她给我要奸心哩。她要奸心，我也不能太老实了。

母亲在桶子的吱吱声里走远了。牛旦妈怎么要的奸心，她没说。姐姐背着半背斗粪忘了倒，站在那儿发傻。母亲的话像给她出了个难题，她在想答案，想得有些艰难。赛麦抱过扫帚扫院，她不理姐姐，她觉得这没什么可想的，是可以料想的。人总是爱对人耍奸心。姐姐就老对她耍奸心。放在茅房里的那个瓦尿盆，总由赛麦取。天黑关门前拿来，早上开门后端出，倒进茅坑里。赛麦从记事起就干这活计。姐姐从不沾手。姐姐的理由很充足，赛麦和妹妹们尿，人家不尿。姐姐长大了，能将一泡尿从晚上憋到天亮，尿到茅坑里去。赛麦她们就不行，不用尿盆，保准会尿到炕上。不过，别看姐姐嘴上不承认，可谁知道她半夜尿了没有。赛麦总有睡实的时候，尿盆就在门背后，等赛麦睡着人家尿上三泡五泡也没有人拦她。姐姐早上起来完全是副神定气闲的样子，根本不像尿胀的人。赛麦的疑惑就来了，她觉得这事就明摆着了。然而姐姐还是背着牛头不认赃。就这些，赛麦觉得还可以原谅，但姐姐还对她使奸。有时她们两个一块儿起来，打开大门，她端着半盆尿往茅房跑，恰好被个过路人看见了。姐姐面不改色蹭到路边，告诉人家，我家这个女子懒得吓死人，还有尿炕的病，那瓦盆是专门给她准备的。姐姐的脸一点也不见红，弄得连赛麦也觉得她说的是实话，全家就自己一个人用尿盆。等人走远了，姐姐转脸笑嘻嘻看着她，赛麦就有一种被愚弄的感觉。记起那么大半盆尿，气得大叫：我一个人能尿那么多啊，你们一个个都那么清白。姐姐早哈哈大笑着跑进门去，赛麦拿她一点儿办法也没有。连母亲也经常感叹，女子老实了不好，大女子能把二女子给卖了。只怕卖了，二女子还在帮人家数钱哩。世上的事情都是一个理，母亲就老提防着，生怕一不留神牛旦妈把自己给卖了。

水担到大门口时，王乡老过来了。母亲停住步子，想问问他，讨个主意，王乡老是庄里德高望重的人，还在清真寺里当着管寺的乡老，操持着大众的事，想来不轻易耍弄人。话到口边了，她才猛然记起，王乡老和支书是本家，人家是一家人嘛，一家人还问什么主意，这不等于对着支书问：你帮我拿个主意，你看我到你家走趟人情，划不划算？这一问，还了得，把好事问成了坏事，就更不划算了。

母亲是真的找不出能帮她拿主意的人了。所以母亲说老鬼在就好了。老鬼偏偏不在。老鬼出门了。是远门。麦子收割碾打结束他就走了。距入冬寒冷还有一段时间，地里该收的收了，地也耕过了，就剩五亩洋芋，女人娃娃能收回家的，老鬼就拍拍屁股上的土，扔下女人娃娃出门去了。出门好歹能挣几个钱，守在家里也是死守。老鬼是父亲。也不老的，三十来岁。母亲却一直叫他老鬼。在赛麦的印象里似乎母亲一直这么喊父亲。当然是在背后，父亲不在的时候。父亲在家时，母亲改了口，喊娃娃的大。庄里女人都有这怪毛病，背了男人凑在一块拉闲时，这个说“我家那个死不了的”怎样怎样，那个说“我家那个狗吃剩的”如何如何，母亲干脆说“我们的老鬼”怎么怎么。反正大伙儿一个劲儿把自己的男人往难听处称呼。一些耍赌上了瘾，女人劝说不回头的男人，女人干脆说“我家那个贼打鬼”或“贼日的”，似乎男人不是男人，是她们一个不争气的淘气儿子。

老鬼只能母亲一个人称呼。别人谁也不行。赛麦是他们生的娃娃也不行。这一点上赛麦她们几个都清楚，血的教训谁也不敢忘。那次父亲让姐姐到上庄一家借几个出门的盘缠，谁都明白向人伸手借钱是最不受欢迎的差事，父亲肯定是自己舍不出脸就把难题出给姐姐。姐姐磨蹭着，不愿意去，父亲动了气，她才极不情愿地出了门。到门口时居然大声咕噜说这个老鬼，把人往死路上逼哩。母亲瞪大眼。姐姐还不解气，用更大的声音说真是个老鬼。母亲冲出门，揪住姐姐的辫子把她扯回来。姐姐饱饱吃了一顿烧火棍。赛麦当时在场，吓得缩在炕角不敢大出气。母亲说老鬼是你叫的吗，你敢这么喊你老子？赛麦姐妹就牢牢记着，不管母亲们将男人叫什么，那是女人的事，娃娃万万不敢乱掺和，那不会有好果子吃的。但没人的时候，姐姐一直把父亲叫成老鬼。似乎她喊成老鬼，父亲就不是父亲，是另外一个人了。一个又老又丑的人，还可能像鬼。

老鬼出了远门，母亲遇到了难题。也不光是母亲一个人的难题，是一家人共同面临的一道坎儿。换句话说，这事关系到赛麦一家今后的生活。问题就有些严重。母亲被难题困扰，人就显得心浮气躁。到赛麦起床之前，她已经进进出出到大门外跑了五六趟了。母亲像哪儿发痒坐不住，就只能不停地走动。她在观察形势。等待着看别人怎么办。

阿訇已经请上了，正在上坟，母亲说。她进房来换了衣裳。把出门的一身新衣裳穿上了。穿上了，想想，似乎不妥，又换下了。说：一个庄子里住着，穿得新了显眼，别人还说我们在溜支书的沟子哩。旧衣裳穿上却不怎么好，据说支书家那只黑狗专咬穿得旧的人。再说，依支书女人的为人，她肯定不怎么欢迎穿得破烂的人去登她的门。穿什么就成了一个难题。

金花你给我看着去，看有人去吗。母亲怕换了衣裳耽误门外的事，忙央及姐姐去。姐姐便出去守在门口观察情况。

阿訇和满拉把坟上完了，正往支书家赶。姐姐跑进来，汇报情况。

一个阿訇，七个满拉。姐姐骑在门槛上，细数她看到的结果，阿訇穿着黑袍，长到脚面上了。满拉也穿着新衣裳。赛麦忍不住看一眼姐姐喋喋不休的嘴巴。她说的七个满拉都是本庄的小伙子，他们的情况，母亲心里早就清楚。赛麦闭上眼睛都能挨个儿说出他们的名字，他们今天穿什么衣裳，更能说出他们现在的样子。他们现在不干活，把地里的农活暂时丢开了，跟在阿訇身后，神色一改平时的嘻哩哈啦，完全庄重肃穆起来。他们还把自己洗得白萝卜一样干净，穿上平时不轻易穿的新衣裳，稳稳重重，往支书家赶去。

有几个男人在路上走，但不知道是不是吃油香去。姐姐又跑进来报告说。快去看，看进去吗，都是些谁？把人认出来。母亲连忙说。她正换裤子，一只裤腿穿上了，另一只裤腿还吊着，一着急，那只脚被裤腿缠住了，怎么也蹬不开。

姐姐飞跑进来，气有些喘，人也激动得不成样子，直着嗓子喊：进去了进去了！三个人！一个是玲子爷，一个是玲子二爷，还有一个，我没见过，模样像玲子的亲爷！

肯定是玲子三爷。是不是比别人穿得新些？母亲边问边提裤子。

是新些，新多了。姐姐忙忙应。

是玲子三爷错不了，打新疆回来了，再看看去，看有没有旁人进去。母亲话刚出口，姐姐早车轮一样滚出去了。赛麦在炕上坐不住了，不等她自己下炕，母亲一把扯过被子，气哄哄嚷道吃屎的货，也不看看啥火色，还在炕上捂得住！

赛麦叠好被子，到院里寻活干。日头刚从山畔上探出半个脸。就那半个脸，赛麦也觉出这日头跟以往不一样。日头也像有喜事，脸红红的，含羞带笑地出来了。树的叶面上落满了黄灿灿的光。赛麦脸上和身上也落满了光。她披着一身光走向门外。姐姐在门外看情况，她想去帮一下忙。姐姐是天生的近视眼，眼睛不好使，她去了说不定有用得上的地方。可是母亲喊住了她。同时把姐姐数说一顿。她说你们张扬的啥，声音那么大，不怕旁人听见笑话。赛麦就收住步子，到后院去找背斗。她听见姐姐说有三个女人进去了。是玲子的三个姑姑。大姑姑二姑姑三姑姑，她都见过的。赛麦觉得姐姐简直在废话连篇，玲子的三个爷爷，三个姑姑，这也值得大惊小怪，这是定了要去的，看见她们去就更不该大呼小叫了。玲子的奶奶呀七姑八婶的，当然少不了。这理谁都明白，狗大的人也该懂的，姐姐今早说话怎么这么缠，好像根本没通过脑子。

果然，紧接着，姐姐喘着粗气跑进来，说又有几个女人进去了。谁？母亲竖起了耳朵。姐姐说玲子奶奶领着她的几个媳妇子。母亲果然骂开了，说今早谁把屎盆子扣你头上了，你咋就这么迷糊呢，谁叫你注意玲子家亲戚本家了。人家当然少不了的。让你看的是旁人。旁人！快去快去！姐姐脚步噔噔地出去了。

赛麦对着背斗，真想哈哈大笑。一向要奸溜滑的姐姐，也有被屎糊了脑子的时候。

母亲把五儿也叫醒了。给穿上了新衣裳，打扮得一团簇新。母亲自己穿得不新也不旧，是洗得干干净净的一身衣裳。新崭崭那身穿上太显眼，旧了也不行，考虑再三，她决定这样不新不旧地去，既不招摇也不致让人看不起。赛麦这才发现母亲很有头脑，把一连串看似简单的事情思考得有头有尾，其中的行行道道全想到了，也想得出应付的办法。从她叫醒五儿这件事上就能看出她的细心。五儿被母亲的情绪感染着，显得高兴极了，笑眯眯任大人摆布着洗脸穿衣。领上娃娃我就不那么难为了，母亲说。两个妹妹早变了脸，一个在地上抠自己的脚心，另一个带着哭音嘟囔开了。领五儿的举动提醒了她们，能领五儿就能领她们中的任何一个，为什么不领她们呢？再说五儿那么小，连个油香也抱不住，菜也吃不下多少。要领就领个能吃的。赛麦不看两个妹妹，直直从她们中间穿过，爬到柜底下取了铲子。她知道这时候万万不敢招惹这两个女子。她们正在想哭闹找不到借口的关头，谁招惹就缠上谁。大妹妹还好哄，小一点的一旦哭开就不会轻易收场。这个女子的泼辣从小就显出来了。母亲也不招惹她们，抱着五儿到院里去了。五儿洗净的手脸在阳光下显出了白嫩，圆圆的脸蛋像个大苹果。这么可爱的苹果脸谁见了也不会嫌弃吧。赛麦就越发感叹母亲的聪明了。

母亲的想法不是没有道理。赛麦不止一次经历过这事。她一个人去二奶奶家，和领上五儿去，就不一样。二爷和二奶奶对她的态度完全不一样。二奶奶说五儿来了。到厨房取半个油馍馍给了五儿。五儿当然吃不了，她在回家的路上全哄进自己肚子里了。有时遇上二奶奶家正吃好东西，她一进去，顿时觉得尴尬，走也不是，站也不是，说到底是想多磨蹭一会儿，看能不能混一口好的。如果领着五儿就好了，就可以低下头替五儿拍拍土，捋捋头发，或者给五儿说话，拉着他这儿看看那儿瞧瞧，二妈的脸色是绿的还是红的都不用去瞧，二奶奶已经拿些好吃的过来了。气得二妈暗自绊脚，却没法阻止，谁叫五儿在场嘛。娃娃是大人的助手，是大人自己给自己解困的一种依靠。谁知道母亲这一去会遇上什么样的尴尬，她决定领上两岁的五儿。

赛麦不等母亲出门，先一个人出了门。背上背着大背斗，手里提着铲子，到狗家洼上去铲柴。母亲出门还得一阵。别看她已经收拾好，随时要出门的样子，实际上，还得老长一阵工夫。阿訇进去不久，按理说，跟在阿訇身后进去最是时候，吃油香，听上去这么说，可你最好不要等人家把索儿念罢才进去，仅仅吃一顿。得提前进去，正念的时候也行，人家接嘟哇尔的时候，也接上个嘟哇尔。看看掌柜的过来了，把捏在手里的钱交给对方。掌柜的当然不会马上收，总要推辞一下，才收下。那是人情钱。拿了人情的人，立时会受到与众不同的待遇。会被让到上房里去坐。女人，就让进厨房。厨房炕上坐满了人，看看全是女人，有认识的，有没见过面的，也是来吃油香的。大多是掌柜家的本家妇女。女人们见了面就亲得不得了。热火朝天地拉闲。不是东家长西家短，就是鸡毛和蒜皮。

到别人家吃油香，有两种情况，一是自己的本家，大多不用拿人情，随便去吃了，抹抹嘴走人。二是旁人，以前欠人家的情，得借机补还人家，就去。不沾亲又不带故，还舍不得拿人情，一般是不会到别人家去吃油香的。空脚奓手多不好看。除非是那些娃娃。什么也不懂只知道顾嘴的娃娃，他们不懂得顾脸面，流着涎水就去了。娃娃受的待遇就差一些，等阿訇满拉们吃完了，大人吃过了，能腾出桌子和碗筷了，才轮到他们。一般一人一碗菜，一个油香，一疙瘩肉。菜光了可以再要，油香和肉是定量的，吃了也行，舍不得吃拿回家也行。拿回去就叫关油香。所有到掌柜家来的，不管男女老少，一律称吃油香的。吃油香的人里，真正受欢迎的，除了阿訇和满拉，再就是受到掌柜和他女人三番五次邀请而来的人。比如掌柜的父母，女人的娘家人，平日和掌柜女人交往不错的左邻右舍。

走到山洼里的时候，赛麦忍不住回头望，朝支书家门上看。厨房顶上的烟洞里正冒大烟。说明支书女人这阵子正忙得热火朝天。大门口一伙娃娃蹦出蹦进地耍闹着。看来索勒还没开始念。大家正在等。等人。值得这么等的当然是吃劲人。不是支书女人的娘家人，就是支书交往的官场上的朋友。干这么大的尔麦里，当然得等吃劲人来齐了才好。

赛麦看见玲子从大门里出来了。赛麦眼前不由得一亮，心里猛然涌上一股热流。但她很快就让自己恢复了平静。玲子背着背斗，却不是出来铲柴的，她头也不抬，径直走向柴垛，扯柴去了。玲子今儿穿得新新的，头发扎得那么高，公鸡高高翘起的尾巴一样。玲子今儿无论如何是不会上山来了。问题不在于她有多忙，想必她也是帮不上多大忙的，至多扯一背斗柴，烧一阵子火，喂个鸡扫个地什么的，别的活轮不到她，她也干不了。但她无论如何也不会记起到洼上来铲柴的。光吃肉就得费她不少时间吧。

赛麦热切地望着玲子的身影，看看她进了大门，不见了，又盯住那双扇大门走了阵神，起身上山了。心里乏乏的。

念索勒的为啥不是我家？赛麦忽然想。

宰一头牛，过古尔巴尼的咋就不是我们家？

赛麦被自己的想法吓了一跳。

这想法显然大胆了。大胆得不贴实际简直在白天做梦。

玲子说她家那头牛是给她奶奶过古尔巴尼的。

玲子的奶奶还活着。是个穿一身青衣头上缠条白孝巾见人笑眯眯的老奶奶。玲子奶奶生着一张大而且圆的脸，脸面白中透黄。庄里人说人家那是银盆大脸，有福人的面相。可父亲说那些人是在溜支书的屁股。支书的妈有福相，大家早些年为啥没看出来，没说出来，五八年六〇年支书家穷得穿不起裤子那时节这话咋没人记得起？偏偏她儿子当上支书就撵着说这话。话虽然被父亲这么说了，但赛麦还是觉得那老奶奶有福相。那银盆大脸不是大家拍马溜须能溜出来的。据说，玲子家这是第三次过古尔巴尼了。连着三年，她家年年宰牲节上过古尔巴尼，年年宰的是牛。在赛麦的印象里，顶数今年准备得隆重。前两年她一点印象都没留下，也许因为她小，记不得那么多事，有些事明明在眼前发生了，耳边听说过，过后却忘了，连一点儿也没记下，忘得干干净净了。

玲子却没忘。玲子能细细说出这几年里她们过古尔巴尼的情景，都来了些什么人，拿了什么礼，她是怎样吃肉啃骨头的，甚至，这几年宰的牛长什么样、颜色、大小、肥瘦，她都记得。她还说今年这头牛，比前两头牛的眼睛大，大得多。赛麦便不由得一再想象前两头牛的眼睛，肯定跟玲子眼睛差不多，眯成一条缝，名副其实的碎眼睛。这回她家要宰一头大眼牛了。想想那家人真的有意思，宰牛不像娶个女子来当媳妇，还计较人家眼睛的大小。这话赛麦没有说出口。她和玲子还没有好到什么话都能说出口的地步。姐姐曾提醒过她，那是玲子家牛还没有宰但确定要宰的那一段日子，姐姐说你要想法和支书家的玲子把关系弄好，弄铁，像铁哥儿们一样，干脆，你们结拜了吧。姐姐的话让人吃惊。结拜，结成干姐妹，这先例庄子里早就有了，还不少呢。两个女人或女子好得没办法再好的时候，就结拜了。你称我姐，我喊你妹子，大家像亲戚一样经常走动。长这么大，赛麦还没萌生过与谁结拜的念头。赛麦就想也不想，说我不和玲子结拜。因为玲子老跟赛麦耍奸心。再说，结拜这事不是一厢情愿就能办成的。谁知道人家玲子愿不愿意。而且，凭直觉，她知道玲子不会答应的。就算心血来潮随口答应了，也不会实心实意的。姐姐却哧地笑了，笑着说瓜女子，你没听说支书家又要宰牛了吗，和玲子成了铁姐妹，到时她还不送你两蛋儿肉吃。

姐姐竟然是这居心。赛麦当即呆了一下。想想，发现姐姐说的不无道理。这确实是能吃上牛肉的一条有效途径。谁不知道，每逢大小事情，到支书家走动的，几乎全是和支书两口子关系不错的哥儿们，姐妹们。庄里那几个和支书女人关系铁的女人，一从支书家出来，剔着牙缝里的肉，说笑声高得和支书女人没什么两样，似乎和支书女人一结拜，她们就与众不同了，成了鸡群里的凤凰，甚至和支书大人的关系也不同寻常了。事实上，还真的有几个女人，和支书两口子把关系弄得铁打的一样牢靠。有些事情上，她们的腰杆子就显得比别人硬得多。也不是谁想和支书女人结拜，就结拜得成的。如愿以偿的没有几人。大多女人在和支书女人贴心贴肺地交往一段日子后，渐渐地冷淡下来，大家私下里议论着，说那个女人不能长交。其实不是女人们没有足够的耐心，而是那女人确实难以交往。母亲也试图和她走得近一点，把关系搞铁一些。

赛麦记得秋天的时候，母亲到玲子家地里去帮忙拔胡麻。一连帮了三天。自己家的胡麻留给姐姐一个人拔。姐姐背过大人，鼻子一再哼哼，说哼，溜沟子货，哼，没有好下场。后来，母亲又给人家割了两天莜麦。莜麦快割完那阵子，有那么一天，母亲感觉和支书女人走得非常近了，都说到结拜成干亲的话了。就在那万分紧要的关头，一个女人掺了进来。猛然就掺了进来。她也是来帮忙的。大个子，红脸蛋，说话声粗哄哄的个女人。她打断了母亲和玲子妈的话头。说要结拜咱三个一块结。当下，她就改了口，喊支书女人为姐姐。这是母亲万万也没料到的。她竟有些脸烧。她本来准备把支书女人喊成娃他姨娘的，尽管人家比自己大着几岁，母亲还是不想一上去就直接喊姐姐。张口就喊的事，她干不出来。多不好意思，再说，那样肯定太突然了，不但自己没有心理准备，想必支书女人也会感到突然的。她想过一段时间，交往到一定火候，再改口也不迟。局面就这样被大个子女人搅混。母亲心里一阵乱，没了头绪。她忽然就不想结拜了。掺了这个女人，两个女人间夹了块石头一样，关系明显没那么贴近。谁知道支书女人会不会在两个女人中远此近彼。

果然不等一块地里的莜麦割完，玲子妈的态度明显有了倾向，她不再将一张笑眯眯的肉脸转向母亲，而是转向了大个子女人。母亲被扔在后面。听着两个女人一阵高过一阵的说笑声在莜麦地里回旋，就有凉水从心上泼过一样，母亲割莜麦的动作迟缓下来。支书女人脸势变得这么快，她今儿才算是真正见识了。

母亲望望身后躺倒一片的庄稼，再看看眼前还没搭镰的莜麦，山风从耳畔呜呜飞过，母亲的神思有一阵恍惚。这女人，刚才还和自己热乎乎的，看着自己时那种从眼缝里透出的笑，让人觉得这简直就是自己的一个亲姐妹，从一个娘肚子里爬出的亲姐妹。割倒的莜麦还脆生生的，没被日头晒蔫，玲子妈的脸势却转变了，显得山高水长起来，阴晴难定起来。母亲想不出问题出在哪儿。自己一直提着心和人家说话，远比后来这个女人有分寸得多，怎么就被这女人比下去了。想来想去，才发现这支书女人真的不好交往。她撇下自己的庄稼，跑来义务给人家劳动，巴结来巴结去倒是拿热脸一直往冷屁股上贴。这是何苦来呀。她起身回家了。老远给支书女人喊一声我肚子疼得很，先回去了。支书家的莜麦自然有人割，想巴结人家的人多着呢。

母亲回来就懊恼了。是父亲一顿数说让她明白自己的行为有多笨。父亲说你急什么，心急还吃不了热豆腐哩，你一上去就想让人家尿你，你把自个儿想得太大了。那女人得慢慢缠，功夫没花到你就想和人家结拜呀。总之一句话，父亲怪母亲回来早了，至少应该把那块莜麦割完再回来，就是心里不痛快脸上还得给人家笑，用笑脸陪到底。母亲经父亲一点拨，回过味来，就后悔得不行，说这等于几天的苦活白干了，人家肯定一份情也没记。世上还有比我蠢的人吗？

从那以后，母亲再不动辄嚷着要和支书的肥女人结拜去。

赛麦从来没想过要和玲子结拜。她不大喜欢玲子。和上庄的荞女、伞伞比，她更愿意和她们一块上山扒柴或放羊。可惜荞女和伞伞的母亲又各自生了一个娃娃，荞女与伞伞就像上了铁绳的狗，被拴在炕上看娃娃。绕了一大圈子，赛麦大多时间还是和玲子在一起。

赛麦没有按姐姐希望的那样，古尔邦节前与玲子结拜。幸好姐姐再没提这事。但这一天真来了，不紧不慢波澜不惊地如期来临了。走在狗家洼上，回头望见玲子家人进人出的热闹情景，赛麦竟有了些后悔。隐隐的悔意火苗一样在心底扑闪，一明一灭。她极力往下压这火。冷不防火苗子还会蹿出来。赛麦给自己说你怎么这么没出息，这事不是你怎样就能如愿的。母亲的尝试不是个大教训吗。拿这张脸去贴玲子的冷屁股，划得来吗？

赛麦猛然就有些忿忿的了。谁惹了她一样。

日头照到大半个庄子时，赛麦爬上了狗家洼。狗家洼是座山坡，从坡顶上开始，地势缓缓往下延伸，延伸成一大片山地。庄里人叫狗家洼。这么叫的原因谁也说不上，反正就那么叫了。狗家洼是队里集体的，种着树。一排一排高大的白杨挺立在山洼上。杨树脚下的地面上留有大片大片的空隙，上面长满了野草。八月，别的草开始衰败，干枯，相反，有两种开蓝花和白花的野草却迅速生长起来。开出大片大片的花，蓝的花，白的花，交错杂生，以非常迅猛的走势占据了整片山洼。八月里的狗家洼实际上成了蓝花和白花的世界。这种草牲口不怎么爱吃，牛饿了还稍微嚼几根，驴和骡子一闻到这草扭头就走，有时就是误吃进口里，也会吐出来。狗家洼上的蓝花和白花就在无人问津中长时间开放，把山洼开成花的海洋。赛麦背了背斗去铲这些花草，牲口不吃的草用处还是有的，铲下晒干了，是很好的柴火。大半背斗就能烧熟一顿饭。

赛麦把背斗放在一个地埂下，自己拣棵树靠住缓，她打算先不铲草，等一下，日头晒到整片山洼的时候再说。实际上，这时的花草上还有露水的潮气。不顾潮湿地铲，是不怎么好的，不光弄潮双手，弄脏鞋袜和裤腿，露水地里干活还会落下病的。老了双手会蜷成鸡爪，抽风。还有，赛麦现在没有急于劳动的心思。她心里懒懒的，乏沓沓的，坐在地面上一点也不想动。只用眼睛一直盯着山下的庄子。有人在场里忙农活，有女人把水担上岸，头攒在一起扯闲，不时爆发出一阵笑声。几个娃娃把羊赶上了南山。人家的屋顶上相继冒起白烟，做早饭的时节了。

玲子这会儿在干啥？赛麦被自己的念头纠缠得哭笑不得。怎么一路上一直有这种想法。不是下狠心不去惦念她了吗。想自己的事，与自家有关的事。但猛可里蹦出的念头还是与玲子有关，越不让自己想竟越往那碎婊子身上想。碎婊子有什么好想的。反正人家今儿得意着哩，肯定不会上山来的，更别说记得起这山上还有一个人，一个和她一块儿铲过柴火放过羊的人。肯定不会记起来的。再说，人家没理由非记不可啊。赛麦的目光里就有了欲说不能的怨意。

阿訇从支书家出来，往寺里去了。说明素儿已经念罢，该吃的人已经吃得差不多了。玲子的巴巴大爷们一拨一拨进了那大门，烟洞里的烟长冒不断。可以想象，那厨房的大锅里满满烩一锅菜，萝卜为主，杂以粉条、凉粉、芹菜等，还有切薄的肉片，那些人都甩开了膀子大口大口吃。还有碗口大的炸得黄灿灿的油香，还有牛肉。每人碗上堆几块熟牛肉。当然，菜肴的丰富，油香的大小，牛肉的多少，都得依主人的大方程度而定。掌柜女人喜欢的看重的人，那女人会在碗底多埋几块肉，临走还有捎带的。关系一般的，吃完菜，一抹嘴走人。

赛麦家和支书家关系算不上亲，支书女人肯定不会在母亲的碗底多埋肉。她们连一般的关系也不是。只是在一个庄子里生活，同吃沟底那泉水。如果换了别人家，赛麦家肯定就不用去了，又不是婚嫁出丧之类的大事。可这回不是别人，不是一般的人家，而是支书家，这不能不好好考虑一下。去肯定是得去的。母亲犹豫了一大早，最终咬咬牙，说去。虽然决定要去了，但她还是叹一声说老鬼在就好了。老鬼在就让老鬼去。他是男人，走在男人伙伙里，很轻松地就把人情给走了。可他偏偏不在。事情就逼在母亲眼前。只能她去了，却找不到个商量着一块儿去的人。平时要好称姐道妹的几个女人，这会儿居然闪烁其词口舌含糊，不说去，也不说不去。

问过几个人，母亲似乎明白了其中的道道，她说世上这事咋就这么复杂。复杂在哪儿，她没说。她不说赛麦还是揣摩得到的。那几个女人，谁不梦想着和支书女人走得更近一点，这次是个搞好关系的机会，谁都不想身边多个碍事的。大家揣着一样的心思，就别希望能走到一块儿了。在这个庄子里，只要家境没支书家好，同时与支书家没有深仇大恨的，都想和支书家拉好关系。

这些事别看被大人弄得神神道道的，道理娃娃还是明白的。赛麦那些屁娃娃中也是这样。不少娃娃就想和玲子交朋友，交铁哥儿们。不光因为玲子长得心疼，还因为她穿得新，她的兜里常能掏出一颗两颗水果糖。高兴的话，她就会给好朋友咬半颗。这伟大慷慨的举动一般人根本做不出。好朋友噙着那半块糖，脸上的笑也像糖一样甜。不是好朋友的，就只有站着看，悄悄咽口水的份儿。

世上的事，大小一个理，从玲子身上，赛麦明白了母亲烦恼的根源。和支书家把关系弄好，就像和玲子弄好关系一样，支书当然不会给好朋友咬半块糖，但支书管着远比糖大得多的事。大小是个官嘛，方圆上千口人谁不敬着支书。红白喜事时乘机舔支书沟子的人多了去了。谁能保证自家永远用不上支书。遇上七灾八难的，过不了那坎儿，当然得求人家，没遇上麻烦的，也不敢保证今后会没个三长两短，说不定灾祸明天就降临，到时还得央及支书大人。

乡上时不时来一批救济扶贫什么的，有钱，有粮，有时是羊或牛，再大一些便是盖房的款项，其中一部分分发给最穷的人，起了真正的扶贫作用，还有一部分，则扶了支书自家或与支书沾亲带故，关系不错的人。赛麦的碎爷家是扶贫对象，家里除了一口长锈的铁锅，就三个半碗，连女人也没有。后窑里养的那头瘦驴好多年里连个驹也不下。碎爷家被扶这大伙儿想得通，觉得应该。想不通的是支书家也被定为贫困户。支书家大砖房也盖起来了，那房子大得吓人，房前贴的瓷砖白得让人见了发晕，没有人说得上支书家具体有多富。大家感受到的是那个肥女人日渐高涨的气焰。她说话行事间完全没了穷苦时的谨慎收敛，明显地财大气粗起来。没有人知道支书的钱是哪儿弄来的，大家也不费心思去细究，只在年景不好久不下雨的时候叹一声说穷人没法活了。

赛麦家算不上太穷。还没到吃了上顿愁下顿护了屁股露脊梁的地步。在不与支书家的富裕相比时，她家还活得下去。母亲细心作务着二十亩山地，一年的收成够大家吃喝了，父亲趁空闲跑到外头挣几个零钱，买化肥啊，吃药打针啊，给女人娃娃添件衣服什么的，日子也就马马虎虎将凑过去了。她们已经很幸福了。赛麦在不停地铲柴，窑里那一垛晒干的柴就是她一个人铲的。只要地里活不太忙，她就背个背斗上山扒柴。时间一长，她已经很爱干这活计了。铲柴也有铲柴的乐趣。铲柴的时候她会感到自己一家其实很幸福。自己的劳动为一家人的日子起了积极的不容忽视的作用。为了家里人活得更幸福，她情愿一直铲柴，天天铲柴。

但她们宁静的生活里涌起了风浪。这风浪不是别人搅起的，是她们自己。确切说，是母亲弄出来的。

母亲最先打听到支书家要过古尔巴尼，要宰牛。

宰就让人家宰啊，庄里每年会宰倒几头牛。每娶一个新媳妇或出嫁一个女子，一般都会办宴席，办宴席的话一般就免不了宰牛。对于支书那样的人物，就是不娶不嫁，古尔邦节上宰头牛也是条件允许的，人家能宰得起。

但问题是母亲把这事与自己家扯上了关系。她认为该到支书家去一下。准确地说，是拿上钱，给人家走个人情。按常理，想去就去啊，没人拦着挡着你。不去也行，没人会因此而找你的麻烦。但问题经母亲一分析就复杂了。第一，肯定得去，咱得罪不起这个人，再说还可以借这机会表示一下某种心意。第二，拿多少钱合适。现在这里的人情涨了，不是二十就是三十，五块或十块已经拿不出手了。母亲就在这二十与三十之间摇摆，犹豫不决。拿的少了，自己脸上讪讪的，不大体面，更重要的是对方会怎么想，认为你这皮也太薄了，说不定会不高兴，这一不高兴，不就更不妙了吗，这个人情就算走砸了。

拿三十或五十当然好，一百就更有脸面了，可钱又不是狗巴下的，来得容易吗？父亲在外面有时一整天才挣二十块钱，有时找不上活就什么也挣不上，饿着肚子在城市的大广场里看人流，晚上蜷在石头凳子上过夜。一句话，钱来得不容易。

拿多了，实在舍不得。还有一点，就是人家没有请大家。宰那么大的牛，人家没像人们预料的那样，挨家挨户给大伙说上一声，让大家到时去吃油香，罢了，双手一拢，口里道个色俩目。意思是我们设席待客呢，大家都来吧。这样一请，一家的事，就变成一庄人的事。第二天，阿訇刚请进门，男人们就戴着白帽出了门，去吃油香。也有女人去的。女人大多爱领个娃娃。哪个娃娃听见吃肉不涎水直流抢先跟上。平时不怎么受欢迎的娃娃，这会儿被大人手一拉，身份就与大人差不多了，坐在主人家房里不会被吆喝赶出。吃喝时能拿到与大人一样的一份油香和肉，想吃多少菜就吃多少，不怕招来主人的白眼。

问题是，这么大的事，支书竟然没有请大家。连随便支吾一声都没有。一些原本准备好去吃油香的人就脸上凉凉的，分明被人家轻视了嘛。就有人愤愤地扬言说不去了，咱是拿着钱去，又不是空脚奓手吃白食去，用得着这么轻贱人吗。话是这么说了，晚上睡在被窝里仔细思量一阵，发现这事上有些微妙之处。支书是不是在跟大家打哑谜。看来这种可能不是没有。人家这是把一个难题摆在那儿了，至于怎么解答，是别人的事。赛麦家的这难题原本该父亲面对的。他是一家之主，可父亲远在千里之外，就只能由母亲来担当了。母亲发现这种事在她的生活里没有出现过，没有先例可以参考，这摸着石头过河的事就伤脑筋。母亲这才贴实感到了老鬼的好处。老鬼像大山一样，在生活的前面给她遮挡着风雨，谁想得到，有一天老鬼会跑出去长时间不回来呢？父亲这一去等于把一个家压在了母亲肩上，母亲扛着扛着也就习惯了，但没料到会有这种难题横在路上，让她进也不是，退也不是。母亲便觉得父亲把她闪下了，一个人到外头逍遥去了，也不想想女人娃娃日子过得难肠。这个老鬼啊。母亲的叹息里有种泪光莹莹的幽怨。母亲这九曲十八弯的叹息，弄得赛麦姐妹也跟着伤心起来。同时更加想念老鬼父亲。

想念归想念，一味想念并不解决问题。母亲终于咬着牙下了决心，去！拿三十块钱！不问别人了，别人去不去她不管了。她得为自己家考虑。三十块钱。赛麦和姐姐瞪大了眼，心里不约而同地疼了一下，蜂蜇了一口一样。三十块钱，称盐买碱或买火柴针线一类的零碎用具，能买好多好多吧，够家里使唤好一阵子，买成糖的话，每人能分到好几口袋吧，如果拿来买衣裳，给赛麦姐妹一人扯个花裤衩还会有剩余。她们早就盼望着有个花裤衩穿穿。姐姐背过母亲不无惋惜地说把这么多钱拿给人家，不明摆着塞了牛屁眼嘛。姐姐一针见血就道出了事情的实质。姐姐总爱这样，一张刀子嘴从不说讨人疼的话，句句刀子尖上带着血呢。尤其在巴结支书家这事上，她更是极不赞同。其实，话说回来，这三十元钱还真的给人塞了牛屁眼的感觉。支书家年年宰牛，她们就年年去，年年给人家拿人情。而自己家好多年没收人情了，没机会收，也没能力宰倒那么大的牛办事。而不断给支书家走情，这就像年年给一块地下籽，却不见长出苗苗来。支书家简直就是一块旱田，逼得人年年上肥耕种，年年不见收成。不种却不行，谁能料想天上什么时候落雨，要是突然落一场透雨，那怎么办，眼巴巴看着别人动镰收割吗。真的谁也保不住自己家就永远不跟有权有势的人发生关系。

这样的先例不是没有过。十几年前，庄东头的秃子，和临庄的一个小伙子打架，秃子踏折了人家一条腿。事情闹大了，告到了公社。上面的人来调查一番后押走了秃子。判了十几年。后来便有风声说按理判不了那么多年，只是秃子踏折的是王支书的外甥，这是秃子倒了血霉，王支书给上面做证，在一张纸上按了大红的指印，那口供落得太扎实了，铁证如山，秃子的行为是什么杀人未遂。十几年过去了，老王支书早进了黄土坟坑，那外甥的腿也好了，还挺健康。只有秃子还蹲在监狱里。他媳妇拉扯着两个娃娃，一直等男人。年轻的媳妇眼看熬得面黄肌瘦，脱了人形。想想那妇人年复一年守活寡的情形，没有人不寒而栗，脊背发凉。虽说现在与过去不一样了，支书的权势没以前大了，但人家还是官，是官就让人不敢得罪，见了他也想老远绕开走。

也有不绕开，径直上前去的，搭讪几句，心里美滋滋的，好像也当了一回支书。男人有，女人也有。这种男人，人喊瘦狗，属溜须拍马的货色。女人，别人就用第三只眼看了。母亲和牛旦妈就不止一次嘀咕过这事。算来算去，爱和支书说话，支书家有什么事赶在前头帮忙的一共两个女人。上庄的王路女人，下庄的柯三年媳妇。两个女人都是不到三十的嫩媳妇，大个子，脸盘在庄里女人中拔头，可以让庄里所有的女人相形见绌。支书去二三十里外的集上时，摩托车后不时捎一个花媳妇。摩托一响，大家不用抬头看，就能猜出今儿捎的是谁。那两个媳妇也就渐渐活得人五人六起来，其中一个还画着眉毛，浓黑的两道，让人想起老人讲的古经里描眉擦粉的狐狸精。

果然就传来了喊打狐狸精的哭叫。这喊叫的不是别人，正是支书的女人，也就是玲子的妈。玲子妈一向是个收拾得精干体面的女人，但这一天她突然就披头散发衣衫破烂地奔走在大路上，哭叫喊骂，来来回回，把整个村庄踏了个遍。她的手在脸上抹一把，屁股上拍一下，说呸呸呸羞死了，把先人羞死了。至于羞死的是谁的先人，她好像没说，或者说了，赛麦她们没听见，这种时候是娃娃最兴奋的时候，大家莫名其妙地热血沸腾起来，血脉贲张起来，像有人在身体里放了一把火。大伙光着屁股，精着脚或露着肚子，跟在玲子妈身后，嘻嘻哈哈地乐，义务给这女人当啦啦队。其实想一想，这些屁娃娃起的作用还不小。至少有兴风助威的效果吧。闹腾的声势也是他们给帮忙扩大的。试想，没有这伙娃娃的奔走与相告，嬉笑与追撵，玲子妈的行动肯定突兀而可笑，是势单力薄的行为。娃娃把各家的男人女人都牵引出来了。玲子妈的行为简直成了集体行为。至少，是一庄人都目击了的行为。玲子妈分明就站在正义的一边了，而什么狐狸精之辈便成为众所不齿的对象。

事情很快就过去了。支书两口子也和好如初，甚至他们的恩爱好像翻了一番，玲子妈新添了一身衣裳，高价的那种。她走路依旧带着风，路边望着她发呆的那些屁娃娃她看也不看一下，她可能早忘了，这些娃娃曾给她那么卖力地帮过忙。支书的摩托后照旧捎女人，只是没有过去明目张胆了。

抓在手心软绵绵的，是白花花，叶片大又带着些坚硬的是蓝花花。不用看，仅凭双手，赛麦就能分辨出这两种野草来。事实上她经常不用眼睛。铲草是手的事，一手抓住一手往下挥铲子就行了，眼睛只需偶尔扫上一眼。这活计她早就干熟了，都熟烂于心了。更多的时候，她将眼睛投向别处。头顶歪着嘴笑的日头，高大的白杨，杨树上无数桃形的叶子，树身上那么多奇形怪状的疤痕，分明是无数或睁或闭的人眼。远处山上有泛白的长路，白路上偶尔过往的行人，小得蚁虫一样，缓缓爬动。更多的时间，她在看头顶的云。看那些灵性的东西在蓝天的海里游来荡去。这是一个人的时候。要是再来一个拔柴的女子，她们就说话，手不停口也不停，从天上扯到地下，从一只虱子扯到某个大女子的亲事。等猛然记起回头看时，身后的柴堆成了小山。今天这山比平时还大。赛麦发现日头到当头顶了，露水早散了。玲子家门口的人也稀少了。双扇大门有一扇关起来，另一扇半开半闭。不见玲子到外头要。那只大狗趴在窝口，不再呼呼地扑晃。今天风小，连个旋风也不起。母亲该回来了。赛麦忙抱起柴往背斗里装，蓝的花白的花被大抱大抱压进竹篾背斗里。它们被烤晒得发软，吸足了阳光，暖烘烘挤在背斗里。美美装了一背斗。还剩一大堆。看来还能装一背斗。赛麦知道自己还得来背一回。饱含水分的嫩草压瓷实后居然重得像一大块石头，压得赛麦直趔趄。她咬着牙背起它们往回走。一下子铲回这么多柴，家里人会高兴了吧。至少应该夸一句吧。姐姐肯定不会夸的。说不定从鼻子里哼上一声。姐姐的夸赞谁也别想轻易得到。只有奶奶会夸。在所有的人里，最疼赛麦的就是奶奶。她铲回去的柴由奶奶操心搅晒，晒干后抱到窑里摞好。晒柴时奶奶总唏唏嘘嘘说把娃娃挣死了，背这么多柴，把我的娃挣得不长了。奶奶的念叨没人当回事。因为赛麦个头并不矮，和同岁人相比，一点没有被压坏的迹象。奶奶那是瞎操心，看不见就依着心里想的瞎嚷嚷。嚷了也没人领她的情。

玲子的奶奶就从不说不被人领情的话。玲子奶奶说的都是有分量的话。玲子奶奶说咱老回回都要过古尔巴尼哩，趁活的时节念，自个儿有能力买生灵也好，由儿孙念也好，反正得给自个儿献上个牲。玲子奶奶这话说一遍两遍还好，是在规劝人哩，但三遍四遍不厌其烦地说，就有了炫耀的意味。奶奶就再也不敢和玲子奶奶一起拉闲了，人家说的道理她懂，她在教门上是个很上前的人，礼拜封斋从来不耽搁的。但赛麦的奶奶还是少着一样，只一样，让她没法和玲子奶奶平起平坐。活着没法比，显然无常后也无法比。这让赛麦的奶奶越来越活得心事重重耿耿于怀。赛麦家养着一头牛。一头牛是没法套进犁里耕地的，就年年和牛少的人家合作。这头牛下过好几个牛娃，都卖了。卖的钱换成化肥和日用零碎了。去年那头红牛娃卖来的钱还给母亲和姐姐一人扯了件花衬衣。很长一段日子，赛麦总觉得母亲身上穿的不是衬衣，是牛的皮。她们这等于把牛娃的皮剥下披在身上了嘛。

奶奶终于憋不住了，说出抱怨的话来。也不是具体抱怨谁，父亲母亲都不是。她所抱怨的对象笼统而概括，她说我咋这么命苦？赛麦和姐姐跟着说我咋这么命苦。奶奶说我下了一辈子苦。两个女子说我下了一辈子苦。奶奶说我宰不起牛还说得过去，连只羊也宰不起。两个女子说宰不起牛说不过去宰只羊还宰得起。

奶奶摸过拐棍劈头打来。两个女子哈哈笑着早跑远了。奶奶一个人留在日头下想心事。奶奶做梦都想拥有一头牛或一只羊。确切说是一只羊而不是牛。牛当然更好，可牛的价钱远远大于羊的价钱，所以奶奶魂牵梦绕想的是一只羊。绵羊。奶奶经常念叨，说易卜拉欣圣人过古尔巴尼时，真主派来的就是一只绵羊。

奶奶说别看我眼瞎了，心可不瞎，亮堂着哩，你爷爷在那边等了十六年了，我心里急啊。奶奶的眼泪豆豆从干瘪的眼眶深处渗出，长时间沾在眼皮上，不往下滚也不见干，看得人心里一揪一揪地疼。

坐在狗家洼上铲柴的时候，赛麦不止一次想如果没有玲子奶奶，如果没有玲子奶奶那些话，如果玲子家不年年宰牛的话，也许奶奶的想法不会这么强烈。是支书妈的行为一再提醒奶奶，她这辈子不完满，爷爷也不，他们老两口缺了一样。缺两只古尔巴尼羊或一头牛。就是这两只羊或一头牛让穷了一辈子的奶奶忽然不安起来。她这才算深刻认识到人活在世上穷与富的不同。奶奶半夜翻身的时节说黑女子的命咋这么好。又翻身，又说黑女子啊养了个攒劲儿子。天亮睡醒后赛麦揉着眼窝问奶奶黑女子是个谁？支书的妈。奶奶脱口而出。说过忙又强调千万不能乱喊，人家老了，小心挨骂哩。望着满山蓝白相映的花朵，耳边山风呜呜地叫，赛麦忽然觉得要是自己能变成一只羊就好了。变一只白白的绵羊，让奶奶举意，给她过了古尔巴尼。这样瞎眼的奶奶就不用发愁了，她上路时有生灵驮她过桥，过那危如刀山的桥。

那真是一座想想都让人不寒而栗的桥。那是人人都得过的桥。谁也逃不开的。瞎眼的奶奶也不会被豁免。奶奶说，你爷在那边等了十六年了啊。十六年的日日夜夜堆积起来，有这遍山的野花一样多吧，爷爷一定等得头都白了。奶奶的暗叹里全是荡气回肠的疼痛。爷爷是十六年前无常的，刚给儿子娶上媳妇他就得病了。他没能力给自个儿献上古尔巴尼的生灵就离世了。爷爷这辈子就有缺憾，活着的人也觉得是种缺憾，欠了亡人什么似的，心里难安。父亲说咱对不住老先人啊。说过几回就没脸面再往下说了，跑到外头下苦挣钱去了。

细细想来，爷爷就像一个落入水中等待救援的人。他等啊等啊，眼巴巴悬在那儿，瞎眼的奶奶和贫穷的儿子就是没法为他献上一只羊或一头牛。奶奶和爷爷的情形让人感到有些好笑，笑着笑着，就笑不出来了，慢慢地感到了害怕。往深处想，冷汗潸潸地下来了。让这老两口等到什么时候啊。真的让他们等到哪年哪月呢？恰恰相反的，是玲子奶奶的情形。那老奶奶已经一连献了好几年牲了。宰的是牛。一只羊只能载一个人过桥，而牛能驮七个人。七个人，把玲子全家都算上还能外带一个人。听说带的是玲子的外奶奶。想想那样的情景真会让人忍俊不禁。有那么一天，玲子一家和她的外奶奶，全挤在一头牛背上，该谁前谁后呢？玲子肯定由她奶奶拉着手的。玲子一直都喜欢叫奶奶拉着手。在牛背上还能拉手吗？一想发现这并不成问题。人家宰了三头牛了，说不定明年还会宰，到时他们可以分开了乘坐，一人一头牛也说不定呢。赛麦看见玲子奶奶的时候就想，这老奶奶可不简单，一只脚已经迈向天堂了，人家备下了那么得力的坐骑，还会进不了天堂吗？

赛麦就真的想变成一只羊。变一只浑身纯白的绵羊。阿訇拿着锋利的刀子来了。他可能想试试刀子快不快，刃口是否锋利，伸指甲弹了一下，铮的一声响过，一种嗡嗡的余音颤颤地延续了好一阵。父亲拿铁锨在下院的花椒树下挖，挖了个小坑。阿訇把刀子举起来，口里大声念着，它的脖子被一双大手那么有力地捏着，腿被绳子绑起来了，父亲在旁边压着它的后腿，它怎么蹬也无济于事。当你无常后，在通往天堂的路上有一座桥，比发丝还细比钢刀还利的桥。行善的人最终会过去，而干歹的人就跌落桥下，落入火狱。古尔邦节献上的生灵就是过桥时的坐骑。就让瞎眼的奶奶骑自己吧，赛麦看见闪着寒光的刀锋逼近了。森意冷然扑来。它觉得全身的血液那么急速地涌向脖子，涌向刀口将落的地方。刀锋切入，竟然感不到疼痛，只是冰凉。仿佛划开肌肤的不是利刃，是一块冰。献血汩汩涌动，它们十分急切地挤到出口，迫不及待地往外跑。汇成一股暗流，迅速流进父亲挖的土炕里。渗向花椒树的根须。新挖的土在血的浸泡下呈现出褐红色。让人看后两眼充血的褐红。血一点一点流着，身子要被流干了，它们却没有停歇的迹象。刀刃在伤口上磨动，冰凉如水的利刃上居然映出了蓝的天，白的云，奶奶头上的白孝巾。皮终于剥下来，肉放在锅里煮着。阿訇念过索儿，大家就可以吃了。奶奶吃一点。父母吃一点。姐姐拿一个肋巴骨啃，她总爱啃肋巴骨。五儿也在啃骨头。他馋得连指头也伸进口里舔着。她就在不远处看着。看一家人吃她的肉。眼泪水一样涌出。终于忍不住伤心了。无法言说的伤心。她才八岁。她其实还想活的。活到奶奶那样的年纪，哪怕天天铲柴，铲一辈子柴也行。铲柴时能看见一山的花朵。一山的风。一山的白杨野草。活着多好啊，她还和荞女商量好了，长大后两个人上新疆去，坐火车，摘棉花，用自己双手挣回的钱给奶奶买只绵羊。

赛麦是哭醒的。她十分伤心地哭着。无声无息的清泪淌满了脸。把脸上的泥土冲得一道一道。她爬起身来，山上静悄悄的。只有满山的风扯着花草的手不停地奔跑。蓝花花和白花花，像无数眼睛看着她。赛麦感到有点不好意思，忙起身去抱柴，手脚软软的，心里乏乏的，终于忍不住叹了口气。

真能变成只羊倒好了。

她背起背斗回家了。

母亲站在大门口迎赛麦。她的脸色出奇地好。这倒出乎人的意料。顾不上把背斗里的柴掏出来，赛麦就抡着两只糊满草汁胀乎乎发麻的手跑进门去。

五儿正在门槛上啃骨头，见有人进来，忙把双手藏到身后。赛麦站住了，笑嘻嘻看着五儿的举动，那分明是节什么也没剩的肋巴骨。她忽然笑起来。笑着笑着忍不住哈哈笑出了声。笑声引得台阶上晒暖暖的奶奶张开了久闭的瞎眼，四下张望着。多好笑啊，她要变成羊，拿在五儿手里的肋巴骨就是她的了。五儿会知道他在啃他姐的骨头吗？母亲把一节骨头给了她。也是肋巴骨，带着点儿肉丝。她闻了闻，香味钻进鼻子里来。她还在笑。眼泪都笑出来了。这骨头她不能吃。多馋也不能吃。等于在吃自己嘛。她扔给了妹妹。母亲在锅台前忙碌午饭，她没去问她吃油香的情况。事情明摆着，母亲突然好转的情绪说明了一切。可以料想，最好的结果是这次救济人员中支书突然记起了她家。最不行的结果是支书女人用笑脸迎接了母亲，让母亲这个人情走得人模人样，觉得三十块钱没白花。

赛麦背起背斗又上山了。

她是一路笑着走上狗家洼的。

夏日的细节与秘密

一

在见到那面墙之前，碎女和碎哥都不知道，也不敢相信，世上真的会有那么好看的墙，花得叫人眼花缭乱目不暇接，简直是一面花墙。

那确实是一面好看的墙。白纸糊的底子，是那种很干净很耀眼的白，白得炫目。这样的纸，在集市上去买，花一角钱才能买到一张。洁净的白底子上，贴满了花。红纸剪出的花。红得炫目的纸，还泛着油状的光。红纸的花儿，各式各样，有马莲，牡丹，桃花，灯盏花，还有好多花碎女和碎哥从来没有见过，也就说不上名字。各式的花儿，姿态灵巧，争相斗妍，有的开得正炫，有的打着花苞，把白纸糊的土墙开得姹紫嫣红，热烈奔放。

等碎女和碎哥看到时，那面墙已经是花的世界，花的海洋了。碎女和碎哥都张大了嘴。长到这么大，碎女他们还没见过这么花这么好看的墙。而且从来没有想到墙还能这样拾掇。这叫碎女立时想到他们家里的墙。那是被几十张报纸糊着，动辄露出粗粝泥坯的土墙。不知母亲从哪儿弄来的那些报纸，每一张上都有个挺大的人头，张着口，伸出一个指头，径直指向生活在屋里的碎女一家老少。仿佛在告诉他们什么。这样的人头一共有十来个吧，母亲糊的时节留了意，使人头一律向着碎女他们，整齐地排成一排。父亲说那是一个大官在讲话，多大的官，他就说不清楚了。

大官在对着碎女他们讲话。这一讲啊，就足足讲了七八年。七八年过去，他还是那个样子，张着口，伸手指点。仿佛要永远喋喋不休。不过，时间的影子还是投射在他脸上，他的脸色变成了褐黄色的，神情黯淡得几乎难以看清。看着这个永不疲倦的演讲者，面容随着报纸的陈旧而一天天陈旧下去，碎女家的墙面也就破旧不堪，东破一块，西烂一坨，到处糊满了垢甲，尘土。苍蝇的屎日日积累下来，居然也成了气候，更增加了房屋的破旧。往房顶上细看，蜘蛛的网丝悬吊着，随处都有。运气好的话还能看见在网上打秋千的小蜘蛛。有一年，甚至还出现过一只硕大的黑蜘蛛。这样的蜘蛛据说有毒，惊得父亲当下拿笤帚来将蜘蛛连同蛛网扫到外面去了。为此父亲还和母亲起了争执，他头一回当着娃娃们的面骂自己的婆娘是个懒家伙，蜘蛛都上头顶了，这女人还咋当着哩。这一回，母亲受的是哑气，她不敢还嘴，瞅空子将土窑的里里外外彻底清扫了一遍，墙上的报纸舍不得撕掉，边边角角的，用糨子糊了糊。大官陈旧的面孔还在。连那目光都变得陈旧不堪，不再那么凌厉逼人了。这些报纸是相同的。母亲糊墙时为了图好看，将人头全部向外。母亲只是为了让家里的粗泥土墙好看一点，却硬是叫一个大官对着大家讲了好多年的话。讲到报纸连同墙面一起破烂不堪。

现在，有一面洁白干净又开满红花的墙面出现了。就在碎女家墙的那边。邻居家新媳妇的房里。这是碎女和碎哥不曾梦想到但不得不张嘴感叹的事实。看见这些艳红夺目栩栩如生的花儿，碎女他们长久面对烂报纸墙的目光禁不住微微颤抖，慢慢柔软下来。一种炙热的疼痛，隐隐在眼睛深处扩散。碎女紧张得气也透不过来了。看碎哥，他正投入地观看，神情变得明显异常，眼睛发红，眼眶深处有潮湿的水意在流泻。

碎哥与碎女不同，碎女只是在一心看花，全身心对着花儿惊叹。碎哥的心思远比碎女复杂，看花的同时，好像也在看人，看新领的媳妇儿。新媳妇是邻居牛旦的女人。碎哥没有放展了看，他只是对着墙上的花儿发傻，乘人不备，那目光才做贼一样扫过去，瞄向新媳妇。那确实是个好看的媳妇儿。头上还包着黑包头，身后拖着长长的穗子。眉目颤颤地动，一动一静，神情意态里都投出难以言说的俊美。她身上还散出一股脂粉的香味儿，带着些幽暗，但确实存在着，飘进鼻子里，淡淡的。碎哥在看花时鼻子悄然翕动。碎女也屏住气呼吸。碎女和碎哥都愿意在这香味里多做逗留。但他们还是很快就从新房里出来了。是碎哥拉碎女出来的。他的脸红红的，显得极为古怪。

在人家房里坐的时间过长，人家会厌烦的。碎哥拉着碎女手说。细细一想，碎女觉得还真是这么回事，那媳妇的眉目间似乎真的有些不耐烦了。想想也是，一天有事没事找借口往人家房里跑，就算再温和的新媳妇也会厌烦的。

从牛旦家出来，碎女他们的心里感到了空落。贴满花儿的墙，亮堂极了，让人一走进屋，就感觉眼前顿时明亮起来。坐在那样的屋里，人会觉得自己不一样了，不是之前的那个又脏又烂的人，而是一个崭新的人。可惜碎女他们终究得离开那新房，回到自家黑乎乎糊着烂报纸的屋里去。在见识了那白纸红花的屋子之后，碎女才发现，自己家里的墙实在太过陈旧，太破烂了。真不敢相信，他们就是在这样的屋子里出生，长大，在这样黑乎乎的屋子里，他们还做出过那么多五颜六色的梦。色彩缤纷的睡梦里，他们竟然能无视这黑咕隆咚的窑洞，窑洞里被柴烟熏得发黄发黑的土墙，将生命成长的过程演绎得那么真实虔诚。

从牛旦家出来，碎哥的脸色有点不对劲，红润中带着苍白，双眼潮乎乎的，拉着碎女的那只手暗暗使劲，攥得碎女几乎要哭出声来。

碎女，我们开飞机去。碎哥提议。

开飞机去！碎女和碎哥同时雀跃，身子飞跃而起，蹿向飞机场。每次从牛旦家出来，他们就会去开飞机。他们几乎是飞跃进树林子里去的。

林子里异常安静。碎女和碎哥在杨树空间里钻。绕过几十棵参天白杨，终于看见井口了。这是爷爷挖的井。三年前开始动工，前前后后耗费了两年多时间和好几百块钱的花费。

碎女相信爷爷是为了挖井才到这个世界上来的。在碎女有限的记忆里，他一直在为挖井的事奔波。不但奔走相告，鼓动别人出力出资，还身体力行，带头下井去挖。他先是在碎女家后院的墙角下选了一个地方挖，挖来挖去，似乎总也不见水，就断定挖到了旱处，只能作罢。又将院心一棵长得旺盛的大杏树放倒，在那树底下挖，据说是经了一位过路的风水先生的指点，那先生的分析鞭辟入里，让人心悦诚服。他说据他多日勘察，这杏树下卧着龙哩，有一股极旺的清水在下面流淌。那高大而枝繁叶茂的杏树就是铁的证明。这是最能说服人的。大家不得不相信那先生的眼光。爷爷一心一意挖，要挖一眼旺旺的井水。后来，似乎连龙的尾巴尖儿也没见着，更别说养活龙的一眼活水。爷爷又移了地方挖。井址移来移去，把院子里外可能出水的地方几乎都试遍了，还是没有水。爷爷日渐显出苍老来。苍老不能阻止爷爷实现他这辈子的宏愿，他要在有生之年打出一口井，给后代留一笔财富。可是爷爷挖过的井中，一口接着一口，全是旱井。碎女记得娘说过，其中的一口，好像有水，挖出的土潮乎乎的，井底一个昼夜可以渗出一碗水。可把大家高兴坏了，可是好景不长，后来干脆连一滴水也不渗了，变成一眼枯井。

爷爷又碰上了一位看风水的，比以前那位年纪老，据他暗示，他比以前那位同行高明得多。

听了爷爷的打井史，尤其前一位风水先生的指点，新来的老先生撅起一大把山羊胡子，气愤愤地嚷，简直是胡说，胡说！指责以前那个先生在胡闹，差点破了风水，惊走了龙。

从他的口里，碎女的爷爷欣喜地得知，碎女家附近确实有龙泉。只是不在院里的杏树下，而是在院外的杨树林子里。风水先生半夜和爷爷出去查勘，据说是用什么罗盘测定龙泉的方位的。第二天，爷爷就催促儿孙们动手挖井。风水先生在林子当中用大铁锨头划出个地址，就拍拍屁股起身走了。当然，他的口袋里揣着爷爷送他的丰厚的酬劳。

杨树林子里的这口井，是爷爷这辈子所挖的井中，最后一口井。爷爷明显感觉到自己正一天不如一天地衰老，将不久于人世，便把所有的热情与精力都扑在这井上。他要尽全力挖好这口井，为儿孙后代留下代代受益的水井。碎女的大伯父亲巴巴们，以同样大的热情响应爷爷的号召。二巴巴首先打起赤膊下去挖。父亲和三巴巴轮番吊土。吊来吊去，井边堆起了一座山。一座黄土的山。再往下挖，就是红土。湿乎乎的红土，抓一把就能捏出泥人儿。碎哥和碎女的手脸整天糊瞒了泥点子，他们迷恋上要泥巴了，红色的胶泥，黏性极好，捏啥像啥，猫啊狗啊，还有能吹出好听的乐声的哇呜，他们捏了一堆又一堆。大人忙，碎女他们似乎更忙。没怎么留意，井已经打到了十一丈深。十一丈怎样深呢？碎女和碎哥怎么都想不明白。爷爷的脸色却一天天焦黑下来。那脸色，绷得像一匹黑布。二巴巴怎么也不愿意下井了，爷爷想尽法子，软硬兼施，好不容易巴巴答应了，看看他下到半道，忽然黑着脸爬出井口。上来仰面躺在红泥堆上，张大口喘气，胸口有一个风匣在拉，气呼呼地进出。样子夸张而可怕。

不能挖啦，这井不能再挖啦！再挖就会出人命！二巴巴缓过一口气，冲爷爷喊。连半口气也呼吸不到，不信您下去试试。

二巴巴撂下话走了，死活不再插手。三巴巴下去试，接着轮到父亲，大伯，每个人都是下去就没命地往上爬，爬出井口，便手脚发软，张着口出气，说底下能憋死人。

这个老汉肯定瓜了，都十三丈了，还往下挖啊？碎女听见母亲跟父亲悄悄嘀咕。听说过十三丈还不见水的踪影的井吗，挖到旱塬上了，再挖，真会憋死人的。反正无论如何母亲都不会答应父亲再下井了。碎女的二妈干脆指鸡骂狗地挖苦起来，说再闹下去，只怕吃不到水，把大伙都弄成孤儿寡母了。

爷爷挖井的宏大计划在妇女娃娃的哭闹声中草草收场。十三丈深的井，家里来不及填掉，爷爷在一场大病中离世了。父亲找来个大木墩堵在井口。夏天来了，大家一天比一天忙，谁也记不得木墩的事情。碎哥却记挂着。碎哥和碎女整天没活儿干。碎女因为年纪尚小，根本干不了各种农活。碎哥是家里的独子，父母舍不得叫他过早受苦。碎哥就闲得发慌，心里快要长毛了。碎女他们就去开飞机。

树林里凉凉的。如果说爷爷这辈子活在世上为儿孙留下了什么财产的话，最好的就算这片林子了。这林子里长满了高大的白杨。一律是一种叫作钻天杨的树木。夏天钻进树林，顿时凉快无比。树荫阻挡住艳阳的毒射，树下是一坨坨潮湿的阴凉。不管外面天气多热，碎女和碎哥都会去开飞机，一钻进阴凉，世界就凉爽无比。碎哥的飞机瘾上来，八头牛都拉不回头的。碎女和碎哥手拉手，飞一般跃进林子，大片的阴凉受到惊吓一般，纷纷退闪开去。开飞机喽——

木墩一直放在井口上。父亲说了，这样可以防止不懂事的娃娃或者牲畜失脚掉下去。他还说等田里农活忙完了，一定抽空把井给填掉。

父亲他做梦也不会想到吧，他堵在井口的木墩，成了碎哥的飞机。开起来嗵嗵有声样子威武的飞机。碎哥每次都让碎女站在一边看。他从不允许碎女碰到飞机。他大手一挥，说：你屁大的人，离飞机远点，这可是现代化的东西！看哥给咱开！嗵——嗵嗵——嗵嗵嗵嗵——碎哥很牛气地跨腿骑在木墩上，双手扳住一对向上伸出的干木杈。两个脚悬在半空，然后用力摇晃木墩，嘴里的“嗵嗵——”声权当是飞机发动的响声。接着他口里呜呜——叫，说飞机起飞了，在上山，在过河，在腾云驾雾。

碎哥架着他的飞机周游世界，五湖四海都游历了。连碎女家的亲戚分布在哪个山圪塄他也看见了。你看——他闭上眼，一脸陶醉与享受，说：哥现在在青草沟的上空飞行，我看见咱们大姑姑的家了。大姑姑穿着红衣裳，正在门外头晒粪呢。呀，现在到舅舅家崖顶上了，你猜舅母在干啥？哈，在看我。她说看见我只有豌豆颗儿那么大。

碎哥坐上飞机周游世界的样子看得碎女心惊胆战。实际上碎女他们谁也没有见过真正的飞机，更别说开上飞机满世界乱跑。他们只是看到天空中偶尔飞过头顶的飞机，像鸟一样，伸展着巨大的翅膀，缓缓隐入云霄。地面上昂着头观看的碎女们，根本看不清它究竟长什么样。至于人坐在哪儿，怎么坐，会不会掉下来，他们听得到碎女们在地上拼命的呼喊吗，等等，碎女他们一概不知。碎女他们能做到的，就是撵着那又高又远的怪家伙，大叫大喊：等一下，把我们也拉上。然而，飞机总是无动于衷，远去了。空寂的天空里，只留下一道渐渐消散的云烟。有时，连白烟也薄薄的，了无痕迹。碎女他们喊疼了嗓子，跌上一身泥土，悲怆地收住脚步，互相看看，为了看飞机，大家一样，都跌得灰头土脸。呸，飞机！我杀了它妈！碎哥不无沮丧地吐唾沫。信誓旦旦地说下次再也不会喊它了，受够它装聋作哑的气了。然而，当天空传来隐隐的轰隆声时，跑得最快喊得最响的还是碎哥。

碎女他们对飞机怀着一种难以言说的情愫。碎哥终于开上了自己的飞机。他给碎女叮嘱，万万不可将这事告诉大人。他威胁说一旦碎女嘴长漏了风声，就叫过路的人割掉碎女的嘴巴。割的时候，他决不会出手相救。

碎女守口如瓶。碎哥就将飞机开了整整一个春天和半个夏天。每当从牛旦的新媳妇房里出来，碎哥就想起开飞机。碎哥嘴里嘟囔出一长串话，听来莫名其妙的。有一回，他悄悄问碎女，牛旦媳妇好看吗？当然好看了，不好看牛旦会那么爱她，当命一样。碎女不假思索就给出了答案。碎女觉得碎哥奇怪，那女人好看他们都看见了，还用再问吗。碎女和碎哥借着看花墙的时间，早把她看了个遍。尤其是碎哥，看得最上心了。现在怎么记起问这样的话。碎哥不再理睬碎女。脸慢慢红了，一道潮红蔓延到耳根后面。他重新跃上木墩，狠劲开飞机，嗵嗵声揪得碎女心里发慌。碎哥也慌乱。飞机开得乏沓沓的，不再精神抖擞。碎哥这是怎么啦？

正午的阳光透过树梢，密密地洒下来，地面上闪耀着很多光斑。碎哥忽然就没了兴致，神情索然，下来拉碎女回家。碎女被碎哥扯着，跌跌撞撞地跑进门，径直进了后院。后院里长着几棵老杏树。腰身弯曲粗壮，树身上留下碎女他们的脚板上上下下踩踏厮磨弄出的疤痕。

夏日的骄阳下，杏树好像也感觉到了疲倦，一棵棵神情困乏地站着，发着悠长的呆。叶子在风里静默着。树在进行片刻的休息。院子里静极了。碎哥蹬掉鞋子，迅速爬上靠墙的一棵杏树。衣服蹭着老树粗糙的皮，刺溜溜地响。碎哥猴儿一样蹲在一个柯杈处，伸长脖子，往墙的另一边张望。

碎哥很快就投入起来。他向碎女挥手，示意碎女闭上嘴巴，悄声儿等他。碎哥这是怎么啦？发现了一只受伤的鸽子，还是看到有野兔蹿进了邻居的家门。可能阳光照射得他眼睛难受，他干脆手搭凉棚，梗着脖子张望。墙的另一边，正是邻居牛旦的家。牛旦家的人都下地去了。莫非碎哥看上了人家院子里那棵树上的大杏子，要去偷摘一些。

牛旦家院子里长着棵歪脖子老杏树，树的年龄大了，结的杏子不多，稀稀疏疏百十来颗，可好吃得很，熟了有拳头大，杏肉好吃，连杏核都是甜味道的。每年杏黄时节，黄澄澄的大杏子，在树梢上飘，引得过路的娃娃眼馋不已。

碎女打记事起，就受到这树上杏子的吸引了。碎哥领着她，他们在墙这边的自家院里，望着那边的杏子流口水，碎哥找来石头木棒一类，甩上去，试图打落杏子，可惜这树的脖子朝里歪，打落的杏子往往落回到牛旦家院里去了。偶尔有一两枚落到这边来，碎哥和碎女那个高兴啊，掌心里捧着杏儿，瞧瞧，闻闻，就是舍不得吃。到最后，两个人分开来，一人一半，杏瓤黄澄澄，面沙沙的，入口就化了，一股甜蜜的味道在口舌间流淌。

可惜这样的美味，他们无法尝到更多。也不敢翻过墙，去那边院子里弄杏。牛旦的妈是个精瘦的女人，心眼精明，要是被她堵在家里，还不将做贼的人给砸扁了。再说，他们两家的关系，一直不怎么好。尤其两家的女主人，见了面咸不咸淡不淡的，也就是表面上应付着，心里都瞧不起对方，总想着在气势上把对方压下去。

每年杏黄的时节，母亲老早就打招呼，告诫娃娃们，不敢给墙那边的杏子打主意，再馋，也不能去碰。

碎女是女子，身子弱，性子蔫，经常抬头望着树顶黄灿灿的大杏子，悄悄咽口水，她甚至想，长大了，我就嫁给牛旦哥，成了他家的媳妇，就能敞开吃大杏子了，还可以隔墙悄悄给碎哥扔一些呢。只是，她还小，离长大出嫁似乎还很遥远，她就隐隐担心，万一老杏树这些年里遭遇了什么不测，被雷击了，腰折了，树根死了，或者牛旦父亲一时兴起，将它挖掉，那么，她嫁到牛旦家去，还有什么意义呢。她就盼望老杏树能多活些年，多多活上些年程。至少要等着她长大。

成长的这些年里，碎哥不断搬运着石子棍棒一类的东西，一度还自制了弹弓子，火药枪，目的只有一个，打邻家院子的杏子，并叫它落到这边来。碎女眼看着碎哥的很多工夫都白费了，好多石子短棒落到牛旦家去了。她很担心，说不定哪一天，牛旦妈干活回来，就会拿着那些东西，赶来找母亲理论。乱七八糟的东西，尽扔到人家院子里，这叫啥事嘛，不是欺负人嘛，说不定还会惹起风波来……幸好，这些年，牛旦妈还没有找上门来。可能她忙于地里的农活，没工夫料理杏子这类小事。

没等到碎女长大嫁人，牛旦就娶了媳妇。媳妇让人心疼得一朵花一样，还有一双巧手，能剪出彩色的花儿来，糊满了墙。硬是把一面灰沉沉的土墙，打扮得分外漂亮。

碎女看花墙的时候，望着花一样好看的新媳妇，想，这么好看的人儿，给牛旦做媳妇，似乎有些可惜。莫不是她也看上了牛旦家的大杏子，为的是吃到杏子，才嫁到这里来做媳妇。

碎女发现这媳妇儿还真的爱吃杏子。

二

春耕结束，庄稼人的生活中出现了暂短的闲暇。春风一天天吹拂，杏花早就落尽，杈杈丫丫间长出一枚枚豌豆大小的青杏子。青杏子探头探脑的，从嫩绿的叶芽下窥视着外面的世界。调皮的娃娃总是趁大人不备，撕开棉被，掏一蛋儿棉花，摘几枚青杏子，伸出尖尖的虎牙，啃掉杏子的青皮，弄出里面白白的核儿，包在棉花里，然后轻轻塞在耳朵碗儿里，吃饭的时候，走路的时候，连夜里睡觉的时候都舍不得取下，过两天，取出来，小心翼翼剥开棉花壳儿观看，杏核早就变得暗黄，发蔫，娃娃们却很高兴，互相做着攀比，这个说我抱的鸡娃好，那个说我的才叫好。大家管这游戏叫抱鸡娃，就是老母鸡孵小鸡的意思。在自己的耳朵碗里孵，用的不是鸡蛋而是水嫩的杏核儿，娃娃们的游戏有时候真的说不上个缘由来。

碎女也这样抱过鸡娃。碎哥也不例外。都是前年去年的事情，今年一开春，碎哥就蔫蔫的，根本没有那兴趣，碎女一个人悄悄弄过，放进耳朵碗里，抱了一天，就觉得没有什么意思，掏出来扔掉了。好多事情，只有碎哥带头或者参与，才能玩出意思来。

整个春天，碎哥都显得怪怪的，忽喜忽悲，喜怒不定，不光碎女摸不透他的心事，看他恍惚的样子，可能连他自己也说不清楚自己的心事。

碎哥拉着碎女再去新媳妇房里看花的时节，看见新媳妇的样子有些古怪，她身子斜斜靠着院里的杏树干，在晒日头。看看没人留意，她忽然伸手扯了一把，杏子和着嫩叶子，捋了一把。她抖掉叶子，拣出杏子，丢进嘴里，嚼得哧儿哧儿响，碎女看了，嗓子眼里泛起一股酸水，不由得口水直流。新媳妇还在吃，丝毫不怕把牙齿酸倒。相反，显得十分香甜。看得碎女碎哥都咋舌头，这样的吃法，他们这样的娃娃看了也胆怯，平时，这样的青杏子，只有淘气的娃娃才吃，大人极少看得上。想不到这个新媳妇的吃法，比娃娃还毒。

幸好春天很快就过去了，杏核一天天变得坚硬起来，青杏子变得干涩，发苦，嚼在嘴里苦巴巴的，没什么滋味，嘴巴最馋的娃娃也不愿意再去动它们。杏子们也就可以安下心一心一意往大成长。

牛旦媳妇也不再那么狠劲地吃杏子，偶尔出来了，蹲在杏树下哇哇地吐，把吃的饭菜都吐出来，还在吐，好像她肚子里有永远也吐不尽的东西，需要不断地干呕，才能变得舒服一些。她呕吐的声音从院子那边传过来，碎女家这边也听得见。这个媳妇子，把吐不尽吃上喽。碎女的父亲呵呵笑着说。母亲则努努嘴，一脸不屑，那神态间，还有一些说不出来的意味。

有母鸡下了蛋，满院子咯哒哒咯哒哒地叫唤，母鸡都有这样的毛病，似乎只有通过这样的叫唤，主人才能记得它们的功劳。碎女赶紧跑去拾鸡蛋，身后母亲抡起一根树条，撵着母鸡追赶一气，边追边骂，不就是下了个蛋吗，用得着这么满世界张扬？没眼力的货！亏你还是个母的。

母亲这话来得突然，骂得没头没脑，叫人费解。再说，她犯得着和一只母鸡较劲吗。

可是，碎女听见墙的那边有了回应。砰的一声，什么东西摔在地上，接着，骂声出来了，带着恶狠狠的味道，她说吐个啥，吐个啥，快进屋去，不要丢人现眼了。我养了六个娃娃都没有这样张扬过。骂人的是牛旦娘。她后面还嘟嘟囔囔骂了一串什么，声音低下去了，这边听不真切。

碎女看见她娘瘪着嘴嘿嘿笑，神情得意极了，好像凭空拾了个大便宜。

再去牛旦家看花，发现新媳妇睡在炕上，头包在被子里，一动不动。碎女他们再小，也看得出这新媳妇心里不痛快，在和谁闹别扭。新房里没人招呼，冷清清的，碎女看看碎哥，碎哥看看碎女，两个人都觉得讪讪的，怪没意思的，看着墙上的那些花，头一回觉得花朵的颜色有些黯淡，没有以前那么鲜艳了，就默默退出来。心里把什么丢了一样，空荡荡的。

碎哥说开飞机去。

那就开飞机去。

两个人飞一般窜进树林子，奔向他们的飞机场。

开着飞机玩耍，日子就过得分外快，转眼暮春过去，初夏过去，转眼间就跨入盛夏的门槛。西北风日日夜夜从不间断地吹着，吹得枝头的杏子一天天变得鼓胀胀，圆嘟嘟的，颜色也由绿变黄，有灿烂的晚霞一样的黄，有麦子一样的土黄，有黄中带红的颜色，每一样都显得很诱人，叫人看着口水长流。事实上，这个时候的娃娃，只要不去地里给大人帮忙，就把自己整天挂在杏树上，骑在杏树柯杈里，饿了，伸手摘几颗杏子，丢进嘴巴，吃腻了的话，从这棵树溜下来，爬上另一棵树，品尝另外一种味道的杏子。每一棵树上的杏子都长得不太一样，大小，形状，颜色，酸甜度，口感，那是有差别的。

碎哥说这就像人，都是女人，你看看，我们庄里的那些媳妇子，一个个邋里邋遢，歪鼻子斜眼的，就跟这些羊粪蛋子杏一样，不好看，咬在口里是酸的，倒人的牙。说这话的时候，碎哥蹲在一个树柯杈上，样子像一个秃头的老鹰。碎女没他本事好，上不了那么高，也觉得惊险，只能爬在较低处的一个大树杈上，要听清碎哥从头顶上传来的神秘兮兮的话，她就得拼命拧着脖子，抬头仰望着碎哥。

碎哥利用浓密的树叶子将身子藏起来，眼睛骨碌碌盯着右边的那面墙，透过遮遮掩掩的枝枝叶叶，看见墙的那一边，牛旦的新媳妇在台阶上洗衣裳。她的肚子高高撅着，洗衣裳时不能蹲下去，只能半蹲半站，勉强弯下腰，吃力地搓洗着。新媳妇后腰处，裤子和上衣没法严丝合缝，一道白白的肉露出来，在阳光下白花花的。碎哥看一眼，自己的脸热辣辣的，看见了不该看见的什么一样。碎女在下面看不见这一幕，悄声催促道哥哥哥哥那你说，有没有一个女人，和大家不一样，不是酸杏子，是甜的？

当然有。杏子都有好有坏，女人肯定更不一样了。眼前就有一样，她就和那些邋遢的懒婆娘不一样，她是那老树上的大甜杏，不但肉甜，连核儿都是甜的。

碎哥的声音从上面传下来，可能隔着一层层杏树叶子，传递的过程中就有些东西被过滤掉了，给人感觉变得古里古怪的，听得碎女一头雾水。世上真有这样的女人，在哪儿，是谁，快说呀。

噗——碎哥吐出一口杏核，掉下来，砸在碎女头上。惊得树下一只猫做贼一样哧溜溜就窜。碎女这才意识到自己声音高了，赶紧噤声。

可是，世上真有这样好的女人吗？

头顶的碎哥不再理睬下面的妹子，伸手遮了个凉棚，专心看那边。新媳妇洗的衣裳中有裤子，汗衫，还有线衣，线裤。她将洗过的衣裳一件件抖开，搭在铁丝上。洗完了，她没有急于回屋，端着半盆水，转到后院来了。在后院的老杏树下，看看避开了人，她才抖开几样小巧的衣物，急匆匆洗。碎哥身子紧紧贴住树身，再也不敢声张。他所在的这棵树，距离那边的老杏树最近，弄得他连溜下树躲避也不敢了。

幸好新媳妇儿很快就洗完了，一踮脚，将衣物搭在低处的树杈上，倒掉水，提着盆子走了。从后面看，她的身形远远没有初来时候好看，已经有些变形，细巧的腰身向两边严重扩张，她的腰显得粗壮，笨拙，丑陋。碎哥望着那身影，禁不住一阵难过，当初那么动人的身段儿，怎么说变就变了呢？真是奇怪得很。碎哥早就暗自恨上了一个人，就是新媳妇的男人牛旦。下庄子的光棍老汉老骚胡说过，女人的肚子变大，都是男人不安分，害的。没有男人，女人长到八十岁，还是挂在树上的青杏子，永远长不大，熟不透。

老骚胡的话是说给一伙下方的男人们的，引得男人们哈哈大笑，都说这个老东西啊，老了还这么骚情，真是个骚胡。骚胡指的是羊群里那种长着长胡子，喜欢跟在母羊屁股后面打转转的羯羊。这些碎哥懂，他小时候放过羊。那时最恨的就是那老纠缠不休的骚胡，总是害得一群羊不得安生。

老骚胡的话还是叫人费解。可是，他的话应验了，就在眼皮底下，那边的新媳妇儿，那么玲珑小巧的一个人，嫁到这里，才过了一个春，半个长夏，就变成这样的难看样子，说明了什么，说明事情和牛旦有关。肯定和牛旦有关。他日日夜夜和媳妇儿相守着，媳妇儿变成这样的嘴脸，难道他能逃脱干系。这样一想，碎哥心里就忿忿的。那个罪魁祸首，现在一点检点的意思都没有，还挺得意的，在男人伙伙里也混得像个男人了，别人说他有本事，速度快，他不恼，反倒嘿嘿笑。那笑脸，想想都叫人恶心。

一个不争的事实是，邻家新媳妇的肚子在变化，一天比一天大，仿佛有一张看不见的嘴巴，在她肚子里吹气，那肚子就不由自主地鼓胀起来，变成现在的样子，高高挺着，走路都不得利索，小媳妇儿原本白净细嫩的脸上，布满了麻雀脊背一样的褐颜色，额前飘出的那一绺秀发，也不再飘逸，动人，显得干巴巴的，乱柴一样。最最叫人难以接受的，是她原本小小的屁股蛋子，现在居然分成很大的两半，变得肉墩墩的，都向外凸出来了，偷偷看一眼能叫人眼红，心跳半天，一种罪恶的感觉就把心紧紧抓住，攥得牢牢的。

有时候，碎哥觉得自己很丑恶。和那牛旦一样叫人恶心，卑鄙。这种羞愧的念头常常叫他坐卧不宁，又说不出口。只能在暗处悄悄苦恼着，沮丧着。

可是，罪恶的念头越是滋长，他反倒越想看到牛旦的媳妇。小媳妇已经算不上新媳妇了，不光身上发生了那么大的变化，穿在身上的衣裳，头上的包头，也不再像过去那么鲜艳了，变得灰沓沓，皱巴巴的。她和庄里其他的媳妇儿没什么两样了。

可是，碎哥觉得她还是当初的那个新媳妇儿。里外一簇新，眼神湿润，腰身柔软的媳妇儿。碎哥把最初的印象加在现在的影子上，他眼里的牛旦媳妇儿，就还是过去那个模样。

哥哥哥哥，你咋不说话了。你说说话呀，我要闷死了。密密的绿叶丛间传来碎女压低的声音，细细碎碎的，像蜜蜂轻微的嗡嗡声，钻进耳朵里，耳朵变得痒酥酥的。碎哥不愿意低头看脚底下的妹子。他看着对面的老杏树，老杏树的枝丫上挑着一些花花绿绿的衣物，在风里轻轻摆动，他心里的某个地方也在摆动，动静是那么大，简直惊心动魄，叫他不知所措。

那些衣物里有浅黄色的背心，淡蓝色的袜子，黑色的线裤，还有一个红红的裤衩，一个深红的乳罩。碎哥的目光迟疑着，扫一眼那红色，快速移开。再看一眼，又移开。可是，绕来绕去，还是围着那团红色打转。心扑腾扑腾跳得那么剧烈。红裤衩在老树的枝丫上，就像一朵花开在那儿，红艳艳的，耀得人眼前一阵眩晕。那乳罩，更叫人不敢正视。像两片大树叶子，连在一起，可以想象，它们穿在身上，紧紧地箍着新媳妇儿胸前那对巧巧的鹁鸽子一样的东西。那对东西在里头安安静静待着，就不会调皮地活蹦乱跳了。

碎哥双手紧紧抠着树身，十多年的老树皮，被他经常上下厮磨，变得滑溜溜的。稍不留心会滑下去的。他早就练得猴子一样，上下自如。但是，他双手软得厉害，打着颤，他心里也颤得厉害，好像那里有一眼泉，泉水在汩汩地往外冒，很快就汇成了波涛，汹涌的浪涛几乎要将他淹没。他惊呆了，不知道自己这是怎么了。那个无忧无虑的少年，好像在一瞬间长大了，成熟了，变成了真正的大男人。他望着前方那簇火焰一样的红色哭了。十四岁的天空刹那间布满了云彩，翻着滚的阴云，简直要将他撕碎，吞噬，淹没。一颗小小的心脏在正午的空寂的杏树阴凉中飘摇。

碎女等待了很长时间，都等不到哥哥的回声。她肚子里装满了青的黄的半黄的杏子，那些杏子进了肚子就开始发热，发出一股一股热气，人心头就烧乎乎的，一股乏劲弥漫上来。人变得懒洋洋的，无精打采。碎女发现这样一直待在一个树柯杈里，实在没有什么意思。哥哥又不下来，他仿佛被树顶的什么抓住了，沉迷其中，再也不愿下来，她一连串的哀求他都充耳不闻，无动于衷。

哥哥这是怎么啦。魂魂儿被啥勾去了一样。

碎女一个人溜下树，院子里静悄悄的，父母姐姐都在睡午觉，他们在地里忙碌了整整一个上午，回来浑身就像散了架一样，草草吃过午饭，就爬上炕呼呼睡去。沉睡的样子，就算天上滚过十颗炸雷也吵不醒他们。

碎女穿过院子的时候，看见自己的影子有些孤单。那么瘦弱的一个女子，在正午的骄阳下迷迷瞪瞪穿行，她的影子也显得迷迷瞪瞪的。院子里的一切都迷迷瞪瞪的，一幅昏昏欲睡的景象。她从老狗的身边走过，老狗蜷在下墙角睡觉，懒得理她。碎女觉得今年的盛夏真的很奇怪，空气里充满了烦躁的焦灼的气息。她不知道这样的气息来自何方，但真真实实存在着，碎哥也变成了奇怪的人。难以说清的夏日啊。

树林子里清凉得多。碎女循着那些阴凉走，绕过一棵白杨。又一棵白杨。一棵榆树。一棵臭椿。一棵青杨。一棵槐树。一棵酸刺树。树林子里什么时候长了这么多奇形怪状的种类不同的树。她恍然觉得从前都没有留意过。不同的树擎着它们不同的树冠，向身边投下形状不同的影子。阴凉的疏密程度也就不同。碎女看着斑斑驳驳的阴凉洒在自己身上，她也变得斑斑驳驳的。心里忽然有一种很沧桑的感觉。她记起碎哥蹲在树上孤独的影子。随着日子的推移，她和碎哥之间有了隔阂，仿佛碎哥在他自己的心里垒起了一个屋子，那个屋子只有他一个人进得去，碎女和他那么要好，可他从来没有敞开门窗，容许碎女看一看里面究竟是什么景象。他等于将一扇门对着外界紧紧关闭，连碎女也拒之门外。碎女觉得伤心。她还从来没有丢下哥哥，一个人跑到这林子里来，林子是他们两个人的，他们共同玩耍的乐园。

碎女看着自己的影子在林子里转悠。一旦离开哥哥，她觉得不习惯。身边空荡荡的，心里空荡荡的。把世界上最最重要的什么丢失了那样。

有一天，哥哥长大了，他也会娶媳妇儿，也会把新房拾掇得很好看，像牛旦家一样。说不定他的新媳妇也会剪出好多花花草草，将新房的墙壁糊得花花绿绿，变成花的世界，花的海洋。哥哥就会守着他的新媳妇，整天守着，整夜守着，就再也不会和碎女玩耍了。爬树，开飞机，觊觎邻居院里的大杏子。这些事情就再也不会发生了。碎女想着，心头一片冰凉。长到这么大，还从来没有这样想过。可是这一天迟早要来到的。谁也挡不住，就像谁也挡不住时间的流逝一样。这样往深处想，她呆了，一种哀哀的情愫，让她不知道该怎么是好。

总是无忧无虑的她，这一天感到了烦恼。她想，我们都会长大的。就像这些树，就像树上的叶子，就像树叶间那些青杏子，总会长大的。

三

夏天很快就过去了，带着农人的繁忙，烦躁，成熟的收割的气息，转眼就过去了。秋收的时节，父母决定叫碎哥碎女下地帮忙。秋忙才是真正的忙，忙得人恨不能多长出一双手来，好干那永远干不完的活计。碎哥是家里的独子，碎女是众姊妹中最小的一个，两个人这些年一直享受着特殊的待遇，只是留在家里看家，没有下地受苦。从今年的秋天开始，两个娃娃的特权被取消，大家全部下地。将来都是要当农民，靠在地里刨食活命的，那就得趁早锻炼，可不能叫娃娃养成好吃懒做的毛病。

碎哥碎女随着大队伍，向地里的糜子谷子荞麦高粱洋芋开去。秋粮样数多，种得杂，收了这样收那样，一旦忙起来就再也没有停歇的工夫。树上的杏子早就落尽了，连树叶也慢慢转出黄颜色来，随着一场一场秋风，树叶子落得满院子都是。收完庄稼，就往家里拉，拉来了，一样一样碾，碾后扬尽，装进口袋里，再一袋袋扛进门，堆放在仓房里。

等到有工夫闲下来，回想这一段日子，那真是忙啊，忙得人晕头转向，连开飞机的事情都忘了。碎哥和碎女很久没有去树林子里开飞机了。去牛旦家新媳妇房里看花墙的事情，也是在好久之前了。

树上的叶子落光了，树身光秃秃的，没遮没挡，碎哥碎女就不敢爬上树往墙的那一边乱看了。怕人家看见了，万一由此挑起两家之间的什么事端，那就要吃不了兜着走了。

其间，母亲和牛旦娘吵了一回嘴。好像是为着芝麻大的一点事，但两个女人吵得很激烈，很投入，完全当成国家大事那样，全身心投入地争执了一场。当然，没争出什么你长我短，只是弄得两家的关系比过去紧张了。紧张到什么程度了呢？母亲指着娃娃们的鼻子，告诫说打今天起，再不许你们随便去牛旦家，我们两家现在有仇，你们给我记住了。去了就是给我丢人现眼，就不要把我喊娘。

庄子里有这样的先例，两家人万一成了仇家，那就老老少少全部成了仇人，见了面老早闪开，不照面，不搭言。连鸡狗都结了仇一样，也不再往来。

最后一回去牛旦家看花墙，是什么时候，碎女已经记不起来了。她觉得有些遗憾，刚刚忙完了农活，准备去那边好好看一看那面墙。不想母亲这么快就把通往邻居的路给封死了。真是叫人懊恼。碎哥也显得很沮丧。他的懊恼远远超过了碎女。只是他做了很好的掩饰，他已经学会掩饰自己心里的一些想法了。

那就只能整天开飞机。趁大人不注意，两个人溜出去，钻进树林子，碎哥开，碎女在一边看，满眼羡慕。嗵嗵嗵嗵，嗵嗵嗵嗵，木墩的枝丫蹭着井沿的干土，腾起一股又一股尘烟。碎哥说这是飞机冒出的烟，只有冒烟的飞机，才是真正的飞机。

碎女看看自己的手，胳膊，脚，腿，说哥哥你看你看，我长大了，我都长这么大了。

碎哥明白妹子的心事，说是啊是啊长大了，明天，明天哥教你，这绝活，哥一定教你。

这一天，夜里下了点雪，薄薄的一层，仅仅将地上的黄土苫住。人出来走动，脚底下咯吱咯吱响。清晨的空气里还残存着夜里的寒气，碎哥决定今天将一项绝技传授给碎女。这女子跟在他屁股后头哀求了将近一年，他都没有松口，理由是她还小，屁大的人，干不了这样的大事。今天他还是决意叫她试一试。过去的这一年，她猛然长高了一截子。该是放开手脚叫她试试的时候了。

碎女就上了飞机。她战战兢兢的，抬腿跨上这个木墩，就双腿紧紧夹着，腰猫着，一点也不敢动。木墩被哥哥的屁股磨出了一道壕，加上落了雪，滑腻腻的，充当方向盘的两个枝丫硬邦邦的，她抓住就不敢摆动。碎女爬到高高的树上也没有这样紧张过。碎哥说开呀，开呀，只有嗵嗵嗵地开，才能像坐上了飞机。

碎女一紧张，就忍不住低头向身下看去。井里黑乎乎的，望不到底。不知道怎么，她感觉一股森森的冷气打井底冒上来，胁裹着她小小的身子，她一阵眩晕，手腕酸软，几乎撒开手一头栽下深渊去。

碎女被碎哥从飞机上拉下来，小脸蜡黄蜡黄，差点晕了过去。她腿子软得厉害，顾不得地上有雪，就瘫在井边了。碎哥说你丫头片子不行，叫你看看哥的厉害。抬腿跨上去，嗵嗵嗵嗵，嗵嗵嗵嗵，飞机开动了，升空了，翻山越岭，穿云透雾，周游世界。

就在碎哥驾着飞机巡游世界的这个清晨，牛旦媳妇生出了一个儿子娃娃。那媳妇的哭声谁都听到了，一阵一阵，刀子剜一样，碎女和碎哥在家里的时候就听到了，出来在树林子里，还是能听到，好像那哭声一路追随着他们两个，碎哥骑在飞机上还是能听到。他就显得很烦躁，就没命地开飞机，试图用飞机的嗵嗵声遮掩那痛苦的呻吟。

碎女心里也很烦躁，生养娃娃难道就这么费力，断断续续，这媳妇儿已经哭叫了一个早晨了。就算有十个娃娃也早生出来了吧。那泪蒙蒙的哭叫还是钻进耳朵里来了，钻到心里来了，就像这灰蒙蒙的天气，叫人心里那个烦躁啊。

嗵嗵嗵——狗日的牛旦！碎哥说。

狗日的牛旦，嗵嗵嗵——。碎哥说。

牛旦媳妇把娃娃生出来，娃娃活了，她自己却没有活过来，血肉模糊地咽了气。

送埋体的时候，庄里的男女老少来了不少，碎哥碎女都去了。这一回母亲没有阻拦，母亲自己也去了。世上的事情，还有比送亡人上路更重要的吗，再深的仇也可以暂时放下。

碎哥拉着碎女，没有进正房去看埋体。而是进了媳妇的新房。那面开满花的墙，迎面而来。他们都看到了。可是，他们伤心地发现，记忆里的花墙已经变得不像是花墙了，当初糊上的那些枝枝杈杈，缠绕穿插在枝杈间的那些花朵，怒放的，含苞的，结蕾的，已经不是原来的样子了。而是另外一副模样，有些陈旧，灰沓沓的，好像日子在这里过去了十年，甚至更多。它们经历了一场旷日持久的风雨，它们的花瓣叶片随着时间推移萎缩了，临近枯萎，凋敝。碎女惊奇地睁大眼，她觉得那几朵大的花，竟然是一副黯然神伤的样子，好像它们也是有灵性的，它们能够知道，外面的院子里，一场人世的悲欢正在进行。

想不到短短一年时间，新媳妇的房子就旧了，连墙上的花花草草也变老了。看来，新媳妇自打肚子大起来，就没有心思拾掇自己的屋子。想想也是，农活那么忙，谁还有精力不停地拾掇一间原本就旧了的房子。新媳妇也会变成旧的，何况是一面土墙。

碎女看见哥哥的脸色也灰沓沓的。今天的哥哥好像老了十岁。屋子里没有新媳妇，感觉空荡荡的，当初的那种喜庆，那种飘浮着淡淡香粉味道的温暖，都找不到了。仿佛屋子也死了。死去的屋子静静地等着，等人们送完牛旦媳妇也来为它送葬。

他们迈出门槛的时候，碎哥趔趄了一步，差点跌了个狗吃屎。

牛旦家的院子里热闹极了。人像水流一样，挤来挤去，娃娃大人男人女人都有，都是来送埋体的。碎女看见几个女人带着戚容，在议论媳妇儿活着时候的好处，都知道，她是个乖顺的媳妇儿，孝顺，勤快，麻利，节俭，针线茶饭无一不会。还有，结婚时买的金耳环，银戒指，还有那几身新衣裳，她一样都没有穿戴，舍不得，压在箱子里，婆婆一样一样拿出来，给大家看，一边不停地哭。大家都说是个好媳妇儿啊，真个是个好媳妇儿，可惜了，可惜了。

一件大红竖领的衣衫被抖出来，碎女眼前一亮，这正是新媳妇嫁来时穿的那件嫁衣。红艳艳的，跟墙上的纸花是一个颜色。都是血的颜色，都是火苗燃烧的颜色。

我们开飞机去！

我们开飞机去！

碎哥拉上碎女，向门外的树林狂奔而去。碎哥的手攥得那么紧，碎女的手腕就要断了，但她没有哭，也没有叫，只是狂乱地奔跑着。寒冬的风呼呼叫嚣，打在脸上，生疼生疼。

奔跑中，碎女发现，哥哥的脸上闪耀着冰花，亮晶晶的。碎女想幸好天气寒冷，要不然，哥哥的脸上会淌下一条河来。

四

父亲填井的时候，碎女坐在大门口看。

忙活了一年，终于有几天闲暇的日子了，可是父亲还是闲不下来。爷爷弄出的这口枯井，没有给儿孙带来水源，带来方便，相反，成了祸害。父亲一个人挖土，拉土，再填进去。照这样的速度看，恐怕他得填整整一个冬天。

碎哥跑了。深夜撬开牛旦家的房门，盗走了牛旦媳妇遗留的首饰，金耳环和银戒指，揣上它们出远门了。谁也说不上他去了哪儿。庄里兴起了打工，年轻人天南海北地蹦跶，碎哥早看眼红了，这么想来他的出走是迟早都要到来的事。

母亲整天抹眼泪，担心得不行，说娃娃还小，算上虚岁才十五，又是独子，长到这么大，一家人捧在掌心里疼着，让着，从不敢叫他受半点委屈。这一去，天寒地冻的，谁知道他在哪里，受着怎样的罪，还能不能找到回家的路。

碎女看看父亲，看看远处绵延起伏的群山，远山上有很多积雪，白皑皑的。碎哥就是翻过南面那座山跑的。南山下有全庄人的坟园。牛旦媳妇儿坟头的土早被西北风吹干，遥遥看去，坟堆上的黄土白光光的，像个干硬的馒头。碎女知道，用不了多长日子，那新堆的土堆就会慢慢塌下去，变得陈旧，低矮，融入满山的旧坟堆当中去。

碎女的目光一时坚硬，一时柔软，连她自己也说不清自己心里的想法。她心里开始有了一些奇奇怪怪的念头。这些念头是彩色的，斑斓的，在心头缠绕，解也解不开，乱纷纷的。叫人喜悦，叫人烦恼。

这些古怪的念头，都是什么时候出现的，碎女想了想，想不起来，好像是这个冬天，又好像是已经远在身后的那个夏天。

坐在自家门口的八岁半的碎女，恍然记得她是从一个夏天突然长大的。一起长大的，还有哥哥。

那一个漫长的炎夏啊。

祝福

老万把一沓材料交到拜亚梅手上，交代说抓点紧，明天中午十二点半。拜亚梅一愣，反问，时间太短了吧？老万那两缕白色长眉毛习惯性地一耸，是个二婚。说完习惯性地提起两个手，右手上扬，落下，拍打在左手上，拍出了轻飘飘的一声余音。仿佛刚才那几页白纸上有土，脏了他的手。拜亚梅不再愣怔，已经反应过来，二婚头？老万却不愿多解释了，他言语金贵，最后这句绝不是多余的废话。拜亚梅不由得向着他多看了一眼。老万已经转身忙别的去了，拜亚梅看到的只是一个瘦骨伶仃的后背。

拜亚梅离开“老万婚庆公司”出门上车，将手里的材料狠狠丢在副驾座上，它们肯定是三页，她能熟练地掂量出来。不用看她都知道上面写的是什么，老万那短短一句话有着画龙点睛的意味。

驱动车子横过马路的时候她觉得脊椎僵直得厉害，仰起头向后扬了一下，懒洋洋看着路中央蚂蚁一样的车流和渐次亮起来的霓虹，不自禁地自语一句，这年头，怎么就没个新鲜事儿呢?

拜亚梅进家门第一件事是打开电视机，看着画面出现了，这才甩掉高跟鞋，换软拖。然后把身子丢在沙发上开始发呆。电视独自热闹地上演，她不看，只是喜欢这一份由声音和画面营造出来的热闹罢了。女儿在城东上寄宿高中，只有周末才回来一趟。晚饭她又不想做了，拿起茶几上一包饼干咔嚓咔嚓咀嚼。电视里在演一出相亲节目。一个长得挺秀气的女孩儿追着一个娘娘腔的男生表白了一次又一次。男孩一直笑眯眯的，拜亚梅从鼻子里冷笑一声，这类恶俗的节目，连穿插其中的桥段都是千篇一律。结局可以用脚丫子去想，肯定是皆大欢喜。

她起身去关电视。女儿来电话了，说后天下午三点家长会，老师明确要求家长必须参加，尤其自己这一类的。拜亚梅呆了一下，女儿的口气和平时没什么两样，也许她忙，说完就匆匆挂了电话。

拜亚梅回味着女儿的话，这一类的，哪一类的?不言而喻，自然是单亲家庭这一类。她忽然嗓子眼里干涩得发疼，一口饼干嚼成一团糊状就是咽不下去，转身去喝水，目光扫到了电视，愣了，结局有点出乎意料。俊男靓女没有皆大欢喜，而是女孩在哭。有什么好哭的?拜亚梅本来就要摁下去的手收回来，站着看。原来女孩表白了半天，最后男生说对不起，你不是我喜欢的那个类型。他的脸上始终含着薄薄的笑，不像那种容易狠下心来做出拒绝的人，可是他明确表示，他要继续等，等自己喜欢的女生出现。女孩哭得收不住脚，而打扮得布偶一样的女主持人还在旁边一个劲儿地煽情。

拜亚梅终于毫不犹豫地摁掉了开关。眼前一片黑。超大液晶屏慢慢地和室内的黑暗融为一体。谁知道这类节目幕后是怎么策划的，她懒得去猜想。反正感觉这类节目办得不是越来越聪明，让人看后明白点什么，而是越来越傻了。

就像她日常从事的这份工作。那也是一遍又一遍重复的越来越无聊枯燥的程序。能枯燥到什么程度呢？比如明天上午十点就要上场，她今晚还没有心劲去翻一翻那三页相关资料。

夜晚寂静而漫长。拜亚梅这些年睡眠一直不太好，只要十点之前入睡，那么到凌晨两点准会醒来，再也难以合眼，要一直辗转到天空透出朦胧白色。睡不着是痛苦的，驮着床翻来覆去烙饼子，一些淡忘的人，淡忘的事，排着队在眼前晃动。好像是在做梦，又分明不是。对象不确定，次序颠倒，情节真实。小时候在小学校念书的情景出现频率最高，那时候她有点喜欢三年级一个大哥哥。他在操场上追着篮球跑来跑去，她装作无所事事，远远坐在一棵柳树下，手里掐了一大束野花。他还是不向她这边看一眼。她一片一片揪花瓣，扯碎了，撒进风里，然后用心看着花瓣那单薄的身躯在风里飘散。花被她碾碎一地，她不知道这些花疼不疼，流泪了没有。她只记得他举着篮球笨拙地往篮筐里投递的情景，跳着脚尖的样子像一只调皮的猴子。别看那时候都很小，其实这个男生影响了她后来的人生。她高考落榜刚走上社会，见到老禹的第一眼，就被深深吸引了，觉得这分明就是那个小学时的大哥哥成人之后的版本。太像了，背影，神态，走路的姿势，全都是。一开口说话却不是。后来交往起来，拜亚梅自然知道这个人和自己少女时代的初恋不是一个人。不过她像喜欢当年的大哥哥一样喜欢上了老禹，不久两个人举办了婚礼。

时间过去了那么些年，在这午夜梦回的残破画面里，拜亚梅发现自己记不起老禹长什么样儿了。真的记不起来了。她陷在一种半醒半睡的状态里，心里纠缠着一个念头，我怎么能记不起他的样子呢？这不可能啊，一起走过了恋爱、结婚、生育等人生中最重要的环节。柴米油盐，磕磕碰碰，很多年。就连他吃饭捉筷子的姿势，晨起刷牙时大声咳痰的声音，穿皮鞋时咣咣跺脚的样子，她都铭记在心。可为什么偏偏记不起他的长相了呢？她逼着自己去想，去回忆。不是舍不得他，怀念他，这些她都没心情。那么为什么忽然要这么固执地跟自己较着劲儿地去想那个人呢？给女儿讨抚养费吗？给自己追索青春损失费吗？双方有老人需要共同赡养尽孝吗？还是财产方面存在未解决的问题？

不，随着时间流逝，离婚之后的这些年，足够他和她清理完两个人曾经有过的任何瓜葛。就连对别人来说可能几十年都掰扯不清的孩子问题，她也处理得果断而明确，不要一分抚养费，女儿的一切，包括成长、上学、以后的婚姻等，全归她。从此女儿姓拜，和姓禹的没有任何关系。老禹答应得比她设想的要痛快多了。当同意离婚那句话真正从丈夫嘴里说出来，她内心的震惊远超过了自己预想的程度。看着他草草拾掇一番出门而去，她听着他回手磕上门的那一记声响，心里一个声音在尖锐地呼喊：这是最后一次，他最后一次关这扇防盗门。

分手后的日子轻飘飘的，拜亚梅把女儿寄到乡下娘家，她一个人开始清理家里。丈夫走了，财产分割清楚明确，房子按价格折给她，他带着银行卡上的存款走人。她将所有的柜子打开，一样一样查看、清理。他该带走的，全带走了，却还是留下了很多他的痕迹。这些痕迹细小，零碎，猛然看不见，翻开来细看，竟然到处都是。他买衣服的袋子，他系过的跑了丝的旧领带，因为不合适而卸下来的皮带头，剃须刀尾巴上的盖子，一个歪头指甲剪……真是多得出乎意料。她一样一样往出捡，同时也清出一些她自己丢掉的东西。这些物件在日常生活中很不起眼，用到了就用，不用就扔到某一个角落，再用找不到的话就买新的了。这些小玩意儿到哪儿去了，反正给人感觉是不见了，好像它们自己长了手和脚，有行动能力，悄悄躲了起来。原来躲到这里来了！

拜亚梅那个下午边搜罗，边感慨。等拿起一个圆形指环盯了一眼，眼泪止不住落了下来。不锈钢指环，是她买的。他们新婚当中，无比亲密，她在一家饰品店里买了情侣指环，两个人每人戴一个。为啥乱花钱？戴这个和不戴不是都一样吗？他假装生气，板着脸责备。她知道他是心疼钱，就不理睬，抱起他的手欣赏，不一样，戴了指环就是不一样，好看了嘛。

她抹一把泪，将所有小零碎装进一个塑料袋提出去扔了。必须把他从生活里剔除，干干净净一点不留。后来还真的做到了。住过的房子重新粉刷了，又简单装修了下，他的痕迹就真的一天比一天稀薄。这个减少的过程，也是她人生一步一步好转的过程。她从原来打工的地方辞了职，开始学着干司仪，从门外汉练成了一个专业婚礼主持，在这座城市里积攒出了一点小小的名气。

今晚拜亚梅又失眠了。失眠的女人气色不太好，头发也掉得厉害，为了改变这一状况她努力过，吃中药、保健品，进按摩所，泡脚，练过瑜伽。也许是心理作用，也许是各种折腾办法真的起了作用，也可能是她自己渐渐地接受了身体的这些变化，更重要的是她太忙，忙碌中淡忘了关心自己的失眠和气色。

如今，就像能正确看待自己的人生和失败的婚姻一样，她能冷静地看待自己的失眠了。她干脆不强迫自己入睡，爬起来泡了一杯柠檬水慢慢啜饮。墙上的万年历中时针停在两点和三点中间。凌晨了。柠檬有美容作用，她常泡了喝。柠檬水酸得厉害，她慢慢体味着酸涩在舌头上弥散的感觉。这种天然的植物的酸涩让人心头战栗。明天有三场婚礼。就是说有三个女孩将从少女变成女人。她们的人生大礼将由拜亚梅来主持完成。哦，不，还有个二婚，只是不知道这婚礼中的新娘是个女孩呢还是寡妇再嫁。应该翻翻材料了，一看什么情况都能掌握。可是她有点懒，不想看，等明早吧，起早点，很快就能看完的，她的理解能力和记忆力都很不错，所以这会儿不急。

现在人的生活水平真是不容小觑了。平时看不出来，到了结婚喜宴上就自然而然体现出来了。仅仅是能上小城最大的婚宴餐厅办一场婚礼，就很能表明办事主家的财力是非凡的。到了那里，又分了层次，东厅和西厅。别看两个厅在同一座院落里，听着好像没什么区别。但是围绕这一行服务的人员和常来参加婚宴的人，大家都知道，这东西两厅的区别就像当年清宫里东西太后宫一样重大。西厅就恰如西太后慈禧居住的地方，那可代表着更上一个层次的排场和讲究。自然收费要比东边大厅高了不少。价格的差异，导致东大厅每天有三四家人排着队等待办喜事，西大厅每过三四天才能接到一单生意。

明天，东大厅两场。西大厅一场。从十点开始到下午两点，她将从东厅的前台上下来，到西大厅前台上站四十分钟，然后急匆匆赶回东大厅去主持最后一场婚礼。

各位来宾，各位亲朋好友，大家好，某某某先生和某某某小姐的婚礼在喜庆庄严的婚礼进行曲中拉开了帷幕，欢迎大家来共同见证这一激动人心的时刻……这是最平常的开场白。

如果需要再煽情，她可以即兴发挥添加一些修饰性的词语，例如在先生前加上高大英俊，年轻有为，潇洒帅气等。将新娘修饰为美丽动人，温柔贤淑，婉约可人……这么多年的历练，加上她生来对语言的敏感擅长，那些华丽的辞藻她张口就来，随心所欲地派遣搭配。只要她愿意，她可以舌绽莲花，妙语连珠，让婚礼的气氛无比活跃热闹。

但是这样的时候不多。更多的时候她只是在机械地刻板地重复着事先早就设计好的议程。介绍新人双方，介绍主婚人证婚人和参加宴会的重要来宾，请新郎上台亮相，然后叫他去台下的花车前从岳父手里迎接美丽的新娘(哪怕这新娘其实并不美丽，在司仪口中都使用美丽这大而笼统无关痛痒的词来约定俗成地修饰，因为此刻找不出第二个词儿更适合这样的氛围)。新人互戴戒指和胸花，新郎为新娘佩戴耳环……所有的婚礼都是这一套，实在找不出什么大的不同来。天下乌鸦一般黑，没有第二种黑法。拜亚梅站在台上，学舌的鹦鹉一样重复着那一套不知道重复了多少遍的套词儿牵引着婚礼顺利进行的那一刻，她的脑子里冷不丁地就会觉得厌烦，是的，没有哪一对新人有魄力要求将这一套程序打破了，另外创造一套新的。哪怕仅仅是打乱，重新组合，也没有人提出来。所以没有人看得出拜亚梅这个司仪脸上淡淡的得体的微笑下面极力掩饰的疲倦和厌烦。当然，这种情绪是不能有一丝一毫流泻的。这是司仪最起码的职业道德。你就是主导快乐的人，用你的花言巧语把一场婚礼从头带到尾，你可以夸张地说溢美之词，可以适当地制造逗趣的段子，但不能让悲伤和烦恼流淌出来。因为这一刻人家花了钱，买的就是喜庆和欢乐，至少是愉快，哪怕是短暂的表面的，也得维持下来。所有参加婚礼的人，不管身份多复杂，人生经历多纷乱，此刻，来到这里，面对一桌子鱼肉，就是来笑的，每个人用大笑，淡笑，微笑，轻笑，若有若无的笑，共同营造一种办喜事的气氛。没有谁会不懂事到在这种场合用哭泣来败兴。

当拜亚梅主持完东大厅第一场婚礼匆匆赶往西大厅的路上，她的高跟鞋在餐厅阔大的走廊过道上敲出了一串在极力保持从容但终究难掩仓促的空音。因为当她面对卫生间的镜子调整妆容检查耳麦的时候，猛然记起自己竟然把那一沓材料忘记带了。就是昨天老万交代一句“二婚头”的那场婚礼。她把小包翻了个底朝天，除了刚已过去的这场和下午那场的材料，偏偏少了二婚头那三页纸张。

倒霉！她在心里呼喊。回家取？来去开车不堵车也要二十分钟。现在恰值中午下班时间，铁定堵车！怎么办？拜亚梅觉得一捧火在头上哗哗燃了起来。要坏事了！她极快地后悔着。为何昨夜没看呢？好像在跟谁赌气似的就是没看。为什么赌气呢？因为二婚头。二婚头再婚？有什么可气的呢？她这一刻才发现自己的内心有时候真是莫名其妙。都过去很多年了，还对这个称谓敏感？为什么？难道心里还是放不下？不是已经扛过来了吗？不是已经含血带泪地嚼碎了吞咽下去了吗？已经吞进了肚子，就已经随着吃下的食物喝下的水一起排泄掉了。被马桶抽进下水道，送到这个城市深远幽暗的地底下去了。总之是消失了。正因为遗憾，她才咬着牙鼓足气站了起来。老禹，我把你像废物一样排泄了！她曾不止一次恶狠狠地在心里这样说。没有人知道一个女人从失败的婚姻里挺胸活过来，需要付出多大的代价。爱有多深，恨就有多深，这句烂俗的话其实是有道理的，她当时绝望地细细咀嚼过每一个字。

如果说她怀里抱着七岁的女儿从娘家兴冲冲返回来，用钥匙打开门看到那一对男女在一个被窝里的那一刻，像有人用老家的灰耙子对准她脑袋狠狠击了一下，那么老禹面对她提出的离婚要求，竟然不做犹豫就答应的态度，更像一把快刀子。单薄细长的匕首，明快凌厉地从她心上划过，将她苦心经营了九年的婚姻像切蛋糕一样一分为二。悲剧就是把美撕碎了给人看，上学时候老师喜欢说这句话。身为学生的拜亚梅哪里能够理解其中包含的深意呢，但是当她一个人躺在空了一半的床上，从这边滚过去，又从那边翻过来，一个人怎么努力都占不满这张床，看着白得发黑的天花板，想起了已经不存在的那些婚姻里的日子。已经淡忘的老师的话就像一群甲虫从记忆的夹层里爬上来了，蠕动着身躯，钻进了她的骨骼，在骨缝里噬咬。

爱情是什么？婚姻是什么？幸福又是什么？她拷问自己。逼着自己去想答案。她像歹徒一样拿着看不见的刀子，把自己逼入死角，苦苦追问答案。禹正军，你这个男人，我哪里对不住你了，我不够爱你不够对你好吗？我不够漂亮不够年轻吗？跟他在一起的那女人明显不如拜亚梅，年纪也不怎么年轻。究竟哪里出了问题。拜亚梅一直苦苦地思索着这个难题，沉浸其中难以解脱，直到遇上谭梅。

也是巧合，那几天秋雨连连，这座干旱出了名的山城被雨水浸泡得到处浮动着霉味。路边的绿化树一棵棵枝叶低垂，雨水顺着叶片像流泪一样滴落不止。拜亚梅站在学校门口等女儿放学。偏偏学校拖着迟迟不放，她出门走得急没带伞。没想到刚刚停了的雨唰啦啦又下起来。校门口等了一大片接孩子的人。每个人都撑着伞。拜亚梅在雨中抬起头远望，眼前是伞的世界。黑白红绿五彩相映，一个个男女将身子和面目躲在一片撑开的薄布之下。只有拜亚梅傻兮兮盯着雨站立。她感到了孤单。不由得双手叠抱，搂紧了自己的身躯。世界这么大，世上的人这么多，但是这大雨天里有谁愿意和这个女人分享一把雨伞？有没有人轻轻走过来将手中的伞撑高，让雨幕不再缠裹这个女人？没有。女人们不会。男人，也没有。拜亚梅的心湿淋淋的，很想流泪，很想哭一场。没有肩膀可以依靠，就这样直挺挺孤零零站在雨里哭。泪是热的，雨是凉的。它们都是清澈的，亮闪闪在她脸上往下滑。

老禹走的时候她咬着牙没有哭。此刻她不是哭自己的失败，而是哭空了的心。心空了，她咬着牙不肯认输，不肯让自己回头，其实她要是低下头去服软，哭着求老禹，说不定他会心软的，他们的婚姻还是有希望挽救的。她太倔强了，老禹的行为是一颗熟了脓的疮，很多人的经验是挑破伤口，挤出脓水，疮口就会慢慢好。虽然最后会在洁白的肌肤上留一个丑陋的疤痕，但是这一片皮肉是可以保住的。拜亚梅呢，硬是咬着牙挥刀剜掉了那颗毒疮，连血带肉带脓全剜了。给外人看来很痛快，只是她一个人在黑暗中忍受痛楚的日子，那些孤单和悲伤，有几个人看得到呢？后悔的念头也曾在心里闪现过，尤其女儿半夜突发高烧昏厥不醒的时候，她一边脱光了衣服用湿毛巾给孩子擦洗全身，一边去望窗外黑沉沉不见亮色的天空，悔恨的影子在心头闪过。禁不住想要是没有离婚会不会好点，至少老禹会陪在身边，我心里肯定不用这么慌乱无助吧。

没带伞被雨水淋湿的拜亚梅，心事像雨水一样乱纷纷的。无意中抬起头，穿过一道阔大薄亮的雨幕，她看见了一个和自己一样也在淋雨的女人。她不由得张大了嘴巴，伸长脖子去打量。一条长裙，棉布质地，很宽松，长长的，一直拖到了脚面上。淡棕色，裁剪极为简单流畅，全身就一个颜色，没有任何杂色和配饰。头上戴着一条黄底白花的长丝巾。脚被长裙遮住了，看不见。雨水在她头顶上织出了一片亮亮的网，腾起一片白雾。她顶着雨，样子却出奇从容。好像她感觉不到雨在下，她带着一股安静的气息在看拜亚梅。拜亚梅不由得向她走近两步，抬脸笑了一下。

对方好像也笑了，还是没笑？拜亚梅有点恍惚，没看十分明白。忽然校门开了，孩子们撑着雨伞流水一样涌出来。一条伞的河流顿时占据了整条街。女人很快被人流淹没了，但是她的影子镶在了拜亚梅的心上。第二天拜亚梅站在原地方留意等待。一连好几天，都没再见到她。几天后又迎来了阴雨高峰，这次拜亚梅带着伞，她透过眼前的雨水屏障，不由得眼前一亮，她出现了。照旧不打伞，一袭长裙站在那里，表情淡淡的，带着一股秋雨般温凉的味道。

拜亚梅的心里翻涌起一种久别重逢的亲切和激动，怕自己再不行动真会彻底错过相识的机会。当她冲过去直挺挺站在她面前，却又愣住了，不知道该说什么。她为自己的唐突而脸红了，结结巴巴说不出一句完整的话。面前的女人却笑了。这一回是真真切切在笑。一抹笑意淡淡地沿着五官的轮廓向末梢扩散。拜亚梅紧张之中抬头去看路边的树，树叶一律被秋雨洗得绿中泛黑。等连绵雨水画上句号的那天，满城的叶子才会呼啦啦转变颜色，然后再凋落，现在是初秋，还不是大面积落叶的时候。但是拜亚梅感觉自己看到了一片一片金灿灿的叶子。通透的金色暖洋洋在她面前铺了一大片。再看女人的脸，让人想到一片完好无损但却是黄透的叶子。为什么会有这奇怪的感觉？她的样子也就四十来岁，并不大，加上这文气的打扮，更年轻了。但是却让人想到秋天的黄叶。不是挂在树上，而是已经落下来铺在地上了。躺在一片干净的黄土地面上，静默无声地睡着，身下的黄土也泛着暖暖的光泽。

拜亚梅低头去看脚下，地面上铺着坚硬整齐的砖头，目光往远处延展，到处都是硬化过的路面，找不到一片黄土地面。在城市里试图寻没有硬化的地面，真是不太现实。但就是这么奇怪，看见这个女人的时候拜亚梅就情不自禁地想念一片黄土地面和地面上孤单单躺着的一片黄色树叶，别的树叶哪儿去了，不知道，只有这一枚，那种健康温暖的纯黄，让人想到的不是秋天的寒凉，不是凋谢和死亡，只有暖，从心窝里往外渗透的那种暖意。

她其实很瘦。近在眼前的时候拜亚梅才发现这个女人不是在远处看到的又高又大的感觉，其实她只是骨架有点大，肉却不多，肩膀上刀刃削砍过一样，透过棉布裙，能清晰地看到那肩胛骨支撑起全身的样子。她只是个肩宽的女人，到了腰、胯，竟然很细瘦。尤其那腰部，拜亚梅感觉能被老禹那双发福的大手一合拢就卡一周。正是盈盈一握的小腰。这一刻，人已到中年身材开始变形的拜亚梅没有对同性的嫉妒，而是在心头暗叹一声。真主造化人呢，舍得把最好的都集中给一个人，容貌，身材，气质，对，最吸引人的就是她身上流淌出来的那种气味。在这座风沙频发的西北小城，像这样的女子真是不多见。这片干旱的水土要养出这么一个水分充盈又气韵淡雅的女人真的有困难。拜亚梅知道这样温润的女人只有江南那人间天堂的环境才能孕育出来。

大姐，拜亚梅双唇颤抖着，却喊不出来。因为在这近在咫尺的时刻，她忽然感觉面前的女人更像是自己的妹妹，一个受了委屈说不出来，只愿意在心里憋着的懂事太早的妹妹。就连那略微宽阔的肩膀之上也流淌着一抹强自压抑的忧伤。

女人叫谭梅，在城南开着一家司仪公司。来帮忙吧，我身边正缺个得力的人呢。谭梅含笑轻轻邀请。语声和清淡的笑容一样动人。

拜亚梅跟上谭梅学到的不仅仅是司仪那一套，更重要的是她那浓郁的成熟女人的气味，这气味很特别，熟而不老，忧而不伤。拜亚梅同时也明白了一个道理，有些东西女人都具备，只是每个人拿捏的分寸不一样，就像花儿，有的开放成了玫瑰，有的只能是狗尾巴草。拜亚梅之所以很快成长为一个熟练的司仪，一方面是她学得很勤勉，一方面也是谭梅毫不隐藏真心实意肯教授的结果。

拜亚梅独自上台主持第一场婚礼的时候，谭梅乳腺癌已经晚期了。即便左乳做了切除，但是癌细胞已经转移，生命开始倒计时。一个乳房的谭梅一身盛装出现的时候那身材依然像新婚少妇一样好看，她坐在众宾客中间，一直面向台子，带着一抹拜亚梅熟悉的淡笑。拜亚梅本来很紧张，觉得心里没底儿。和谭梅目光对视到一起，她被她眼里一种恒常不改的东西镇住了，很快镇静下来，婚礼一项一项进行，拜亚梅透过漫天飞扬的洒金塑花纸屑和一阵接着一阵的掌声，听到了自己的声音，圆润，亲和，含着一股女性特有的柔美，亲切而有节制地透过麦克风响彻全场。

台下几百人瞩目而视，一场主导了一对青年男女人生大事的活动由拜亚梅引导完成，这一刻拜亚梅想起了自己和老禹在一起度过的那些贫寒的苦日子和离婚后自己的无依无靠，尤其她那时候打工收入很低，生活困难，一个人抚养女儿更是说不出的艰难无助，还有那秋雨中自己一脸平静之下掩藏的一腔早就被雨水浸泡得发酥，濒临溃烂的心事。

谭梅是真的在为拜亚梅高兴，那抹经典淡雅的笑掩饰了她绝症晚期的疲倦和病容。她像最初相见一样，给了拜亚梅无声的温暖和鼓励。那一场婚礼中的男女，拜亚梅牢牢记住了他们的名字和长相。因为这是她的处场秀，人生的第一次。她很珍视。

当拜亚梅说到祝愿一对新人永远恩爱，白头偕老的时候，她的嗓子忽然哑了，一声哽咽鱼刺一样卡在那里，眼前又一次闪过老禹年轻时候的脸。当年他们是在乡下婆家办的婚礼，乡下的婚礼保持着一份属于乡村的朴素，没有司仪引导组织，但是喜事自然而然地遵循乡村上百年来的老规矩自动运转，自然没有人当着所有人的面祝愿他们一辈子相亲相爱白头偕老。她和老禹，像乡村众多男女一样，开始了平淡又琐碎的婚姻生活。当她学习司仪的时候一遍遍重复着“相敬如宾白头偕老”这样的套词，她觉得遗憾，她和老禹之间缺失了这一个环节，自然这不能作为婚姻失败的要素，可是，真的要是拥有了这样的祝福和承诺，他们的婚姻会不会是另一种样子呢。时间不会倒流，过去的不再重来，现在只能遗憾了。奇怪的是，当她面对一对洋溢着喜气的年轻面庞，忽然心如止水，再也没有遗憾的波浪了。一声祝福从她口中说出来的时候，她情不自禁地注入了一股真挚的情感。她在发自内心地祝福他们，祝福这一段婚姻，希望这两张面孔能够互相陪伴着看到老。

之后主持婚礼成为拜亚梅的日常生活，她几乎没有一天不面对至少一场婚礼。她依靠这一份收入养活自己和女儿，一年又一年，女儿从小学一年级的小孩一路上升到了高中，个头和拜亚梅一般高大。这些年拜亚梅试着再找一个人，毕竟两个人在一起过日子可能会好一点，生活里有些事需要男人去应对。尝试了两次都失败了，女儿首先反对，嘴巴高高噘着，能挂个油瓶子，在她看来世上哪一个男人都不如她的亲爸爸好。拜亚梅也用老禹的标尺来衡量男人，她需要既看到老禹的优点，又看不到老禹的缺点。应该是渴望着能扬长避短吧。用这一把尺子量过去，那些二婚的男人没一个能够合格。拜亚梅很忙，还要帮忙照顾病情一天比一天不好的谭梅，一耽搁就过了四十岁。现在还找吗？她拿不定主意。尤其女儿搬去学校，谭梅撒手病逝，剩下她一个人的夜晚，看着辽阔空荡的床，她常在半夜时候冷得醒过来，觉得被窝里是冷的，枕头是冷的，连吸进腹腔里的空气也是凉凉的，那一股冰凉能一直贯穿到五脏六腑深处。有一个热火的身子搂着可能就不会这么冷了吧。

拜亚梅明白自己在司仪这一行站稳脚跟做出口碑不容易，所以很重视这份工作，每一个婚礼之前她都要把男女双方的情况掌握得足够全面。姓名，年龄，长相，脾气，学历，父母家世，社会活动范围，等等，尽可能地细致。因为谭梅说过，在经历过几百甚至上千的婚礼面前，我们感觉这一场和那一场之间区别不大，就是男人和女人的结合，而我们司仪就是这个仪式中把各项程序串起来的人，像缝制衣服的一枚针，不是线，只是针。线留下了，陪伴着衣服，直到有一天衣服破旧。针呢，我们不用陪伴他们到看见婚姻这件衣服陈旧破败后的模样。我们只是起了引线的作用，就这么简单。但是这简单中有着不简单，真主把每一对男女造化到一起，希望他们白头到老，生儿育女，和美过一辈子。所以我们要把最真挚的祝福送给他们。这份真诚别人不一定看得出来，但是我们不能因此而省略。

谭梅言语沉稳，性子冷僻，拜亚梅跟着她好几年，但是没有摸透她的内心。她就是一池水，安静，清澈，有风无风都不会掀起大浪大涛。她有一种定力，能有效把持自己的生活和人生。这种心态影响了拜亚梅，拜亚梅在学习司仪的同时不知不觉偷学了谭梅的冷静和淡漠。拜亚梅学会了开车，考了驾照，去美容会所做保养，练瑜伽，有了几个闺蜜，大家有空会相约出去喝咖啡，坐在幽静之中回味女人的这一生。这样的生活方式和这座城市的发展节奏是合拍的，也都是从谭梅身上学来的。谭梅还会去清真寺，出乜贴钱，买毛毯铺在大殿的地上给做礼拜的人站立，斋月开斋的晚上用大纸箱子装着水果和油香去寺里让礼拜的人开斋。谭梅做什么都不动声色，这些宗教上的遵守拜亚梅也跟着不声不响地学会了。

生活在这回汉族杂居的地方，尤其做的是婚礼司仪，拜亚梅有时候面对的是一对汉族男女，有时候是回族，也有回汉结合的亲事。这家婚宴餐厅的老板是回族，所以所有酒席都是清真的，但是也会根据喜事主办方的不同而呈现出不一样的风貌。回族一般不上烟酒，汉族恰恰相反，烟和酒是必不可少的。汉族传统那一套大红花轿、浩浩荡荡的迎亲仪仗队、拜天地、掀盖头、身穿风冠霞帔和状元服的中式婚礼也早都很少见了，采取的是中西合璧的方式，到了回族这里，更有意思了，因为同时要糅合进回族风格，往往是新郎西装革履，新娘一袭婚纱，新郎头戴一顶小白帽。一对新人不是鞠躬拜天地高堂等，而是说色俩目，父母双亲在台上向大家道谢时候也是响亮的色俩目。现在，拜亚梅匆匆赶往西大厅的时候，她心头一片慌乱，因为她完全不知道将要面对的这场婚礼的具体情况，她什么都没有掌握，只记住了二婚头。是的，正是因为这个词儿让她原本平静的内心莫名其妙地掀起了波澜，这才导致了眼前的失误。

怎么办？拜亚梅伸手在自己腿上狠狠拧了一把，一个激灵，顿时精神抖擞，深吸一口气，就在这暂短紧张的时间内，她战胜了内心的犹豫和慌乱，快速走向西厅大门。不管是什么情况，都只能凭借着这些年的从业经验和老到的心理素质去随机应变了。一束风快速从额前掠过，拜亚梅迎着风侧了一下头，心里冷冷地笑了，不就一个二婚头吗，自己为什么紧张呢，这些年主持的二婚还少吗？尤其现在的人吃饱了穿暖了，没事干就折腾婚姻，结了离离了结，好像婚姻简单到就是多办一场婚礼的事情。二婚其实更好主持，男女中至少有一方是经历过婚姻的人，婚礼对于他们来说远没有初婚那么神圣了，而来这里办事的都是一些被钱烧得慌的阔主儿。所以每当面对这样的婚礼，拜亚梅从心里重视不起来，每当这时她听到从自己嘴里说出的祝福变得轻飘飘的，带着只有她一个人知道的潦草和敷衍。

拜亚梅不愧是小城里最出名的优秀司仪，她穿过两座巨大花篮搭起来的拱形门的时候，已经完全将情绪调动起来了，二婚就二婚吧，关自己什么事儿呢，以后再遇上二婚可不敢这么莫名其妙地反感了，都需要认真对待，毕竟自己是要靠这个吃饭的。另外，她忽然觉得失败婚姻留给自己心头的那层阴暗帷幔也应该是掀开的时候了。

在这极短的时间内，拜亚梅其实只需要做一件事就能将这场婚礼主持好，那就是记住一对新婚男女的姓名。别的都可以随机应变，牵扯到具体的信息，可以尽量地少说或者不说，而是多多地说一些喜庆的祝福话语，在婚礼中这类好话说多少都是可以的，是一种灵巧和机敏，躲闪和腾挪，属于圆滑地扬长避短。

大厅里宾客满座，只等着司仪驾到，婚礼开始。

拜亚梅听到喜庆而熟悉的音乐略带夸张地高声流淌。

她快速地扫视了一眼门口的牌子，禹正军张小蕾新婚之喜。

好，她记住了，男方叫禹正军。女的叫张小蕾。

各位来宾，各位亲朋好友，大家好，禹正军先生和张小蕾小姐的婚礼在喜庆的乐曲声中拉开了帷幕，欢迎大家来共同见证这一激动人心的时刻。圆润好听的声音如期响起，拜亚梅得体大方地开始背诵那一套熟悉到骨头里的套词。

接下来有请……拜亚梅卡壳了。她忽然不知道该怎么指挥这场婚礼，叫新郎新娘上台吗，一般的二婚是不用新郎去花车前迎接新娘，而是直接牵了手走上前台就是。可是，她不能确定究竟新郎是二婚是还是新娘是二婚，或者两个人都是二婚？情况不同，需要按不同的程序走。尤其如果新娘是初婚，那么新郎去花车前迎接这一项就不能省略。

拜亚梅情急中最快的反应是去看一对新人。看得出今天的主家财力雄厚，二婚的婚礼办到这里来不说，竟然是高朋满座，台下三十张圆桌前齐刷刷坐满了人。拜亚梅在人群里找到了新人。新娘一袭白色纱裙，裙摆很长，在身后足足拖出两米长。她的年轻出乎拜亚梅的意料，脸上上了厚厚一层彩妆，浓妆艳抹更加烘托出了她本身的天生丽质。长期的司仪工作让拜亚梅早就练出了一对快速阅人的眼睛，她很快就断定这是个女孩，二十五六岁，绝对不会上三十。拜亚梅从她那极力保持稳定大方但终究有一点儿紧张的神态间捕捉到一丝信息，她不是二婚，是第一次结婚。

那么二婚的当是男方无疑。

拜亚梅知道该怎么做了，圆润亲和的声音缓缓响起：请新郎禹先生到花车前迎接他美丽动人的新娘张小姐。

一切有序进行。

宾客们没有留意到婚礼刚才出现了小波折。

新郎挽着新娘缓缓走向前台。

拜亚梅素净高雅的脸上那一抹淡淡的微笑渐渐凝固了，她分明看见眼前的新郎很熟悉。就算他一身品牌西服，就算皮鞋亮得反光，就算为了掩饰秃顶努力将头发往前额上聚拢并打了大量定型啫喱，就算他极力地做到意气风发红光满面，但是在这世上还有哪个女人能比拜亚梅更熟悉这个男人呢？禹正军？

竟然是老禹？

新人登上前台面对众人站定，等待司仪继续往下引导。

拜亚梅费力地翕动着嘴唇，可是她发现自己怎么也无法把精力集中起来了，忽然觉得自己的精神涣散了，感到了累，一种前所未有的疲倦席卷了她。

离婚后她偶尔听到过老禹的消息，迅速结婚了，不久又离了，然后离开小城到省城做生意去了。然后就断了消息。谁能想到今天会在这里以这样的方式面对面相见。

谭梅最后的日子活得很艰辛，一个小时一个小时地往下熬煎，但是她轻易不会喊疼，咬着牙隐忍着。最后关头守在她枕畔的人只有拜亚梅。这个很小就是孤儿的女人，左乳切除后就和丈夫离婚了。一天她解开胸衣让拜亚梅看自己的胸脯。拜亚梅把一声惊叫硬生生压进了肚子。拜亚梅从没觉得女人长一对乳房有什么好看，但是这一刻她猛然觉得乳房对于女人有多么重要，比生命还重要，因为没有乳房的女人让人不知所措，觉得世界一瞬间就失去了平衡，摇摇欲坠。

为什么这时候忽然要想起谭梅？

婚礼现场一片寂静。

宾客们终于察觉出了不对劲。

这位在小城叫得很响的司仪今天怎么了？怎么会出现冷场呢？

人们开始窃窃私语。

一阵风在脑海里吹过，凉飕飕的。一片阴雨在眼前哗哗地下，一个女人孤零零站在雨里，没有打伞，就那么让阴雨淋着。

你记着，任何时候都要把最真诚的祝福送给新人，不管是初婚还是二婚，我们都要用心对待，活在世上，谁都不容易。这是谭梅最后留给拜亚梅的话，那时候她说不出来了，一笔一笔写在了纸上。一行字足足写了四十分钟。

婚礼进行曲在孤单地重复着。

拜亚梅摇摇头，四十岁仍保持良好体型的身体忽然挺直了，淡绿色套裙显得大方得体，一个柔和温婉的声音缓缓响了起来：现在让我们祝一对新人不离不弃白头偕老。

图书在版编目（CIP）数据

伴暖 / 马金莲著. — 北京 : 北京十月文艺出版社，2018.12
ISBN 978-7-5302-1896-9

Ⅰ. ①伴… Ⅱ. ①马… Ⅲ. ①中篇小说—小说集—中国—当代②短篇小说—小说集—中国—当代 Ⅳ. ①I247.7

中国版本图书馆 CIP 数据核字 (2018) 第 273699 号

伴暖
BANNUAN
马金莲 著

出　　版　北京出版集团公司
　　　　　北京十月文艺出版社
地　　址　北京北三环中路 6 号
邮　　编　100120
网　　址　www.bph.com.cn
发　　行　新经典发行有限公司
　　　　　电话（010）68423599
经　　销　新华书店
印　　刷　北京盛通印刷股份有限公司
版　　次　2019 年 4 月第 1 版
　　　　　2019 年 4 月第 1 次印刷
开　　本　880 毫米 ×1230 毫米　1/32
印　　张　9.875
字　　数　210 千字
书　　号　ISBN 978-7-5302-1896-9
定　　价　43.00 元
质量监督电话　010-58572393
如有印装质量问题，由本社负责调换。